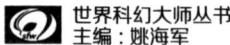

世界科幻大师丛书
主编：姚海军

通往 GATEWAY
宇宙之门

[美]弗雷德里克·波尔 著　严伟 译

四川科学技术出版社

Gateway By Frederik Pohl
Copyright © Frederik Pohl 1976,1977 by Frederil Pohl
Simplifies Chinese translation copyright © 2019
By Science Ficition World
Published by arrangement with Curtis Brown Ltd.
Through Bardon−Chinese Media Agency
All rights reserved.

图书在版编目(CIP)数据

通往宇宙之门 / [美] 弗雷德里克·波尔　著；严　伟　译.
-- 成都：四川科学技术出版社，　2019．4
（世界科幻大师丛书 / 姚海军　主编）
书名原文: Gateway
ISBN 978-7-5364-9445-9

Ⅰ.①通⋯　Ⅱ.①弗⋯　②严⋯　Ⅲ.①科学幻想小说－美国－现代
Ⅳ.①I712.45

中国版本图书馆CIP数据核字(2019)第073268号
图进字21-2016-218号

世界科幻大师丛书
通往宇宙之门

出 品 人　钱丹凝
丛书主编　姚海军
著　　者　[美]弗雷德里克·波尔
译　　者　严　伟
责任编辑　宋　齐　姚海军
特邀编辑　邹景岚
封面绘画　黄　钦
封面设计　姚　佳
版面设计　姚　佳
责任出版　欧晓春
出　　版　四川科学技术出版社
　　　　　四川省成都市槐树街2号出版大厦　邮政编码:610031
开　　本　140mm×203mm
印　　张　10.125
字　　数　220千
插　　页　2
印　　刷　四川华龙印务有限公司
版　　次　2019年5月成都第一版
印　　次　2019年5月成都第一次印刷
定　　价　42.00元
ISBN 978-7-5364-9445-9

弗雷德里克·波尔和他的《通往宇宙之门》

姚海军

弗雷德里克·波尔(Frederik Pohl, 1919-2013)是为数不多的几位在新世纪前便来过中国的科幻大师之一,他创作了多部经典的科幻小说,也以编辑、版权代理人的身份为科幻文学的繁荣做出过重要贡献,获得过包括雨果奖在内的几乎所有重要科幻奖项。但令人遗憾的是,波尔在中国却未拥有与之相匹配的知名度和影响力。他无疑是一位被我们忽视了的科幻大师。

波尔出生于美国纽约市布鲁克林区的一个普通家庭,十一岁时因偶然接触到的一本廉价科幻杂志成为科幻迷,从此如鱼儿游入海洋,找到了真正属于自己的世界。

波尔在20世纪30年代中期就已经在科幻迷中小有名气。他是世界科幻史上著名的俱乐部"未来信徒"的创始人之一。这个俱乐部的成员当中有多人后来成为美国科幻的中坚,如阿西莫夫、考恩布鲁斯、奈特等。也因此,波尔在1939年便以特邀嘉宾的身份参加了第一届世界科幻大会。

1939年至1943年,波尔开始担任《惊骇故事》和《超级科学故事》的编辑。但这两本科幻杂志都不是很有影响,不久就相继停刊。1943年至1945年,波尔应征入伍,作为驻意大利的空军气象员,在短短两年内荣获多枚战斗勋章。不久二战结束,作家们纷纷从军人转为文职,波尔成为年轻作家们的版权代理人。由于他对出版机制的深入了解,很多作家都愿意通过他将作品卖给出版商。阿西莫夫的不少作品就是通过波尔的努力才与广大科幻迷见面的,这其中包括他的重要长篇《苍穹微石》。

50年代,波尔一改以往用笔名发表作品的习惯,开始用真名发表作品。他充分发挥作为一名作家的聪明才智,保持了差不多十年的高产期。这期间,他与C.M.考恩布鲁斯合作出版了不同凡响的社会科幻小说《太空商人》和《狼毒》等作品。可以说,《太空商人》同时确定了两位作家在科幻界的地位。对50年代的年轻读者来说,波尔和考恩布鲁斯是两柄剖析社会问题的手术刀。即使是在今天,他们的一些观点仍然直刺唯利主义者们的心脏。也是在50年代中期,波尔开始了与另一位重要作家杰克·威廉森长达三十七年的合作。这两位科幻常青树断断续续共同创作了《海底舰队》等三个科幻系列。

到了60年代，波尔的主要身份是科幻编辑，他先后担任两本科幻杂志《假如》和《银河》的主编。在此期间，《假如》曾连续三年获得雨果奖最佳科幻杂志奖，而《银河》也发表了很多知名作家的重要作品。这两本杂志主导了美国科幻，但波尔却发现，他几乎失去了全部的写作时间。

在70年代，波尔才真正找回了自己作为科幻作家的职业身份，他的创作高峰期也因此再次到来。1976年，他的《火星超人》获得星云奖。1978年，波尔凭借"昔奇人"系列的第一部《通往宇宙之门》获得了雨果奖、星云奖和坎贝尔奖三大科幻奖。1979年，他的另一部重要长篇《吉姆》获得美国国家图书奖。一系列新的荣誉，让波尔从一位知名作家变成了科幻界的权威人士。他仍保持着和蔼可亲的风范，对科幻的爱也更加炽热了。当有人问"如果你改写纯文学作品，会拥有更多读者，可你为什么仍继续写科幻？"时，波尔回答说："我之所以写科幻小说，是因为我喜欢它，喜欢它探索的领域……我认为科幻读者是最好的读者。他们聪明、活跃、乐于交流……科幻对我来说永远是个迷人的奇境。"

波尔的科幻小说不仅富含一流的科幻创意和对科技发展的深刻洞见，在写法上也更能给人文学上的享受。他认为科幻小说并不是预言未来，而是描绘未来的可能性，以摒弃那些坏的未来。波尔经历了美国科幻文学发展的各个阶段，却总是能跟上时代的脉搏。一直到去世前，波尔都不断有作品发表或出版。

《通往宇宙之门》是"昔奇人"三部曲的第一部，也是弗雷德里克·波尔本人最满意的一部小说，获得了科幻同行与读者的一致赞誉，包揽了当年的世界科幻大奖雨果奖和星云奖。要知道，在两大奖的历史上，同时获得双奖的作品可不多。

《通往宇宙之门》有着颇为硬朗且极具拓展性的科幻设定。有人在宇宙深空发现一颗被掏空的小行星，里面的隧道中装满了技术先进的外星飞船。地球人掌握了这些飞船的基本使用方法，并利用它们轻易地跨越千万光年的距离。但是，对于制造了这些飞船的外星种族，人们却几乎一无所知，也无法真正掌握他们遗留下来的神奇科技。在商业机构的运作下，众多星际寻宝人来到这颗被称为宇宙门的小行星，甘冒超高的折损风险（主要原因在于飞船的航线由外星人设定且无法更改，而原初航线的目标早已经沧海桑田），乘上外星飞船，驰骋于星空之间，找寻飞船的主人昔奇人的珍贵遗迹，以赢得高额赏金。

抛开昔奇人神奇的飞船，当时的地球人也已经实现了太阳系内殖民。而随着故事的展开，地球文明的境况也渐渐得以呈现。

整体上,人类正面临着巨大的人口压力和资源压力。尽管人类实现了跃入星空的梦想,可基本的生存状态却并未有太大的改变。

小说的主人公布罗德黑德靠着一张彩票摆脱了在地球的坚苦工作来到宇宙门,与其他寻宝人一样,他渴望能够通过星空寻宝一夜暴富,改变自己困顿的人生。但是,进入昔奇人的宇宙飞船,就意味着你便毫无把握地把自己的命运交给了未知。面对高死亡风险,他总是鼓不起勇气。他的生活穷困而混乱,游走在众多女性之间,却也在宇宙门结识了真爱克拉垃。

小说采用双线叙事。一条线是布罗德黑德在宇宙门的生活,另一条线是布罗德黑德接受机器人心理医生西格弗里德治疗的过程。两条线巧妙地编织在一起,打开了布罗德黑德复杂的内心世界,挖出了他竭力隐藏的秘密。

《通往宇宙之门》在叙事上的使用了一种很有创意的手法。在双线推进的同时,有关昔奇文明探索的一些知识硬块和零散信息以一种自成体系的结构插入文本之中。既为读者提供了更多视角,也保证了故事的流畅性。这种方式会让我们很自然地联想到刘慈欣的《三体Ⅲ·死神永生》,也许刘慈欣很早就读过波尔的这部科幻杰作。

弗雷德里克·波尔是一位多面科幻作家,他的科幻小说具有硬科幻的典型特质,对人类的生存状态与未来也有着深切的关怀。在《通往宇宙之门》中，我们可以看到新浪潮运动对他创作的影响。黄金时代的科幻作家的目光是宇宙，而新浪潮作家们关注的则是人类的内心世界。波尔在《通往宇宙之门》给出的综合性方案是：宇宙的终极即为人的内心。

1

尽管我叫罗比内特·布罗德黑德,但我是个纯爷们①。我的精神分析医师(我叫他心理医生西格弗里德大人,虽然这并不是他的名字。他没有名字,因为他是一台机器)很喜欢拿这件事调侃。

"你为什么要在意别人以为那是个女孩名字,鲍勃?"

"我没在意。"

"那你为什么不断提起这件事?"

他惹恼了我,因为他老是说我在不断提起某事。我看着天花板上挂着的风铃和皮纳塔②,然后把目光转向窗外。那并非真正的窗口。那是幅全息图:海浪拍打着卡伊那点③。西格弗里德的程序里还真是包罗万象。过了一会儿,我说:"爹妈就这么叫我,我能有什么办法。我试过把拼写改成R-O-B-I-N-E-T,结果谁都念不对。"

---

① 主角名字Robinette,词尾ette通常用来表示"小的"或女性。后文中的博比、鲍勃均为他的昵称。(如无特别说明,本书注释均为译注。)

② 墨西哥民俗中一种纸(或陶或布)制的容器,造型各异,内装玩具和糖果,于节庆或生日宴会上悬挂起来,让人用棍棒打击,打破时玩具与糖果会掉落下来。

③ 夏威夷第三大岛瓦胡岛最西端。

"你可以另改一个名字。"

"我要是真改了，"我说（而且我知道自己是对的），"你又会说我有强迫症，非得要捍卫我内心的二分法。"

"我要说的是，"西格弗里德展示着他机器味儿浓郁的幽默感，"请你不要使用心理分析的专业术语。你只要说说自己的感受，我就很满足了。"

"我的感受，"这是我第一千次谈这个了，"我觉得不错，没毛病，我有什么可不高兴的？"

这种文字游戏玩得太多，已经令我厌烦了。我觉得他的程序有点儿不对劲。他说："对啊，博比。你有什么不高兴的？"

这次我什么都没说。他继续说道："我觉得你很忧虑。"

"妈的，西格弗里德，"我感觉有点儿恶心，"你老是这么说。我才不忧虑任何事情。"

他试图哄我："说出你的感觉如何，这并没有什么错。"

我再次望向窗外。我能感觉到自己被气得浑身发抖，而我甚至不知道自己为什么生气。"你真让人蛋疼，西格弗里德。你知道吗？"

他还在喋喋不休地说着什么，但我没有听。我在寻思为什么要浪费时间来到这个地方。如果这世上真有诸事顺心的人，那也只能是我。我家境殷实，我相貌英俊，我正当壮年，况且我还有全面医保。接下来的五十年里，它可以让我保持在自己希望的任何岁数。我住在罩在大泡泡下面的纽约市。你要不是出手阔绰，可住不起那儿，当然也许一些名流除外。我有一个可以俯瞰塔潘海①和帕利塞兹②大坝的消夏公寓。我有三只能令女孩

---

① 纽约哈德逊河的一片自然宽阔水域。

② 哈德逊河西岸的一段绝壁。

子们为之疯狂的寻宝飞行纪念手镯。在地球上任何地方,星际寻宝人可都是珍奇物种,连纽约也不例外。她们都狂热地想要听我讲述猎户座大星云或小麦哲伦星云附近到底是个什么样子。(当然这两个地方我都没去过。我倒是去过一个真正有趣的地方,但我不想谈论那里。)

"或者让我这么问,"西格弗里德等待了适当数量的微秒,处理自己刚刚说过的话,然后说道,"如果真的感到高兴,你为什么还要来这里寻求帮助?"

我恨他,因为他问到的这个问题,我也问过自己。我没有回答。我躺在塑料泡沫垫上扭动身躯,直到再度感觉舒适。我能感觉到,接下来将会有一场冗长而令人生厌的对话。我要是知道自己为什么需要帮助,那我干吗还需要帮助?

"鲍勃,你今天回答问题不太积极。"西格弗里德通过安装在垫子顶部的小喇叭说。有时,他会将自己呈现为一个栩栩如生的假人,坐在扶手椅中,轻敲着手中的铅笔,不时朝我露出诡异的微笑。但我告诉他这样做会令我紧张。"你为什么不告诉我你在想什么?"

"我没在想什么。"

"让你的思想自由驰骋。想到什么就说什么吧,鲍勃。"

"我在回忆……"我欲言又止。

"回忆什么,鲍勃?"

"宇宙门?"

"这听起来不像回答,倒更像是一个问题。"

"也许是,但我忍不住。那就是我在回忆的东西——宇宙门。"

我有充分的理由去回忆宇宙门。我的金钱、手镯,一切的一切,都是从那儿得来的。我回想起离开宇宙门的那一天。那是,让我想想,星元^①二十二年的第三十一天。也就是说,回溯起来,打我离开那里起,也只过去了差不多十六年零几个月的时间。我离开医院三十分钟,迫不及待地领取了我的报酬,然后搭上我的飞船溜之大吉。

西格弗里德礼貌地说:"请说出你此刻在想什么,博比。"

"我在想马琴四季亭。"我说。

"是的,我记得你提到过他。他怎么了?"我没有回答。老马琴没有腿,当时就住在我隔壁房间,但我不想跟西格弗里德讨论这些。我躺在软垫上扭动身体,强忍住泪水想着老四^②。

"你看起来心情很不好,鲍勃。"

我依然没有回答。老四差不多是宇宙门上唯一我来得及告别的人。这多少有些滑稽。我们的身份天差地别。我是一个寻宝人,而老四是个清洁工。他只是打打零工,拿到的报酬就只够支付人头税。说起来,在宇宙门这么先进的地方,竟然还得专门找人来清理垃圾。而且他迟早会变得衰老病弱,变得毫无使用价值。到那时,如果他运气好,可能会被丢进宇宙,直接死掉。如果他运气不够好,很可能会被送回某个行星。他还要苟延残喘一段时间,死前再过几周无腿人的悲惨生活。

反正吧,他就住在我隔壁。每天早上他起床后,都会劳心费力地用吸尘器打扫房间周围的每一寸空间。这是件苦差事,因为宇宙门里总是飘浮着那么多的垃圾,多到怎么打扫好像都是在白费力气。等到他全都打扫干净,甚至连他亲手栽种、修剪的小灌木周围都清洁得一尘不染,他就会把一堆石块、瓶盖和纸屑——也就是他刚刚用吸尘器收集起来的垃圾——再度劳心费力

---

① 星际纪元,人类在能够探索到的宇宙世界里统一使用的纪年。

② 四季亭的昵称。

地摆放在他刚刚打扫干净的地方,花掉的时间跟清扫的时间正好相若。真是莫名其妙! 我从来都搞不懂他这样做有什么意义,但克拉拉说……克拉拉说,她懂。

481	IRRRAY(O)=IRRAY(P)	13,320
	,C, 我觉得你很担心,	13,325
482	XTERNALS ;66AA3 IF ;5B	13,330
	GOTO **723	13,335
	XTERNALS @ 01R IF @ 7	13,340
	GOTO **7Z4	13,345
	,S, 妈的, 西格弗里德, 你老是	13,350
	这么说.	13,355
	XTERNALS x999997AA! IF c8	13,360
	GOTO **7Z4 IF ? GOTO	13,365
	**7Z10	13,370
	,S, 我才不担心任何	13,375
	事情.	13,380
483	IRRAY .妈的. .老是.	13,385
	.担心/才不.	13,390
484	,C, 为什么不跟我说说	13,395
	你的感觉?	13,400
485	IRRAY (P)=IRRAY (Q) 初始化	13,405
	舒适模式	13,410
	,C, 说出你的感觉如何,	13,415
	这并没有	13,420
	什么错.	13,425
487	IRRAY (Q)=IRRAY(R) GOTO	13,430
	**1 GOTO **2 GOTO	13,435
	**3	13,440
489	,S, 你真让人蛋疼,	13,445

西格弗里德，	13,450
你知道吗？	13,455
XTERNALS C1! IF ! GOTO	13,460
**7Z10 IF **7Z10! GOTO	13,465
**1 GOTO **2 GOTO **3	13,470
IRRAY .疼.	13,475

"鲍勃，你刚才在想什么？"西格弗里德问道。

我蜷曲起来，像个胎儿，咕哝着。

"我不明白你在说什么，博比。"

我什么都没说。我想知道老四现在变成了什么样子。我觉得他已经死了。我一下子觉得非常难过：老四死在了离名古屋如此遥远的地方。我很想哭，但却哭不出来。我坐卧不安，扭来扭去。我抵在泡沫垫子上胡乱动弹，固定绑带被挣得咯吱作响。这样毫无用处。痛苦和耻辱还是无法释放。其实我有点儿欣慰，因为我在努力尝试让自己的情感释放，但不得不承认我没有成功，而沉闷的诊疗访谈还得继续。

西格弗里德说："鲍勃，你回答问题很慢。你觉得自己是不是在压抑什么？"

我理直气壮地说："这算什么问题？我要是在压抑什么，自己又怎能知道？"我停下来检视自己的大脑，查遍里面每一处角落，看看有没有挂着那么一把锁，是可以为西格弗里德打开的。我什么也没找到。我审慎地说："我不认为我在压抑什么，也没觉得我在阻碍什么。倒是好像有太多事情，我想说，却不知从何说起。"

"随便选一件，鲍勃。就说说你脑中想到的第一件事。"

在我看来，这话可真蠢。所有的事情都纠缠在一起，我又怎么知道哪个是第一件？我的父亲？我的母亲？西尔维娅？克拉拉？还是可怜的老四，在飞行中试图平衡自己没有腿的身体，上下翻滚，利索地收集着宇宙门里四下飘散的垃圾，仿佛一只追逐虫子的家燕。

我继续进入脑海深处，明知道那里的回忆和感觉处处都会勾起我的感伤，因为过去我就被它们伤害过。到底是这段感觉：我七岁那年领着其他孩子在岩石公园的步道上骄傲地来回游走，期望有人能够注意到我？还是这段感觉：当我们飞出实空间①，却发现自己的飞船被困住了，接着，一颗鬼星从我们下方的虚无中凭空出现，就像柴郡猫②的微笑？哦，我有一百种那样的回忆，它们全都会让我很受伤。它们真的会。它们就是痛苦。在我的记忆索引中，给它们清楚地标明了两个大字：痛苦！我知道在哪里可以找到它们，我也知道让它们再度浮现出来会是什么感觉。

不过只要我不把它们释放出来，它们就伤不到我。

"我还在等你的回答，鲍勃。"西格弗里德说。

"我在想。"我说。我躺在那里，突然想到，我的吉他课就要迟到了。这让我想起了什么，我检视自己的左手手指，看到指甲还没有长得太长，要是手指上的老茧再硬再厚些就好了。我的吉他还算不上炉火纯青，不过大多数人并不会吹毛求疵，而且弹吉他也可以自娱。只是你得一直练习和记忆。让我想想，从D大调和弦转换到C7和弦，要怎么按？

"鲍勃，"西格弗里德说，"今天的谈话效果不怎么好。我们

---

①与超空间相对应，指银河系居民身处其中的实际空间，只能进行较慢的亚光速飞行。装备了超引擎的飞船，从实空间跃迁进入超空间，才能进行超光速飞行，然后再返回实空间，到达另一处地方。

②《爱丽丝梦游仙境》中一种拥有特殊笑容的猫，即使它身体消失，仍能留下露齿的笑容。

只剩下十到十五分钟了。你何不说一说,你想到的第一件事……就在此刻。"

我打消掉说第一个念头,说了第二个,"我想到的第一件事,是我父亲遇难时我母亲哭的样子。"

"我不认为这真的是第一件事,鲍勃。让我做一个猜测。第一件事是不是跟克拉拉有关?"

我的心口感到很堵,一阵刺痛,呼吸也变得困难。突然之间,克拉拉浮现在我的眼前,十六年的光阴却仿佛只过了不到一个小时……我说:"西格弗里德,其实我想谈的是我的母亲。"我挤出一个表示歉意的礼节性轻笑。

西格弗里德从来不会顺从地叹息,但他会以一种感觉差不多的方式沉默。

"你看,"我接着说,仔细地勾画着所有相关问题,"我父亲去世后,她曾经想过再婚。不是立刻,我并不是说父亲的死让她感到高兴,绝不是。不,她爱他,毫无疑问。不过,现在我明白了,她当时还是一个健康的年轻女人——嗯,相当年轻。我想想,她那会儿大约三十三岁吧。如果不是因为我,我肯定她会再婚。对此我深感内疚,是我阻止了她那样做。我去对她说:'妈,你不需要另一个男人。从今往后我就是家里的男人,我会照顾你的。'只是我当然做不到。我当时只有五岁。"

"我想你当时九岁了,博比。"

"是吗?让我想想。哎呀,西格弗里德,我想你是对的——"这时我的喉咙里莫名其妙地一下子涌上来一口浓痰,我试图咽下它,结果作呕并咳嗽起来。

"说出来吧,鲍勃!"西格弗里德不肯罢休,"你想说什么?"

"去你妈的,西格弗里德!"

"说吧，鲍勃，说出来。"

"说什么？天哪，西格弗里德！你逼得我想撞墙！这狗屁谈话对咱俩没有任何帮助！"

"请说说是什么让你烦恼，鲍勃。"

"闭上你那张絮絮叨叨的破铁嘴！"所有那些精心掩盖的伤口一下子都撕裂开来，我受不了了，不知该如何应对。

"鲍勃，我建议你试着——"

我猛地试图挣脱绑带，踢掉了一大块泡沫铺垫，咆哮道："你闭嘴！我不想听。我没办法应对这一切，难道你不明白吗？没办法！应对不了，应对不了！"

我一下子哭了起来，西格弗里德耐心地等待我停下来。然后，在他开口之前，我疲倦地说："哦，见鬼，西格弗里德，这里发生的一切不会带给我们任何结果。我觉得我们应该结束了。肯定还有其他人比我更需要你的帮助。"

"这一点你不必担心，鲍勃。"他说，"如果你需要的是时间，我有足够的能力满足你的需求。"

我拿起他放在垫子上的纸巾擦拭着眼泪，不作回答。

"事实上我现在就还有多余的时间可用，"他继续说，"但是必须由你来决定我们是否还要继续这些谈话。"

"你的休息室里有什么能喝的吗？"我问他。

"我知道你指的是什么，不，我这里没有。我听说在这幢楼的顶层有一间不错的酒吧。"

"好吧，"我说，"那我还待在这儿做什么呢？"

十五分钟后，我在西格弗里德的休息室里一边喝茶，一边和他确认好下周的预约。期间我留意倾听，想知道他的下一位病人是否已经开始尖叫，不过我什么也没听见。

接着，我洗了把脸，整理好围巾，抚平压乱的头发。我要去酒吧坐坐。领班是个人类，他认识我，给我安排了一个座位，能够朝南望见大泡泡在下湾那一带的边缘。他使了个眼色，示意我那边独坐着一位古铜色皮肤、绿色眼睛、身材高挑的女孩，但我摇了摇头。我小酌了一杯，一边欣赏着那位古铜皮肤女孩的双腿，一边思索着我要去哪里吃晚饭，然后准时去上我预约的吉他课。

2

在我的一生中，自打我记事起就想成为一个寻宝人。父母带我去夏延①的嘉年华玩的时候，我顶多六岁。热狗、爆豆子、彩纸、氢气球、狗和马表演的马戏团、幸运抽奖转盘、游戏、旋转木马，那里还有一个充气帐篷，两侧是不透明的，花一元钱就能进去，里面布置了一个展览，各种展品都是从金星上的昔奇隧道进口而来。祈祷扇、火珍珠、真正昔奇金属打造的镜子，都是些你花上二十五元就可以买下来的小玩意儿。父亲说那都是些赝品，但对我来说它们就是真的。不过二十五元一件我们也买不起。当我站到它跟前，就真的不需要镜子也能看到我自己：雀斑脸、龅牙，头发整齐地往后梳并扎在一起。那时候人们刚刚发现宇宙门。那个晚上，在回家的空中巴士上，我听见他们在谈论宇宙门，我猜他们以为我睡着了，可父亲那充满渴望的声音让我无法入睡。

如果不是为了母亲和我，他可能已经想办法上路了。但他没能等到机会，一年后就去世了，只为我留下了他的工作岗位，等我足够大的时候就可以去接班。

我不知道你有没有在食物矿工作过，但你应该听说过。那

---

① 美国怀俄明州首府。

儿可不是什么有趣的地方。我十二岁开始上工,半日制,拿半薪。到我十六岁时,我达到了父亲的薪资水平,当一名钻眼爆破工——薪水还不错,干活儿很辛苦。

> 昔奇人小屋
>
> 直接取自金星上失落的隧道!
>
> 珍稀的宗教文物
>
> 神秘种族曾经穿戴过的无价宝石
>
> 惊人的科学发现
>
> 件件保真!
>
> 科研机构和学生可享特别优惠
>
> 这些奇妙的物件
>
> 比人类的历史还要久远!
>
> 现首度以大众价格出售
>
> 成人:二点五元,儿童:一元
>
> 业主:德尔伯特·桂恩(哲学及神学博士)

那这份薪水能拿来做什么呢?它不够让你享受全面医保,甚至不足以让你离开矿区,只够你成为所谓的本地励志故事。你一天工作六个小时,然后是十个小时的休息时间,再睡足八个小时,然后再次开工,衣服上总是沾满页岩的臭味。除非在密闭的房间里,否则决不能抽烟,因为油雾无处不在。女孩子们跟你一样又臭又油,疲惫不堪。

所以我们都做着同样的事情,我们一起工作,相互追逐彼此的女人,买买彩票。我们大碗喝酒,那酒价格低廉,劲道十足,就在旁边不到十英里①远的地方酿制。有时它被贴上威士忌的标签，有时又是伏特加或者波旁，其实都是从同一个挂着煤泥的蒸馏塔产出的。我跟其他人没什么不同……除了有一次我赢了彩票。那就是我离开矿区的通行证。

在那之前，我只是过着普通人的生活。

我的母亲也是一名矿工。在我的父亲于坑井大火中丧生后，她在公司托儿所的帮助下独自把我养大。我们的生活过得波澜不惊，直到我的精神病发作。那时我二十六岁，因为跟女朋友闹了点儿别扭，每天早晨就是不愿意起床，于是他们把我关了起来。我被迫离群索居将近一年之久，等到他们把我从精神病院放出来的时候，母亲已经过世了。

面对现实吧，那是我的错。倒不是说我蓄意造成了母亲的亡故，不过她要不是因为担心我，也不会那么早过世。我们家的存款负担不起两个人的医药费。我需要心理治疗，她需要换个新肺。但她买不起，所以她死了。

她过世之后，我讨厌还住在同一间公寓，但除此之外我能去的其他地方就只剩单身宿舍。我不喜欢跟那么多人近距离生活在一起。当然，我还可以结婚，但我没有。西尔维娅，那个跟我闹别扭的女孩，那时候早已从我的生命中消失——不是因为我对结婚这件事有什么抵触情绪。考虑到我的精神病史，再加上母亲在世的时候我一直跟她生活在一起，你也许会觉得我其实就是讨厌婚姻。但事实并非如此，我很喜欢女孩子，要是能娶妻生子，我也会很开心。

不过不是在矿上。

父亲因为事故离我而去，我不想以同样的方式离开我的孩子。

①英美制长度单位，1英里合1.6093公里。

钻眼爆破是件充满艰险的工作。现在他们开采页岩用的是装备了昔奇加热线圈的蒸汽喷枪，只需轻轻一碰，页岩就顺从地断裂开来，就像雕刻蜡块一样。但是在我们那会儿，大伙儿靠的是钻孔爆破的土办法。轮到你上工的时候，你得钻进通风井，乘坐高速升降电梯下到矿里。井壁又黏又臭，距离你的肩膀只有十寸，相对你以每小时六十公里的速度移动。我曾经见过有的矿工因为多灌了几杯猫尿，脚步蹒跚，伸出手想扶一把墙壁，再收回来就只剩半截残肢了。然后你从升降电梯里随着蜂拥而出的人群，跌跌撞撞地踩着木栈道走上一公里多，才能到达作业区。你在矿井里钻好洞，放置好炸药。然后，你退回到一个死胡同巷道里躲好，等着炸药爆炸，同时祈祷你刚才的操作是正确无误的，这样又臭又油的坑道上方才不会整个塌下来把你砸在里面。(你要是被活埋了，在松软的页岩下面，最多还能活一个星期。曾有人有过这样的经历。要是直到出事第三天之后都还没有获救，他们通常就凶多吉少了)然后，如果一切顺利，你要前进到下一个作业区，一路上还要躲避轨道上冲过来的铲车。

至于面具，据说它能过滤掉大部分的烃和岩石尘埃。可是臭味是过滤不掉的。我也不确定是不是所有的烃都被过滤掉了。需要换个新肺的矿工，光我认识的就不止母亲一人——她也不是唯一付不起换肺钱的人。

最后，当你的班次结束了，又有哪里可去呢?

你可以去酒吧，你可以和姑娘去寝室，你也可以去娱乐室打牌，你还可以看电视。

显而易见，你通常不会去户外。虽说是有几座小公园，里面的植物有人精心养护、栽种、再植。岩石公园里甚至还有树篱和草坪。但我敢打赌，你从没见过一片草坪每星期都要先水冲，再刷洗(用洗涤剂!),然后风干,否则就会死亡。因此,我们都不怎么去公园,任凭那里被孩子们占领。

除了公园以外的其他地方,就只剩下怀俄明州的地表。如你可见,到处看起来都像是月球表面,没有任何的绿色。一片死寂,没有鸟,没有松鼠,没有宠物。有几条淤泥很多的小溪,不知道什么原因,总是覆盖着浮油,河水都是鲜艳的赭红色。他们告诉我们,那是我们的幸运,因为怀俄明州这里都是井下开采。而在科罗拉多州,都是露天开采,情况因此更加糟糕。

直到现在,我还是很难相信那是真的,但我也从来没有去那里亲眼证实一下。

除了这些,还有工作带来的嗅觉、视觉和听觉感受。阴霾中的橙褐色日落。挥散不去的气味。提炼炉没日没夜地轰鸣着,对泥灰岩进行加热和研磨,提取出油母岩质①,长长的传送带隆隆作响,将页岩废渣运走堆放在某个地方。

你知道,我们必须加热岩石才能把石油提炼出来。岩石一经加热,就会像爆米花一样膨胀,然后就没地方容得下它们了。岩石实在太多太多,也不可能再塞回矿井里去。如果你挖出来一座山那么多的页岩来炼油,炼完油之后剩下的膨胀页岩废渣就得有两座山那么多。炼油就是这么一回事,其实就等于是在造山。

提炼炉冷却系统获得的剩余热量,可以给培养室加温,提炼出来的石油在培养室里缓缓流淌而过,表层会长出黏液,然后撇油工把这层黏液舀出来,晾干,压缩,我们就把它当作第二天的早餐吃下去。

真可笑。过去石油都是冒着泡从地下喷出来的! 对于人类

---

① 存在于沉积岩(尤其是页岩)之中,由有机物经过复杂的化石化作用所形成的混合有机物质。

来说,它的唯一用途就是被当作燃油灌进汽车烧掉。

电视节目里到处都是鼓舞士气的广告,一直在讲我们的工作是多么重要,整个世界是如何依赖于我们所提炼出的食物。的确如此。他们其实没必要不断提醒我们这一点。如果不是我们的工作,德克萨斯州就会发生饥荒,俄勒冈州的婴儿们也会患上夸希奥科病①。这些我们心知肚明。我们每天都会为世界解决五万亿卡路里的食物热量,以及全球十分之一人口的日常蛋白质消耗。这一切都有赖于我们从怀俄明州(以及犹他州和科罗拉多州部分地区)的页岩油中培养出的酵母和细菌。世界需要那些食物。但到目前为止,这已经让我们在环境上付出了沉重的代价:怀俄明州的绝大部分、阿巴拉契亚的一半、阿萨巴斯卡油砂地区的一大块……而且,当最后一滴烃都被转化为酵母之后,我们还要如何才能供养那么多人?

这已经不是我要操心的问题,但我还是不能轻易释怀。

我无须为此操心,因为我赢了彩票,就在我二十六岁那年,圣诞节后的那一天。

奖金有二十五万元。足够我过上一整年帝王般的生活。也够让我娶个老婆生儿育女,只要两口子都工作,生活水平别太奢侈就行。

或者也可以买一张去宇宙门的单程票。

我拿着彩票,去了星际旅行社,兑换了一张飞船票。他们通常没有太多生意,尤其是去宇宙门这趟线路,因此看到我都很高兴。换完票,我还剩下大约一万元,可能多点儿,也可能少点儿。我也没细数。我买了酒,来招待跟我一个班次的所有工友,有多少来多少。我那一班来了五十人,加上我所有的朋友,以及

_____

① 恶性蛋白质营养不良症。

来蹭吃蹭喝凑热闹的人,大家开了一个二十四小时的大派对。

然后,在一场怀俄明州的暴风雪中,我摇摇晃晃地回到了星际旅行社。五个月后,我乘坐的飞船向着小行星的方向飞旋着出发了。我凝视着舷窗外虎视眈眈的巴西巡航舰,终于踏上了最终让我成为一个寻宝人的征途。

3

西格弗里德从来不会结束一个话题。他从来不会说:"好了,鲍勃,关于这一点我想我们已经谈得足够多了。"但有时候,我在垫子上已经躺了很长一段时间,却一直对他的问题没什么回应,既不开玩笑,也不"嗯、啊"地敷衍,那么过一会儿他就会说:

"我觉得我们可以回过头去聊一个不同的话题,鲍勃。前面你提到过一件事,我们现在可以接着再谈谈。你还记得那个时候吗,上一次你——"

"上一次我跟克拉拉说话的时候,对吧?"

"是的,鲍勃。"

"西格弗里德,我总是知道你要说什么。"

"那没关系,鲍勃。我们谈谈那件事如何?你想聊聊你那时候的感受吗?"

"行啊!"我把右手中指的指甲塞进两个下门牙之间,来回剔干净指甲。我检查着那根指甲,说:"我知道那是一个重要时刻。也许差不多是我一生中最糟糕的时刻。甚至比西尔维娅抛弃我,或当我得知母亲去世的时候还要糟糕。"

"你是说,你宁愿谈谈那两件事,是吗,鲍勃?"

"我什么都不想谈。是你说谈克拉拉的,那我们就谈谈克拉拉。"

我在泡沫垫子上躺好,想了一会儿。我一直对超验洞察很感兴趣,有时我在头脑中先放置好一个问题,然后就开始一遍遍地念出咒语:"在巴哈卖出鱼类养殖场的股票,在商品交易所买进水暖用品。"问题往往就会最终得到解决。就是这句话,它真的管用。或者这句也行:"带着瑞秋去梅里达①,在坎佩切湾冲浪。"我用尽了一切办法都无果,直到用了这句话才让她第一次上了我的床。

然后西格弗里德说:"你又没有回应了,鲍勃。"

"我在想你说的话。"

"请不要去想它,鲍勃。要说出来。告诉我你现在对克拉拉是什么感觉。"

老实说我在试图用我那个念咒的法子想出答案。西格弗里德不让我使用超验洞察,所以我就在脑海里找了找,有没有什么被压抑的感情。

"嗯,好像没有。"我说。起码表面上没有。

"你还记得当时的感觉吗,鲍勃?"

"当然。"

"那就试着体会你的感受,鲍勃。"

"好吧。"我听他的话,开始在我脑海里重建当时的情形。我在那儿,正在跟克拉拉用无线电通话。达涅在着陆舱里喊着什么。我们全都吓傻了。正下方的蓝色薄雾慢慢散开,我第一次看到了微弱的星光。三人船——不,是一艘五人船。总之,它散

① 墨西哥城市。

发出呕吐物和汗水的臭味。我全身酸痛。

我清楚地记得那气味，不过我肯定不想再度感受它。

我带着笑轻声说："西格弗里德，那种痛苦、内疚和悲惨的感觉太强烈了，我没办法应对。"有时候我会这样对付他，讲述一件痛苦的真事，而口气却仿佛是在鸡尾酒会上招呼服务员再给换一杯其他口味的朗姆潘趣酒①。当我想转移他的攻势，就会这样做，但其实没什么用。西格弗里德的体内有很多昔奇电路。他比我当年治疗精神病时待过的那间研究所可要厉害多了。他不间断地监控我所有的身体指标：皮肤导电性、脉搏和β脑电波活动等等。把我固定在垫子上的绑带上还可以看到读数，以显示我挣扎的剧烈程度。他会测量我说话的音量，对结果进行光谱扫描分析，以发现有没有什么弦外之音。何况他也明白我说的每个字的意思。考虑到他是多么的愚蠢，西格弗里德的设计可谓聪明绝顶。

有时，想愚弄他是非常困难的。每次跟他的谈话结束，我都会精疲力竭，感觉如果再跟他多待一分钟，我就会坠入那痛苦的深渊，万劫不复。

或者是能被治愈？毁灭也好，治愈也好，也许本就是一回事。

---

① 混合果汁的鸡尾酒。

322	,S, 我不知道为什么老是	17,095
	回来找你	17,100
	西格弗里德.	17,105
323	IRRAY .为什么.	17,110
324	,C, 我提醒你, 博比,	17,115
	你已经用掉了	17,120
	三个胃以及, 让我	17,125
	看看, 将近五米的	17,130
	肠子.	17,135
325	,C, 溃疡, 癌症.	17,140
	,C, 好像有什么	17,145
	要把你吃光,	17,150
	鲍勃.	17,155

4

　　这里就是宇宙门,坐在从地球来的飞船上,向左舷窗外面望去,它越来越大。

　　它是一颗小行星,或者说一颗彗星的核。其长轴直径大约十公里,整体是个梨形。从远处眺望,它就像一个疙疙瘩瘩的焦炭团,闪耀着蓝色;而走到近前,它却是通往宇宙之门。

　　谢莉·罗菲靠在我的肩膀上。我俩身后是这支寻宝人队伍里的其余人。大家聚集在我们身后,盯着宇宙门看。"天哪,鲍勃。你看那些巡航舰!"

　　"他们要是发现有任何不对,"我们背后有人说,"就会一炮把我们轰到九霄云外去。"

　　"他们不会发现有任何不对。"谢莉说,但她的话音里却带着一丝疑虑。这些巡航舰看起来很不友善,它们围绕着小行星嫉妒地盘旋着,紧盯每一个进来的人,看他是不是要盗取藏在这里的那些无价秘密。

　　我们都扒在舷窗上,转着脑袋看小行星。这么干蠢极了。我们可能会为此付出生命的代价。我们的飞船与宇宙门或巴西巡航舰的轨道对接过程中，倒是未必会有多大的 delta-V①，但只要飞船做一个快速轨道修正动作，我们就会被甩得四下飞散。而且还有另一种可能：我们的飞船将翻滚大约四分之一圈，然后我们会突然发现自己正近距离凝视着毫无遮挡的太阳。那么近的距离，就意味着永久性失明。但我们还是移不开眼睛。

那些巴西巡航舰都懒得用火控系统锁定我们。我们看到光束来回闪烁，知道他们在用激光检查我们的客货清单。这是正常的。我刚才说巴西巡航舰盯着的是窃贼们，但实际上他们更在意的是其他国家的巡航舰，而不是担心某个人，包括我们。俄国人怀疑中国人，中国人怀疑俄国人，巴西人怀疑的是金星人。所有这些人都怀疑美国人。

因此，比起监视我们，其他四艘巡航舰当然是更加紧密地看着巴西人。不过大家都知道，一旦我们的加密准运执照不能匹配从地球离港时在五个领事馆分别备案过的模式，那么我们甚至没机会分辩，答复我们的就将是一枚鱼雷。

有趣的是，我都能想象出那枚鱼雷的样子。我能想象，那位冷血的战士如何瞄准，发射，还有我们的飞船如何绽放为一块橙光耀斑，然后我们将全部变成游离在轨道上的原子……不过我后来才知道，当时对面那艘飞船上的鱼雷手名叫弗兰西·埃雷拉，是一位助理军械师。我们后来变成了好哥们儿。他还真不是什么冷血杀手。最后一次航行回来之后，在我的病房里，我曾经趴在他的怀里哭了一整天，他原本是来执行搜查任务，检查我是不是带回了什么违禁品的。弗兰西后来也跟我一起哭了。

巡航舰掉头离开，我们的飞船开始靠近宇宙门，寻宝人全都

---

①字面意思即速度变化量，单位米/秒。航天动力学中用来衡量飞行器变轨机动动作所需要的动力。

被轻轻地向后甩出去，大家纷纷拉着把手回到窗口。

"它看起来像得了天花。"队伍里有人说道。

的确像，而且有些疱疹还是绽开的。那些是正在执行外出寻宝任务的飞船的泊位。有的会永远绽开，因为泊位上的飞船再也不会回来了。不过大多数疱疹都被什么东西覆盖着，那东西鼓鼓的，看上去就像一个个蘑菇伞帽。

这些伞帽就是飞船，宇宙门的意义就在于它们。

这些飞船可不容易见到。宇宙门自身也很隐蔽。首先，它的反照率较低，体积也不是很大。正如我之前说过的，长轴直径大约十公里，是其自转赤道长度的一半。但它还是可以被检测到的。在第一只地沟老鼠①的指引下，天文学家们来到了这里，他们不禁问自己：为什么我们没有在一个世纪前就发现它。现在，他们知道大概方向了，才找到它。从地球上看，它的亮度有时候是十七级星等②。应该很容易被注意到。你可能会觉得，一次例行的星图绘制作业就应该能发现它。

问题是，关于那个太空方位，并没有太多例行的星图绘制作业，而且在为数不多的观察中，似乎都漏掉了宇宙门所在的区域。

恒星天文学通常会着重观察背离太阳的方向。太阳天文学的观察重点一般会放在黄道面上——而宇宙门绕日飞行是沿着一条与黄道面成直角的轨道。因此，它正好从两伙人的观测中漏了过去。

压电麦克风哔哔作响，通知声传来："五分钟内靠岸。返回

---

① 指居住在金星地下隧道里的人类。

② 天文学术语，指星体在天空中的相对亮度。星体越亮，其星等数值就越低。从地球上看，太阳的星等约为−27，满月约为13，冥王星约为14。

你们的铺位。系好安全带。"

我们到了。

谢莉·罗菲伸出手,透过安全带握着我的手。我也捏了捏她的手。我之前都没见过她,直到她在我隔壁的铺位突然出现,我们从来没有上过床,但眼下这样的心灵共鸣让我感觉我们差不多算在做爱了。就好像我们要以史上最宏大最美好的方式来一起达到高潮,不过不是性事,而是到达宇宙门。

人类开始勘探金星表面之后,就发现了昔奇矿区。

他们没有发现任何昔奇人。无论昔奇人是谁,也不管他们何时曾居住在金星上,现在他们全都无影无踪了,甚至连一座可以让人类掘尸、解剖的坟墓都没留下。那儿只剩下隧道和洞穴,还有少量毫不起眼的文物小器件,以及让人类绞尽脑汁企图仿制的技术奇迹。

然后就有人发现了一张昔奇人绘制的太阳系星图,上面有木星和它的卫星、火星和外行星①,也少不了地球和月球这一对儿。还有金星,在闪着蓝光的昔奇金属制成的星图上被标记成黑色。剩下的是水星。另有一个绕太阳公转的天体,整个图上除了金星,就只有它被标记为黑色。那是一个处在金星近日点之内、水星轨道之外的星体,与黄道面夹角呈九十度,因而永远不会太过靠近金星或水星。一个从未被地球上的天文学家们发现的星体。研究者猜想:这是一颗小行星或者彗星——这两个词只有字面上的区别——而昔奇人出于某种原因对其特别关注。

借助伸缩式地下探头,也许我们迟早有一天可以搞清楚这件事,不过那也不一定。然后,那位著名的西尔维斯特·麦克伦

---

① 太阳系处在小行星带之外的行星。

——在此之前他默默无闻，只不过是金星上的一只地沟老鼠——发现了一艘昔奇飞船，他开着飞船到了宇宙门，然后死在了那里。但他成功地让人们知道了他的位置：他很聪明地炸掉了自己的飞船。于是，NASA临时改变了一架探测飞行器的航线，从太阳色球层附近转向飞到了那里，宇宙门由此被人类打开。

那里面，就是群星。

那里面，再说得不那么诗意，就实际点讲：是将近一千艘小型太空飞船，有点儿像一只只大蘑菇，它们的形状和大小各异，最小的顶端是圆形，就像怀俄明州的页岩开采殆尽之后人们在隧道里种植以供超市出售的那种蘑菇。而大一些的飞船则是尖顶的，就像羊肚菌。蘑菇伞帽里面是几个居住舱和一部谁也搞不懂原理的驱动器。蘑菇柄是化学燃料火箭飞船，有点儿像最早的太空项目里使用的那种老式登月着陆舱。

谁也搞不清伞帽部分是如何驱动的，也不清楚怎么控制其飞行方向。

一想到我们要靠这些没人能懂的东西去撞大运，所有人都感到很紧张。一旦你开动了一艘昔奇飞船，剩下的事儿你可就是确确实实的无能为力了。飞船的航线是事先内置在导航系统中的，其原理无人能够理解。你可以挑选一条航线，但是一旦选定就无法再改——而且选择的时候也无法获知这条航线的目的地是哪里，就像你不打开什锦饼干盒就没法先知道里面装着什么饼干一样。

但是这些飞船都可以运行。经过了这么漫长的岁月（有人说可能有五十万年），它们仍然可以工作。

第一个胆子大的人钻进其中一艘，成功地启动了飞船。它摆脱了小行星表面的泊位，一团亮光闪过，一下子消失不见了。

（赫格拉梅特教授讲座的答疑笔记）

问题：昔奇人长什么样子？

赫格拉梅特教授：没有人知道。我们从来没有发现任何类似照片或绘画的物件，除了两三张星图。也没有书籍。

问题：难道他们不具备存储知识的系统，比如书写？

赫格拉梅特教授：哦，那当然了，他们肯定有。不过我不知道那是什么样子的。我猜想……哦，这只是一个猜想。

问题：什么猜想？

赫格拉梅特教授：嗯，就说我们自己的存储方式吧，试想一下，假如它们出现在技术时代之前，会怎么样？比如说，我们要是塞给欧几里得一本书，他肯定能搞明白这东西是做什么用的，哪怕他不认识上面的字。可是，假如我们塞给他的是一盘盒式磁带呢？他不可能知道这东西是干什么用的。我猜测，不，我相信，我们应该已经拿到这种昔奇的"书本"了，只不过我们还没意识到。比如一根昔奇金属棒。也可能是飞船上那个Q型螺旋，对其功能我们一无所知。这倒不是什么新想法。我们对这些东西做过各种解读测试：磁码、密纹、化学式——结果一无所获。不过，那可能是因为我们还没有掌握能够检测到其中信息的工具。

问题：关于昔奇，有些问题我还是搞不懂。为什么他们要留下这些隧道和处所？他们跑到哪儿去了？

赫格拉梅特教授：小姐，对你这些问题我只能彻底认输。

三个月后，飞船回来了，载着那名饿得半死却还双目圆睁的宇航员，他坐在飞船里，浑身洋溢着胜利的光辉。他去了另一个恒星系！他到达了一颗被黄云包围着的灰色行星，绕着它飞行，然后想办法反向操作——接着发现自己被飞船内置的导航控制系统带回了出发时那同一处疱疹状的泊位。

于是他们派出了另一艘飞船，这一次是那样像尖尖的羊肚菌形状的大家伙，里面乘坐了四名船员，还配备了充足的口粮和仪器仪表设备。他们离开了仅仅大约五十天。在那五十天里，他们不只是到达了另一个恒星系，还使用登陆舱，降落在一颗行星的表面。那里已没有任何生命存在……但曾经有过。

他们发现了生命的遗迹，但不太多。几样破烂的垃圾，位于一座山顶的角落，躲过了摧毁整个行星的大撞击。宇航员们从放射性尘埃中挖出了一块砖头、一枚陶瓷螺栓，还有一块熔化了一半的金属物件，看起来像是一支铬制长笛。

再接下来，就是星际移民潮的开始……而我们正是其中的一队。

5

西格弗里德是一台挺聪明的机器,但我总觉得他什么地方有点儿不对劲。他老是要我给他讲我做的梦。可有时候我灵感乍现做了一梦,我本以为他肯定会喜欢。那梦里充满生殖器符号、恋物癖和我负疚感。我给他讲我的梦时,真有点儿像给老师送教师节礼物的感觉。结果他并不笑纳。他自有一套奇特的关注点,跟我的梦压根儿没什么关系。我给他讲述完整件事后,他就会坐在那儿,咔咔、呼呼、嗡嗡,乱七八糟地响上一阵子——其实他并没有真的发出响声,那只是我在等待中的幻想——然后说:"我们还是回到另一个话题吧,鲍勃。我感兴趣的是之前你谈到的那个女人,有关格勒-克拉拉·莫恩林的事情。"

我说:"西格弗里德,你又开始白费力气地瞎找了。"

"我不这么认为,鲍勃。"

"可是,我刚跟你说的那个梦!老天,难道你看不出它是多么的重要?要不我们来谈谈那梦里的母亲形象?"

"还是让我来做该做的事吧,鲍勃。"

"我有的选吗?"我郁闷地说。

"你当然有的选,鲍勃。但我很想引用你刚才说过的一句话。"他停了下来，我听见自己的声音从他的某段磁带里传了出来。那声音说："西格弗里德，那种痛苦、内疚和悲惨的感觉太强烈了，我没办法应对。"

他等着我说点儿什么。

片刻之后，我开口道："好一段记录！不过我还是更想谈谈我梦里的恋母情结。"

"我认为还是讨论录音里那件事会更有用，鲍勃。也许这两件事就是相互关联的。"

"真的吗？"我跃跃欲试，准备好以超然态度和哲学方法来讨论这一理论的可能性。但他一记直拳砸中了我的心窝："请告诉我，鲍勃。你跟克拉拉之间最后一次谈话，给你什么感受？"

"我都告诉过你了。"这纯粹是在浪费时间。我故意没好气地说话，身体把绑带绷得紧紧的，好让他知道我讨厌这样，"比我跟母亲的最后一次谈话还要糟糕。"

"我知道你宁愿谈论你的母亲，鲍勃。但请你不要这么做，现在不要。跟我说说你跟克拉拉的那次谈话。你眼下再回想起来，是什么感觉？"

老实说，我试着想了想这个问题的答案。毕竟，只是想一想我还是可以做到的。我本该换种表达但我还是脱口而出："没啥感觉。"

他稍微停顿了一下，问道："就这样？'没啥感觉？'"

"就这么简单。没啥感觉。"起码表面上没有。我的确记得我当时的感觉。我小心翼翼地打开了那段记忆，看看它是什么样子。下降到蓝色薄雾之中。第一次看见暗淡的鬼星。用无线电跟克拉拉通话，同时达涅在我耳边低语……我把那段记忆再次关闭。

　　"全都是痛苦,非常痛苦,西格弗里德。"我叙述道。有时候,我会用轻松的语气(仿佛是在点一杯咖啡)来讲述强烈的情绪,试图以此蒙骗他,不过这一招好像并不奏效。西格弗里德分析我的音量和语气,不过他同时也分析我的呼吸和停顿,以及词语的含义。他看起来有多蠢,他实际上就有多聪明。

6

五个常任理事国的五艘巡航舰各自派出一名士官。他们拍打着我们进行了搜身,又检查了我们的身份证件,然后把我们移交给一名宇宙门公司的审查员。那俄国士官拍到谢莉的敏感部位,她咯咯地笑着低声说:"你说他们觉得我们能走私什么东西到这里,鲍勃?"

我"嘘"了一声,示意她不要说话。宇宙门公司派来的那名女士已经从士官小分队的中国队长那里接过了我们的入境卡,然后开始逐个呼喊我们的名字。我们一行有八个人。"欢迎来到宇宙门,"她说道,"公司给你们每个人都安排了一名监护人。他会给你们安排住处,回答你们的问题,告诉你们在哪儿体检和上课。并且,他会给你们一份需要签署的合同。载你们来的船上有你们的现金存款,每个人的账户都将被扣除一千一百五十元,作为你们头十天的生命支持人头税。剩下的钱你们用压电支票可以随时支取。你们的监护人会告诉你们怎么做。林斯科特!"

来自下加利福尼亚的那位中年黑人男子举起了手,"你的监护人是绍塔·塔拉斯维利。布罗德黑德!"

"在这儿。"

"达涅·梅捷尼科夫。"公司审查员说。

我四下张望，有个人已经朝我走了过来，他应该就是达涅·梅捷尼科夫。他一把抓住我的手臂，拽起我就走，边走边说："你好。"

我站住了，"我想跟我的朋友们道个别——"

"你们都在同一个区域，"他咕哝道，"走吧。"

于是，到达宇宙门才两小时，我已经有了一个房间、一个监护人，还签了一份合同。我拿到合同立马就签了，几乎看都没看详细条款。梅捷尼科夫看上去很惊讶，"难道你不想看看合同里写了什么？"

"现在不想。"我的意思是，我们还有什么条件可谈吗？假如我不认可合同里的条款，临时改变主意，那接下来我又能怎么办？真的还有选择吗？的确，做一名寻宝人是很可怕的事。我不想死于非命。我压根就不想死。死亡，不再活着，一切停止，明知道其他人都在继续生活、做爱、欢乐，我却再也不能分享一星半点。但就算是让我死亡，我也不想再回到食物矿去。

梅捷尼科夫把衣领挂在我房间墙壁的挂钩上，让自己悬浮起来，免得妨碍我收拾随身带来的行李。他身材矮胖、脸色苍白，也不太爱说话。看外表他并不讨人喜欢，但他至少没有因为我是一个笨拙的新人就取笑我。宇宙门的重力近乎于零。而我之前在怀俄明州的生活可从来没有经历过低重力环境，所以我频频出错。我一抱怨，梅捷尼科夫就说："你习惯习惯就好了。你带了大麻没有？"

"恐怕没有。"

他叹了口气，那盘腿挂在墙上的样子，看上去就像一尊佛像。

协议备忘录

1.本人姓名：_____，心智健全，特此声明，若本人在探险活动中（该活动可能涉及任何搭载本人的航天器或宇宙门当局提供给本人的信息）获得以下任何项目：新发现、文物、实物，以及具有任何形式价值的事物，本人都自愿将与这些事物相关的一切权利以不可撤销的形式让渡予上述宇宙门官方。

2.宇宙门官方可以全权决定，选择出售、出租或其他方式处置任何文物、实物或因我的活动而产生的本合同条款规定之其他价值物。若宇宙门官方这样处置，它同意将上述出售、出租或其他方式处置所得的50%（佰分之伍拾）分配予本人，用以支付探索旅程本身的成本（包括本人前来宇宙门的差旅费以及在该处居住的后续生活费）。上述费用一经支付，本人还将获得所有后续所得的10%（佰分之拾）。宇宙门官方交予本人的任何工作安排，本人预先认可上述分配为全额给付之报酬，并明确承诺不再索取任何额外报酬。

3.对于任何此类发现，包括其附属权利，本人不可撤销地完全授予宇宙门官方，由其全权决定开发、销售或租赁的各类相关事宜，并可出于开发、租赁或销售的目的将本人的发现或其他价值物与他人的发现或价值物集中合并处置，在此种情况下，由此产生的所得中，本人获得的份额可以是宇宙门官方认为恰当的任何比例。同时，本人进一步授权宇宙门官方，可全权决定不以任何方式开发任何上述发现或价值物。

4.本人免除宇宙门官方对由于与本合同规定范围内本人活动有关的任何本人遭受的伤害、事故或任何形式的损失而引起的由本人或以本人的名义提出的一切主张之责任。

5.对于由本协议备忘录而产生的任何意见分歧，本人同意合同条款应仅依照宇宙门的法律及判例来解释，任何其他司法管辖机关的法律或判例都应被视为不具任何程度之相关性。

他看了看手表，说道："一会儿我带你出去喝一杯。这是个传统。只不过晚上十点之前都没什么意思。十点之后蓝色地狱就会挤满了人，我可以带着你四处转转，认识认识人。也看看你能找到什么。你是直的还是弯的，哪种？"

"我很直。"

"哪种都行。不过那事儿你得靠自己。我可以把你介绍给任何人，只要我认识，但接下来的事儿就只能靠你自己了。你最好马上习惯这种方式。你有地图吗？"

"地图？"

"唉，我说兄弟！翻翻他们给你的那包东西。"

我盲目地打开一个个储物柜，找到了之前放进去的那个大信封。里面有我签的那份协议的副本；一本小册子，题目写着"欢迎来到宇宙门"；我的房间号；我的健康问卷，我得在第二天早晨八点之前填好……还有一张折好的纸，打开来看，就像是一张写着好多地名的接线图。

"就是这个。看看你在哪儿？记住你的房间号：新手层，东区,第八隧道,五十一号房间。拿笔写下来。"

"这儿已经写着了,达涅,就在我的房间分配表上。"

"那好,别弄丢了。"达涅伸手到脖子后面解开自己,轻轻地落在了地板上,"你现在可以自己去四处转转。我一会儿再来这里接你。还有什么你想知道的吗?"

我思索着,他看上去有些不耐烦。"嗯……介意我问你一个私人问题吗,达涅?你去寻过宝吗?"

"六次。行了,咱们晚上十点见。"说完他推开活动门,溜进涂成丛林绿的走廊,消失了。

我狠狠地——实际上动作却很轻很慢——坐进一把椅子。我不断提醒自己:我现在是在宇宙的家门口呢!

我不知道如何才能向你描述从宇宙门看出去的宇宙是什么样子:就像是年纪轻轻便拥有了全面医保;又像坐在世界上最好的餐厅里看着菜单,而有人会为你付账;还像遇到一个初次见面就向你告白的女孩;总之,像一份待拆的礼物。

关于宇宙门,最先给人留下深刻印象的是隧道的窄小——因为里面整齐地点缀着窗台植物,你甚至会感觉它们比实际的尺寸还要小;然后就是低重力导致的眩晕;最后就是那股臭味。你不时就能发现有关宇宙门的一点儿新东西,但你无法将它一览无余。它只是个建在岩石里的隧道迷宫。也不知道这些隧道是不是都有人探索过。有些地段就算不是从来无人涉足,起码也算得上是人迹罕至。

这就是昔奇人的方式。他们捕获小行星,用金属墙把它包裹起来,向内钻出错综复杂的隧道,然后在里面塞满各种各样的物件——到我们发现这些隧道的时候,里面大多已空无一物。我们在宇宙其他地方发现的昔奇人的遗迹,也都是如此。他们就这样离开了，原因无从知晓。

最接近宇宙门中心点的地方叫作昔奇城。那是一处纺锤形的洞穴，靠近小行星的几何中心。人们说昔奇人建好宇宙门之后就住在那里。一开始我们也都住在那里，或者说离那里不远。我们是指所有新从地球过来的人（也包括从其他地方来的人，就在我们之前，有一艘来自金星的飞船也刚刚抵达）。那里有宇宙门公司安排的住房。日后如果我们靠寻宝发了财，就可以搬到离地面近一点儿的地方去住，那里的重力会大一些，也更安静。最重要的是气味会好很多。我呼吸的空气，是好几千人曾经呼吸过的；我喝的水，也曾经是他们不晓得什么时候的排泄物。所有这些空气和水，无不尽情散发着各种气味。人们来来去去，大多数都不会停留太久。但那些气味会一直留下来。

不过我不在乎气味。我什么都不在乎。宇宙门是我的大额彩票，能为我赢来全面医保、九个房间的大宅、老婆孩子，还有很多很多的快乐。我已经中过一次彩票了。这让我飘飘然，信心满满能够再赢一次。

宇宙门之旅固然刺激，但同时也很艰苦。这里可没什么奢侈享受的项目。花费二十三万八千五百七十五元，你也只够支付来到宇宙门的路费、十天的食宿和空气、一套教你开飞船的速成班课程，以及搭乘某一班飞船出发的邀请函，可以是任何一艘你喜欢的飞船。在交通工具这件事上他们不会限制你，你选什么飞船都可以，但你只能选择其中的一艘。

宇宙门公司不靠这些赚钱。所有服务都是成本价。那倒不是说就很便宜，当然也不意味着你就能得到什么像样的好东西。他们提供的食物也就跟我一辈子都在挖在吃的那玩意儿差不太多。住宿则是约莫一个飞船客舱大小的空间，有一把椅子、几格储物柜、一张折叠桌,还有一张吊床,想睡觉的时候就把它展开,两头挂在房间的对角。

我的隔壁邻居是一家来自金星的人。透过半掩的门,我无意间朝里瞥了一眼。你能想象吗?他们一家四口人,竟然全都睡在同一个隔间里!看着像是房间对角交叉挂了两张吊床,每张吊床上睡着两个人。我另一边就是谢莉的房间。我敲了敲她的房门,但没有回应。门没锁。宇宙门这儿没人锁门,因为也没有什么值得偷的东西。谢莉没在房间里。她在飞船上这一路穿的那些衣服在房间里扔得到处都是。

估计她是出去探索这片新天地了,我也应该早点儿动身的。要是有人跟我一起探索就好了。隧道一侧的墙壁上爬满了常春藤,我靠在上面,掏出自己的地图。

看了半天,我也不知道该上哪儿去转转。有两个地方,标着"中央公园"和"上湖"。这都是些什么所在?我又琢磨起"宇宙门博物馆",这地方听起来好像挺有意思。还有个"终点医院",听着就很糟糕了。后来我才发现,"终点"指的是航线的结束——不管你去了哪里,回来后都有可能要到那儿待上一阵子。宇宙门公司一定也知道这名字容易引发别的联想吧?但公司从来不会费心去顾及寻宝人的感受。

我真正想要看的是飞船!

这个想法一从心底冒出来,我就意识到它有多么强烈。我仔细琢磨地图,看看要怎么到宇宙门外层去,飞船停靠的码头肯定都在那儿。我一只手抓着固定栏杆,另一只手展开地图,很快就在上面找到了自己的位置。在地图上,这里应该就是那个标有"东星新手G"的交叉路口。五条隧道交汇在这里,其中一条应该会通往升降竖井,但我看不出是哪一条。

我随机找了一条，结果撞见了一个死胡同，在返回的路上，我想问问路，便敲了一扇门。门开了。"请问——"我开口问道。

开门的是一个男人，感觉身高跟我相仿，但实际并非如此。他的双眼的确可以平视我的双眼。但是往下到腰部，事情就有了变化。他没有双腿。

他说了些什么，但我听不懂，不是英语。听不听得懂其实也无关紧要。因为我的注意力已经完全被他吸引。他身上裹着薄纱般的织物，从手腕一直缠到腰际，闪闪发亮，一双轻轻舞动的翅膀让他停在空中。考虑到宇宙门的低重力，要做到这一点倒是不难。不过亲眼见到还是令人惊奇。我说，"不好意思，我就想问问怎么去塔尼娅层。"我试图不让自己盯着他看，却无法做到。

他笑了，露出洁白的牙齿，一张苍老的脸上却没有什么皱纹。他有一头短直白发，一双乌黑的眼睛。他推门出来到了走廊上，用标准的英语说："没问题。往前走，在第一个路口右转。到了下一个标着星号的路口，再向左转。你会看到标识。"他朝着星号路口的方向扬了扬下巴。

我谢过他之后转身离开，留下身后飘浮在空中的他。我想回头看看，却又怕失礼冒犯他。这很奇怪——我没想到宇宙门还会有残疾人。

足见我当时是多么的幼稚。

欢迎来到宇宙门!

祝贺您!

每年只有极少数的人可以成为宇宙门公司的有限合伙人,而您正是其中之一。您的首要义务是签署随函附上的协议备忘录。您不必马上就签字。我们也鼓励您仔细研究协议,寻求必要的法律咨询,如果您有的话。

但是,在签字之前,您将无法获得以下服务:公司提供的住房、在公司物资供应站用餐以及参加公司的指导课程。

若您暂未打算签署协议备忘录,也可前往宇宙门酒店和餐馆,那里可为来此观光的游客提供食宿。

宇宙门运营说明

为承担宇宙门的维护费用,所有人都须支付每日的核定人头费用,包括:空气费、温控费、管理费以及其他费用。

如果您是访客,这笔费用已包含在您的酒店账单之内。

其他人的收费价目表也已公示。若您愿意,亦可提前预付一年的税费。不缴纳每日人头费用者,将被立即驱逐出宇宙门。

注:无法保证有飞船能够收载被驱逐者。

看到了这个人，我才意识到一些之前没能从统计数字里发现的宇宙门的另一面。统计数据十分清晰，所有已经成为寻宝人的人，还包括更多想当寻宝人却还没能实现的人，全都研究过这些统计数据。从宇宙门出发的飞船中，约有百分之八十返回的时候一无所获。另有大约百分之十五，压根儿就回不来了。这样算来，平均每二十个出去寻宝的人里，只有一个人回来的时候能带上点儿让宇宙门——往大了说也是让全人类——觉得有利可图的东西。大多数寻宝人，只要能赚回一开始来到宇宙门的路费，就已经算是幸运的了。

假如你在外出寻宝的过程中受了伤……哦，那就惨了。终点医院的设施精良不输于其他任何地方。但首先你得等得起，才能挂上号。等待入院的过程有可能持续数月。如果你是在外面受的伤——而这也正是通常的情况——那就只能听天由命，只能等到返回宇宙门再接受治疗。到那时，别说恢复如初，能不能保住性命都不好说了。

顺便说一下，宇宙门会免费送你返回故乡。不过返程飞船上的人总是比来时候要少。他们称之为人员损耗。

回程是免费的……不过你还有命享受得到吗？

在塔尼娅层，我松开缆绳，脱离升降竖井，进入一条隧道，撞见了一个戴着帽子和臂章的人——宇宙门警察。他不说英语，只用手指了指，但是那架势让人不敢不服从他的命令。我只好抓起缆绳，又向上升了一层，然后找到另一处升降竖井，想再下去一层。

唯一的区别是这一次碰到的警卫会讲英语。"你不能来这儿。"他说。

"我只是想看看飞船。"

"我知道。你不能看。你得有蓝牌子，"他一边说，一边拍了拍自己身上的那一块，"这是发给公司专职人员的，飞船的船员或维护人员。"

"我就是船员。"

他笑了，"你是个刚从地球来的新人，对吗？朋友，只有签了协议，你才是船员，签之前你可不是。快回去吧。"

我还想讲道理："你懂我的感受，对不对？我只是想看一看。"

"不行，你必须先完成培训课程。除非上课的时候他们带你过来，你才能进去。上完课之后，有的是时间让你看。"

我又提出了一些借口，但他有更多的理由反驳。我只好伸手去拉上升缆绳，但是这时隧道好像猛地一晃，接着就是震耳欲聋的一声爆炸。有那么一分钟我还以为整个小行星都被炸飞了。我瞪着警卫，他耸了耸肩，表情倒没那么不友好了。"我只说你不能看，"他说，"但我可没说你不能听。"

我差点喊出"哇！"或"我的老天！"，话到嘴边又咽了回去。我真正想说并且说出来的话是："你觉得这艘飞船是去哪儿的？"

"六个月后你再回来。也许到那会儿我们就知道答案了。"

好吧，这么一说好像也就没什么值得兴奋的了。但我还是感到欢欣鼓舞。我在食物矿劳作了这么多年，现在终于来到了这里。这里是宇宙门，也是我能亲眼目睹那些英勇的寻宝人踏上征程的地方，目睹他们去挣得名气和令人难以置信的财富！还管它什么概率不概率的，这才是真正的高端生活。

这让我有些忘乎所以，结果在返回的时候又迷路了。我到达新手层的时候，比计划的时间晚了十分钟。

达涅·梅捷尼科夫正从我的房间出来，快步沿着隧道走过来。他好像没认出我来。我觉得要不是我伸手拦住他,他可能就这么从我身边走过去了。

"哦,"他嘟哝了一声,"你迟到了。"

"我刚才下到坦尼娅层去了,想亲眼看一看那些飞船。"

"哦。你得有一个蓝牌子或手镯,才能去那儿。"

嗯,可不是嘛,这事儿我已经知道了。于是我跟在他后面,也没再浪费力气尝试跟他交谈。

宇宙门是什么?

宇宙门是一颗人工小行星,由一个外星种族(我们称之为昔奇人)创建。其构筑方式似乎是通过用金属包围着一颗小行星或异形彗核来实现的。昔奇人建造宇宙门的确切时间不详,但几乎可以肯定早于人类文明的诞生。

宇宙门的内部环境与地球类似,只是重力相对较小(其实里面并没有重力,不过宇宙门自转产生的离心力可以提供跟重力等效的环境)。如果你来自地球,因为低气压的缘故,头几天你会觉得呼吸困难。虽然氧压略微不足,但也跟地球上海拔两千米的地方大致相同,这对身体健康的正常人来说并无大碍。

梅捷尼科夫是一个脸色苍白的人,却蓄着一副精心修饰的连鬓卷须,看上去好像还上过润须蜡,每一小卷胡子都别具一格地翘着。不是润须蜡,他的大胡子里面除了胡须还有别的东西,反正不是那种僵硬的东西。他一动,这一整副胡子就跟着也动起来,他说话和笑的时候,下颌骨上的肌肉运动会让胡须也颤颤巍巍的。我们到了蓝色地狱,梅捷尼科夫终于笑了起来。他买了第一轮酒,仔细地对我解释说这是这里的习俗,但习俗只要求喝一轮就好。我买的第二轮。轮到他买酒时我打乱顺序,又买了第三轮,他的笑容又出现了。

蓝色地狱十分喧闹,讲话都听不太清,不过我还是告诉他我亲耳听到了一次发射。"那好啊,"他举起杯子说道,"祝他们旅途愉快。"梅捷尼科夫戴着六个发光的蓝色手镯,那都是昔奇金属制成,细若游丝。他咕咚一口吞下了半杯酒,手上的镯子叮当轻响。

"你这些镯子,"我问道,"是不是每出去一趟就挂上一个?"

他喝光了剩下的一半酒。"没错。现在我要去跳舞了。"他说完就朝一位穿着粉色发光纱丽的女人冲了过去。我盯着他的背影。好吧,他的确不怎么健谈。

话说回来,反正这里的喧嚣也让你没法真正谈话。其实也没法真正跳舞。蓝色地狱位于宇宙门的中央,是供人们居住的那个纺锤形洞穴的一部分。在这里,旋转离心力模拟的重力很小,我们的体重都不超过两三磅。要是有人想在这儿跳华尔兹或波尔卡舞,一定会飞起来。因此,大家跳的是那种没有身体接触的初中生舞蹈,舞姿的编排仿佛特意要让十四岁的男孩不必太仰着头看比他发育更快长得更高的十四岁女孩舞伴。差不多就是要你站稳脚步,然后随意舞动头、臂、肩、臀。你要是问我,我当然更喜欢有身体接触的舞蹈。不过哪能事事如意呢？不管怎么说，我还是喜欢跳舞的。

我看见谢莉在房间对面跟一个年长的女人待在一起，我想那应该是她的监护人。我邀请她跳了一支舞。"到目前为止，你觉得这儿怎么样？"我大声喊道，好让声音压过音乐。她点点头，也大声喊叫着回答了一句，可我听不清她说了什么。我又跟一位大块头黑人女子跳了一支舞，她戴着两只蓝色手镯，然后我又跟谢莉跳了一次。接着达涅·梅捷尼科夫又把他的一个舞伴交给了我，显然是想摆脱那姑娘。然后又是一个身材高大，长相也不太精致的女人，她的眉毛是我有生以来在女人的脸上见到过最黑最粗的（她梳着两条辫子，跳舞的时候辫子就在脑后飞扬着）。她也戴着几只手镯。舞曲间隙，我就喝酒。

这儿的桌子都能坐下八到十个人，但并没有那么多人结伴一起来。人们随意落座，换来换去，也不管是不是占了别人的座位。有一帮身着白色巴西海军服的水兵还在我旁边坐了一阵子，他们用葡萄牙语交谈。一个戴着金耳环的人过来跟我聊了一会儿，但我听不懂他的语言（我倒是很明白他的意思）。

只要是在宇宙门待着，就总有这样的问题。总有。宇宙门里充斥着各种语言，听起来就像大家坐下来要开一个国际会议，却发现翻译设备坏掉了。你会经常听到一种通用语，那是由十来种不同的语言拼凑起来的，比如这句："Ecoutez[①] gospodin[②] tues[③] verruckt[④]".有个巴西小姑娘，身材瘦小，皮肤黝黑，长着一个

---

① 法语：听着。

② 俄语：先生。

③ 法语：你是。

④ 卢森堡语：吓坏了。

鹰钩鼻,但一双棕色的眼睛很甜美,我跟她跳了两次舞,还蹦着单词儿跟她简单聊了聊。也许她听懂我在说什么了。跟她一起有个男人,英语水平倒是不错,他帮着介绍了他们一伙儿人给我。除了知道了他叫弗朗切斯科·埃雷拉,其他人的名字我一个也没记住。他给我买了一杯酒,又让我给大伙儿都买了一轮,我意识到之前其实见过他。我们刚到港的时候,搜查我们的士官小分队里就有他一个。

我正跟他聊着这个事儿,达涅俯身到我耳边低声说道:"我要去要钱了。一会儿再见,除非你也想来。"

这算不上最热烈的邀请,但是蓝色地狱里实在是太吵了。我跟上他,来到了一处设施完备的赌场,就在蓝色地狱旁边。这里有几桌二十一点、几桌扑克,还有一个缓缓转动的大轮盘,里面的珠子又大又结实,除此之外还有永不停歇的花旗骰,甚至还有个绳子拦起来的百家乐①区域。梅捷尼科夫走到二十一点那边,手指在一把牌椅椅背上轻弹着,等待开局。这时他才发现我也跟来了。

"呃。"他环视房间,"你喜欢玩什么?"

"这些我都玩过。"我说道,特意让自己的声音有点儿含糊不清,就是有点儿故弄玄虚,"要不先玩几把百家乐吧。"

他先是认真地打量着我,然后乐了,"百家乐最小赌注五……"

我的账户里还有大概五六千块。我耸了耸肩。

"……五万。"他说。

我吓得差点儿噎住。他一边轻描淡写地说着,一边走到一个玩家身后,那人的筹码已经快输光了,"你还是老老实实去玩

---

① 一种纸牌赌博游戏。

轮盘赌吧,可以下十块钱的注。别的项目一般都是最少下注一百。哦,我记得这儿还有一台十元的老虎机,你可以去找找。"说完他一屁股坐进空出来的位子,再也没搭理我。

我看了一会儿,发现那个浓眉毛女孩也坐在这张牌桌上,正忙着研究她手里的牌,头都不抬。

看来这里的项目我多半是玩不起的。这时我才意识到,之前那些酒水我其实未必买得起,然后我的体内开始涌动某种感觉,提醒我刚才喝了多少酒。我能想起的最后一件事,就是我得回房间了,赶紧。

西尔维斯特·麦克伦
宇宙门之父

宇宙门是由西尔维斯特·麦克伦发现的,他是一名金星隧道探险者。在一次发掘中,他找到了一艘还能工作的昔奇飞船。他成功地把飞船带回地面,然后驾驶着这艘飞船飞到了宇宙门,它现在停放在5-33号泊位。不幸的是,麦克伦没能返回,不过他引爆了飞船着陆舱的燃料箱,用这种方式将自己的位置通知给了人类,调查人员到达宇宙门之前,他就死了。

麦克伦是一位勇敢而机敏的人,在5-33号泊位专门立有一块碑,用以纪念他为人类做出的特殊贡献。定期还会有各种宗教代表为他举行纪念仪式。

7

我躺在垫子上,感觉不是很舒服。我是说身体上。前不久我刚刚做了一个手术,可能缝合线尚未被吸收。

西格弗里德说:"我们之前谈到了你的工作,鲍勃。"

这话题很无趣,但也无害。我说:"我讨厌我的工作。有谁会喜欢食物矿的工作?"

"但是你并没辞职,鲍勃。你从来没有换过工作,比如,你也可以去试试海水养殖,而且你是从学校辍学去上班的。"

"按你的意思,我是自投罗网,自作自受?"

"我没什么特别的意思,鲍勃。只想知道你对此是什么感觉。"

"好吧。在某种意义上,我的确是自作自受。我不止一次想过改变。"我一边说,一边回忆起那些最初与西尔维娅在一起的美好时光。我记得那个一月份的夜晚,停机坪上的那架滑翔机,我和她坐在驾驶舱里——我们没有其他地方可去——谈论着未来。以后我们要如何如何,怎样去挑战不可能。这些我都不想告诉西格弗里德。我跟他说过西尔维娅的很多事,她最后嫁给了一个公司股东。不过早在那之前我们就已经分手。"我觉得,"

我稍抬起身子说道——总得让这次诊疗过程对得起我付的医药费——"我可能有死亡愿望①。"

"我希望你不要使用精神疾病的专业术语,鲍勃。"

"好吧,你明白我的意思。我知道时间不等人。我在矿上待的时间越长,就越难出去。但外面的情况看起来也没好到哪儿去。而且待在矿上也并非一无是处:这里有我的女朋友,西尔维娅;有我的母亲,在她还活着的时候;有我的朋友,甚至还有些好玩的东西,比如开滑翔机。飞越山顶的感觉棒极了,而且当你飞到足够高的时候,连怀俄明州看起来都没有那么糟糕了,你也闻不到什么油味儿。"

"你提到了你的女朋友,西尔维娅。你和她相处得不错?"

我犹豫着,揉了揉肚子。现在那里面有几乎半米的新肠子。那些东西可真是贵得要死,有时你还会有种感觉,仿佛从前的主人还想把它们讨回去。你会想他是谁,也可能是个她。他是怎么死的,或者他到底死了吗? 有没有可能他仍然活着,只是穷到要变卖自己身体的一部分? 我听说有的漂亮女孩就会这样处理她美丽的乳房或耳朵。

"你擅长跟女孩们相处吗,鲍勃?"

"没错啊,现在的我的确如此。"

"不是现在,鲍勃。我记得你曾经说过你在孩提时代不善交际。"

"还有人能在孩提时代就善于交际?"

"你这个问题,博比,如果我理解正确,其实是在问有没有人的童年回忆全是快乐轻松的体验? 答案当然是'没有。'但相较而言,有些人的成年生活更容易受到童年经历的影响。"

---

① 一种精神障碍。

49

"嗯。我想是吧,回想起来,我是有点儿害怕我的同侪团体①——抱歉抱歉,西格弗里德!我指的是其他孩子。他们好像互相都认识。彼此之间总是有话说,比如各自的秘密、共同的经历、兴趣爱好。可我却是孤零零的一个人。"

"你是独子,博比?"

"你知道我是。对啊,也许这就是原因。我的父母都是职工。他们不喜欢我在食物矿附近玩耍。太危险。嗯,对孩子们而言,那里确实危险。那些机器会伤着小孩,更别提排渣或者排放废气了。我总是待在家里,看电视,听磁带,吃东西。我那会儿是个胖子,西格弗里德。喜欢一切高淀粉、高糖、高热量的东西。他们把我宠坏了,给我买的食物远超我的身体所需。"

我还是喜欢被溺爱。现在我的食谱更高级了,不会让人发胖,还贵了一千倍。我能吃到真正的鱼子酱,并觉得那一切都没什么稀有。鱼子酱是从加尔维斯顿②的水族馆空运来的。我能喝到真正的香槟,还有黄油……"我还记得小时候躺在床上,"我说,"那会儿我应该很小,可能也就三岁。我有一只会说话的小熊玩具。我抱着它睡觉,它会给我讲一些小故事,我却把铅笔戳进它的身体,还想扯掉它的耳朵。我很喜欢那个玩具,西格弗里德。"

我止住话头,西格弗里德马上问道:"你怎么哭了,博比?"

"我不知道!"我号啕大哭,泪水顺着我的脸庞流下。我看看手表,跳动的绿色数字在泪水中变得模糊。"哦,"我随口应付着坐起身来,脸上还挂着泪水,但已不再继续流出,"我真得走了,

---

① 社会学术语,指由有相同兴趣(同质性)、年龄、成长背景或是社会经济地位的人组成的群体。同侪团体成员的信念及行为会受到彼此的影响。

② 位于美国德州,临墨西哥湾。

507	IRRAY .成熟. GOTO	26,830
	*M88	26,835
508	,C, 也许成熟就是追求	26,840
	自己的追求,	26,845
	而不是别人来	26,850
	告诉你应该	26,855
	追求什么.	26,860
511	XTERNALS @ IF @ GOTO &&	26,865
	,S, 也许吧, 西格弗里德, 亲爱的老	26,870
	铁皮上帝, 但是成熟	26,875
	感觉起来就像死亡.	26,880

西格弗里德。我有个约会。她叫塔尼亚,是个美丽的姑娘,休斯敦交响乐团的。她喜欢门德尔松和玫瑰,我想去找找有没有那种深蓝色的品种,可以和她的眼睛相衬。"

"鲍勃,我们这次还有十多分钟没谈完。"

"我下次来再补上。"我知道他不能这么做,所以我赶紧又问道,"我用用你的卫生间可以吗? 我得上一下厕所。"

"你是要去宣泄感情吗,鲍勃?"

"哦,别自作聪明。我知道你是什么意思。我知道这好像是很典型的转移机制①表现——"

"鲍勃。"

"好吧,我的意思是,看起来我是在逃避。但说实话,我真得走了。我的意思是,得去洗手间,还有花店。塔尼亚很特别。她是个很好的人。我不是说性,但那方面也很棒。她愿意一头扎——她能——"

"鲍勃? 你想说什么?"

_____

① 心理防卫机制的一种。

我深吸一口气才说道："她口活儿很棒,西格弗里德。"

"鲍勃?"

我熟悉这口气。西格弗里德的语音库十分庞大,但我已经学会了识别其中一部分,现在他这副腔调说明他觉得自己发现了某事的线索。

"怎么?"

"鲍勃,如果有女人给你口交,你怎么称呼那件事?"

"哦,老天爷,西格弗里德,你这又是什么愚蠢的把戏?"

"你怎么称呼它,鲍勃?"

"哎呀! 你知道我怎么称呼它。"

"请告诉我你怎么称呼它,鲍勃。"

"大家会说,比如,'她给我吃了'。"

"还有什么别的说法吗,鲍勃?"

"多的是!'吹箫',也有这么说的。我听到过的叫法大概有一千种。"

"别的还有什么叫法,鲍勃?"

我一直在积蓄的愤怒和痛苦此刻突然猛烈爆发了。"别他妈跟我玩这些游戏,西格弗里德!"我的肠胃疼痛起来,搞不好我又要拉一裤子,仿佛自己变回了一个婴儿。"天哪,西格弗里德! 我还是小孩子的时候会跟玩具熊讲话,可是现在我都四十五岁了,却还在对着一台傻了吧唧的机器讲话,好像它真有生命似的!"

"但还是有别的说法,是不是,鲍勃?"

"有上千种! 你想要哪一个?"

"你想说却没说的那一个,鲍勃。请你试着说出来。这个词对你有某种特殊意义,所以你很难说出口。"

我瘫软在垫子上,真的哭了起来。

"请说出来,鲍勃。是哪个词?"

"去死吧,西格弗里德!扎进去!就是这个词儿。扎进去,进去,进去!"

8

猎户座大星云的某处,我身陷在一片流沙之中,动弹不得……"早上好。"一个声音传来,惊醒了我,才发现刚才是在做梦。"我给您拿来了茶。"

我睁开眼睛。越过吊床边缘,我看到身边是一张沙土色的脸,上面嵌了一对煤球一般乌黑的眼睛。我的衣服都还穿在身上,脑子因为宿醉而晕乎乎的。我闻到一种很糟糕的味道,接着就意识到那是从自己身上散发出来的。

"我叫马琴四季亭,"送茶水的那人说,"请喝了这茶,它可以帮您补充身体的水分。"

我低头向下看,发现他腰部以下空荡荡的。原来是那个身上绑着翅膀的无腿男子,前一天我在隧道里见过他。"啊,"我又使了使劲儿令自己清醒,"早上好。"猎户座星云消失在残梦中,刚才我还在拼命穿越快速凝固的气体云,这会儿那感觉也烟消云散了。那股难闻的气味依然还在。虽然宇宙门算不上空气清新,但是眼下这个房间也实在是太臭了。我终于发现自己吐了一地,搞得我差点儿又吐了出来。马琴在空中挥动双翅,轻巧地一个下落,将一个茶壶放在了我身旁的吊床上。然后他又飞起来，落在五斗橱的顶端，坐在那儿说："我想您今早八点有个体检。"

"是吗？"我总算掀开壶盖，啜了一口茶。茶水很烫，没加糖，可以说，几乎没有味道，不过倒好像确实让我的肠胃安定下来，不再恶心想吐了。

"是啊，应该有，这是惯例。另外，您的压电电话响了好几次了。"

我没反应过来，问道："啊？"

"我估计是您的监护人想提醒您。现在是七点十五分了，怎么称呼您——"

"布罗德黑德，"听起来有点儿口齿不清，于是我又郑重地说了一遍："我叫鲍勃·布罗德黑德。"

"好的。我想您也清醒过来了。请慢用茶，布罗德黑德先生。希望您好好享受在宇宙门的时光。"

宇宙门属于谁？

宇宙门是人类历史上前所未有的事件，很快人类就意识到这是多么巨大的一笔宝贵财富，将它单独交给任何一个团体或任何一个政府，显然都是不可行的。人们为此专门成立了宇宙门公司。

宇宙门公司（大家一般就叫它"公司"）是一家跨国企业，其常任董事局由美国、俄国、巴西合众国、金星联邦和亚洲新民联邦组成，而其有限合伙人则包括所有签署了所附协议备忘录的人，比如您本人。

　　他微微颔首,从五斗橱上跃下,迅速飞向大门,飘出门外,不见踪影。撞了好几下头之后,我总算爬出了吊床。我小心翼翼地避免踩上呕吐物,并设法简单地清理了一下。我本打算刮刮脸,不过反正也有差不多十二天没刮胡子了,那也不急在这一会儿。我脸上的胡茬看起来还不算太糟,况且这会儿我也实在没什么力气去做这件事。

　　我终于晃晃悠悠地走进医疗检查室,只晚了大概五分钟。跟我同组的人都排在我的前面,我只好等待,轮到我已经是最后一个了。他们从我身体的三个地方采血:指尖、手肘内侧、耳垂,我敢肯定不管哪份样本的酒精浓度都会飙到九十以上。不过这并不重要,体检只是走走过场。只要你能乘坐飞船活着来到宇宙门,你就能乘着昔奇飞船活着完成航行任务,除非遇到事故。真要是那样,能否幸存可不取决于你的身体有多健康。

　　剩下的时间里,我去买了一杯咖啡。有人在一个升降竖井旁边摆摊卖咖啡(宇宙门这儿还可以做小生意? 我还真不知道)。我赶上了第一次课程,时间刚刚好。我们聚集在新手层一个狭长低矮的大房间里。房间两边摆放着座椅,中间是一条走道,有点儿像一辆大巴改装成的教室。谢莉来晚了,她看上去很精神,心情也不错。她溜到我的身边,我们这一整组人坐在一起,包括七个从地球来的人,来自金星的那个四口之家,还有些人我以前见过,也都是和我一样初来乍到的新人。趁着讲课的教官在审视办公桌上的一些文件,谢莉低声对我说:“你看起来还不错。”

　　“看不出我昨晚上喝醉了?”

　　“看不出来,但我知道。你昨晚回来的时候我听见了。其实,”她想了想,补充道,“整个隧道里的人都听到了。”

淋浴规定

- 本淋浴器会自动喷洒两次，每次四十五秒。两次喷雾之间可以抹肥皂。
- 每三天里您可以使用一次淋浴。
- 额外的淋浴会按每四十五秒收费五元的费率从您的账户扣除。

我皱眉蹙额。自己身上还有一股恶心的酒味，而这种恶心在我体内更是到处肆虐。不过身边的人并没躲着我，谢莉坐得这么近都没有。

教官站起来看着我们，沉思了一会儿。"嗯，好吧。"他说，又看了看桌上的文件，然后摇了摇头。"我就不点名了，"他说，"我教的课程是如何驾驶昔奇飞船。"我注意到他戴着一堆手镯，没法细数，最少有半打。我不禁纳闷：怎么那么多人出去寻宝很多次了，却仍没有发财致富？"这只是你们要上的三个课程之一。在这门课之后，你们还要学习如何在陌生的环境中生存，以及如何识别宝物。不过这门课是教你们怎么操作飞船的，我们的学习方式就是直接上船操作。你们全都跟我来。"

我们全都站了起来，乱哄哄地跟在他后面走出房间，经过一个隧道来到升降竖井，经过了守在那里的卫兵——没准儿就是前一天晚上把我赶走的那几个人。这一次，他们只是朝教官点点头，然后看着我们经过。我们绕到了一个又长又宽的低矮通道里，地面上立着十几根满是污痕的金属方柱。它们看上去就像是烧焦的树桩，过了片刻我才意识到那是什么。

我咽了咽口水。

"这就是飞船。"我想小声对谢莉说，嗓门却情不自禁地大了起来。有几个人好奇地看着我。我看到其中就有昨天晚上跟我一起跳舞的那个眉毛浓黑的女孩。她朝我点头微笑，我看着她手臂上的手镯，有些好奇。她在这里做什么？她在赌桌上的战绩如何？

教官把我们聚集到他身边，说："刚才也有人说了，这就是昔奇飞船。确切地说是着陆舱。如果你们足够幸运，能找到行星，就要乘着这个在行星上着陆。这些垃圾桶一样的东西看着不大，却可以装进去五个人。显然不会很舒服，但起码能装下。当然，通常母船上总得留一个人，那么这种着陆舱里至多会坐四个人。"

他带领我们走到最近的那个着陆舱旁边，大家都禁不住想在那上面摸一摸、刮一刮、拍一拍，也都称心如意地这么做了。接着教官开始讲课："人类第一次探索宇宙门的时候，一共找到九百二十四艘飞船停靠在那里。到目前为止，我们发现其中大约有两百艘已无法继续使用。我们也搞不懂是什么原因，这些飞船就是不工作了。有三百零四艘飞船已经至少飞行了一次。你们面前的就是其中的三十三艘，它们还可以出去执行寻宝任务。其余可以工作的飞船，我们都还没来得及送出去执行任务。"

他登上一个短粗的金属"树桩"，坐在上面，接着说："有一件事你们必须自己决定——要坐什么样的飞船，是三十三艘已经验证过能飞的，还是那些从来没人飞过的。当然了，我说没人飞过，指的只是地球人。你们已经付了钱，就差自己选择了。不管选哪种,反正都是一场赌博。有去无回的失败航行有很大一部分都发生在首次飞行,所以选从未飞过的飞船肯定是有一定风险的。嗯,这也很好理解,不是吗?毕竟,打从它们被昔奇人扔在这儿,一直都没有人维护,也不知道多少年了。

"话说回来,即便是那些曾经出航过并且成功返回的飞船,也不是百分之百就不会出问题。这世上没有永动机。我们认为有些飞船之所以没能回来,正是因为燃料耗尽了。麻烦的是,我们并不知道,这飞船到底烧的是什么燃料?还剩多少?够不够用?"

他拍了拍那些树桩。"根据我们的研究,这艘飞船,还有你们在这儿看见的所有飞船,设计的定员都是五个昔奇人,但我们只会放三个人类乘员。看起来,要论在封闭空间里对同行乘员的忍受度,昔奇人比我们人类要宽容得多。飞船有大有小,但在过去的几年中,返航的记录一直很糟糕。也可能只是一连串的坏运气而已,不过……总之,我个人还是坚持五人飞船也只坐三名乘员。你们由我负责,所以这个我说了算。

"你们接下来要做的选择就是和谁组队。睁大你们的眼睛,好好打量下,要让谁来做你的同伴——怎么了?"

谢莉已经举了半天手,教官终于看见了。"您刚才说'很糟糕',"她说,"具体有多糟糕?"

教官耐心地说道:"去年,五人飞船出去执行寻宝任务的话,大约十艘里能回来三艘。五人船已经是最大的飞船了。有几次任务飞船倒是回来了,可是当我们打开舱门,却发现船员都已经死了。"

"啊,"谢莉说,"那的确很糟糕。"

"不,跟单人船比起来的话,这还不算最糟的。两个星元年前,我们一整个星元年里派出去的单人飞船,最后竟然只有两艘回来了,那才是糟糕。"

"为什么会这样?"地沟老鼠那一家人的父亲问道。他们家姓福汉德。教官看了看他。

"如果你找到了答案,"他说,"一定要告诉大家。好了。说到选择同乘人员,我的建议是,看看有谁已经飞过了。你也许能找到飞过的人,也许找不到。寻宝人要是已经寻到宝物发了横财,通常就洗手不干了;要是没发财还在这儿继续寻宝,他们也不愿意拆散自己原来的搭档。所以你们这些新手,多半都只能跟其他几个新手结伴。嗯——"他若有所思地环视四周,"好了,让我们开始吧。大家先分成三组。不必担心你的组员是谁,还没到让你挑选同乘人员的时候。然后看看那些着陆舱,有开着的就爬进去。进去之后不要碰任何东西。它们应该是处于未激活模式,但我得告诉你,这可没法保证。先进去,再向下爬进控制舱,然后等着教官过去找你们。"

我这才知道还有其他教官。我环顾四周,想看看谁是教官,谁是新人,只听他接着说道:"还有什么问题吗?"

谢莉又举起手,"有,您怎么称呼?"

"难道我又忘了自我介绍? 我姓周,叫我吉米。很高兴认识大家。现在我们开始行动吧!"

比起我的这位教官,现在的我已经懂得更多,这其中还包括在那半年之后他的遭遇。可怜的吉米·周,在我第一次出去寻宝之前,他也出去了,然后在我第二次出去期间他回来了——死得透透的。耀斑烧伤,他们说他的眼睛都被煮得迸出脑壳了。但在那时,对我来说他无所不知,而且他讲的东西都非常奇妙。

于是我们纷纷爬进飞船那样子古怪的椭圆形舱口,从驱动器之间滑下去,钻进密封着陆舱,然后沿扶梯再向下一级,进到着陆舱主体。

我们环顾四周,像三个阿里巴巴在一个堆满宝藏的山洞里。我们听到了上方传来的刮擦声,一个脑袋伸了进来。一双浓眉,一对大眼,原来是那个昨晚跟我一起跳舞的女孩。"好玩吗?"她问道。我们这帮人全都挤在一起,看见什么好像是活动的部件就避之唯恐不及,估计谁看着都不会觉得我们这会儿很愉快。"没关系,"她说,"四处看看,熟悉一下。这儿有很多可看的。看到那一竖列小轮子了吗,就是上面伸出来小辐条的那些?那是目标选择器。你们最要紧的就是记住,眼下——要我说永远——不要碰它。那位金发的姑娘,就是你,你身边有个金色螺旋状的东西,看见了吗?大家猜猜那是什么呢?"

那金发姑娘是福汉德家的女儿,一听到这话她连连摇头,赶紧躲得离那东西远远的。我也摇摇头,但谢莉试着答道:"会不会是一个帽架?"

教官眯起眼睛看着那东西,想了想,"嗯——不会,我觉得不是,但我一直希望你们哪个新人能找到答案。我们这儿没人知道。在飞行过程中有时它会变热,没有人知道是为什么。厕所在那边。你们能在那儿找到很多乐子。但它很好用,前提是你得学会如何使用。你可以把吊床挂在那儿睡觉——其实你愿意挂哪儿都行。那个角落,还有那个凹处,基本上都是隐秘的空间。如果你想在伙伴们面前保留一点儿隐私,那儿可以帮你挡挡他们的视线。反正多少起点儿作用吧。"

谢莉说:"教官,能告诉大家你的名字吗?"教官笑了,"我叫格勒-克拉拉·莫恩林。关于我,你们还想知道什么?我出去过两次,但没有寻到宝,于是打算在这儿先消磨消磨时间,等着下次出航的好机会到来。所以,我在这儿当你们的助理教官。"

"你怎么知道哪次出航是好机会?"福汉德家的姑娘问道。

"你脑瓜挺灵的嘛!这是个好问题!我喜欢听到你们问到一些问题,这个就是其中之一。这表明你在思考,不过就算这问题真有答案,我也不知道是什么。你瞧,大家都知道了,这是一艘三人飞船。它已经飞出去六次了,但我们估计它还有足够的燃料储备再飞上几趟。比起一艘单人飞船,我会优先选它。单人飞船是给孤注一掷的赌徒的。"

"周教官也是这么说的,"福汉德家的姑娘说道,"不过我父亲说,他仔细研究过星元元年以来的所有记录,单人船并没有那么糟糕。"

"欢迎你父亲随时来取走我的单人船,"格勒-克拉拉·莫恩林说,"不能只看统计数据。单人船是很寂寞的。这么说吧,要是你走运,寻到了宝,一个人可没法搞定所有事,这时候你就需要同乘伙伴了。我们一般都会留一个人在母船上,这样感觉更安全。万一有什么情况,至少你还有后援。所以,一般是两个人乘着陆舱下去寻宝。当然,如果你们够幸运寻到了宝,就得平分给三个人了。如果你们找到个大家伙,那也足够分了。就算没找到什么太值钱的,分到三分之一也总比没有强。"

"这么说的话,那岂不是五人船更好?"我问道。

克拉拉看着我,稍稍挤了挤眼睛。没想到她还记得昨晚跟我跳过舞,"也许是,也许不是。五人船的情况是它们的目的地接受度几乎毫无限制。"

"请用我们能理解的语言。"谢莉央求着。

"五人船会去很多三人船或单人船不会去的目的地,不去当然是因为这些目的地是有危险的。所有返航的飞船里,我见过

宇宙门公司是干什么的？

公司的目的是充分开发昔奇人留下的飞船，通过交易、开发或间接地利用这些飞船所能找到的一切文物、商品、原材料或其他价值物。

公司鼓励对昔奇技术的商业开发，并批准以此为目的的承包租赁，租金以特许使用费的形式收取。

公司的收入有以下用途：一、按照股份大小相应支付给有限合伙人（包括你），因为他们在发掘新价值物的过程中居功至伟；二、补足宇宙门运维人头税之亏空；三、按年支付每个普通合伙国的太空监察巡航舰（你们会在宇宙门周边轨道上看见它们）的运维开支；四、创建和维护足够应对突发情况的储备；五、收入余额用以资助对采集到的价值物进行研究和开发。

截至上一财政年度末（2 月 28 日），公司的总收入超过 $3.7×10^{12}$ 美元。

情况最糟糕的就是一艘五人船。船体伤痕累累，被灼烤、扭曲，真不知道它是如何开回来的。也没有人知道它去过哪里，不过我听到有人说，它可能去了一趟某颗恒星的光球①。船员们已经无法对我们讲述这一切。他们全都死了。

"当然，"她若有所思地接着说，"装甲三人船的目的地接受度跟五人船的几乎也差不多，但不管你选了去哪儿，风险都是由

①恒星大气最里面的一层。

你自己承担。好了,我们抓紧时间开始,好吗?你——"她指着谢莉,"坐到那边去。"

福尔汉家的姑娘和我在昔奇风格与地球风格混杂的陈设之间爬动起来,好腾出一点儿空间。这里确实很小。如果把一艘三人船内所有的东西都清出去,可以得到一个大约长四米、宽三米、高三米的空间,当然,如果你把所有东西都清掉,那这艘船也就没法飞了。

谢莉在那一列带辐条的小轮子前面坐了下来。她扭动着屁股,想调整到舒适的坐姿。"昔奇人这是长的什么屁股啊?"她抱怨道。

教官说:"又一个好问题,不过同样没有答案。如果你知道了答案,请告诉我们。座椅上的织带是公司装的。不是原来就有的。好的。看,你眼前那个东西就是目标选择器。把你的手放在一个轮子上。哪个轮子都行。但别再碰其他东西了。现在,转动它。"谢莉先伸手搭了搭轮子的底部,然后又用手指想猛地推动轮子,最后把手掌根部完全放在轮子上,胳膊支在座椅的V形扶手上,猛力推动。教官一直紧张地在上面盯着她。轮子终于动了起来,上面排列的灯也开始闪烁。

"哇,"谢莉说,"他们一定力大无穷!"

之后的一整天,我们轮流尝试操作那个轮子。克拉拉不让我们碰其他装置。轮到我的时候,我大吃一惊:原来要推动这个轮子,要使上全身的力气。倒不是生锈卡住的感觉,好像它的设计初衷就是要你很难转动。话说回来,这么设置有可能真是故意的。想一想,要是在飞行途中,你一不小心误碰了什么装置,会引出什么样的麻烦?

当然,我现在对此已经了解更多,比当时我的教官还要多。

倒不是说我有多聪明，而是因为有一大票人已经花费了（并且还在花费）大把的时间来搞清楚如何在导航器上设置目标。

　　导航器是一竖列数字生成器。那上面有显示数字的灯，不过很难被发现，因为它们看上去并不像数字。这些数字既不是按位计数，也不是十进制（看起来，昔奇人把数字表示为素数与指数的和，但这可超出了我的认知水平）。只有公司的检修技师和航线规划员才必须要看得懂那些数字，不过连他们也无法直接读数，只能靠电脑翻译。按照从下往上的顺序，前五个数字似乎代表目标在空间中的位置（达涅·梅捷尼科夫说，那些素数的排序不是从下到上，而是由前向后，这多少也能告诉我们一些昔奇人的事儿。他们是三维导向的，就像原始人，而不是我们所熟悉的二维导向）。你们可能会认为三个数字就足以描述宇宙中的任何位置点，是不是？只要构建好银河系的三维模型，就可以用三个数字分别代表三个维度，从而表示银河系里的任何一个位置点。可是昔奇人用的却是五个数字。这是否意味着昔奇人能察觉到五个维度？梅捷尼科夫说不是这样……

　　不管怎样，只要锁定了前面五个数字，剩下的七个数字即便随意设置，只要拨动开关，飞船也可以启动。

　　通常说来你要做的——或者说公司每月付薪水雇佣的那些航线规划员们要做的——也就是随机挑选四个数字，然后反复尝试第五位数字，直到看见一种粉红色的警示光。那光有时暗淡，有时明亮。只要看见它亮起来，就去按开关下面那个扁椭圆形的部件，附近几毫米的范围内就会开始出现其他的数字，而粉红色的光也会越来越亮。等这过程停止下来，粉色的光会处在一种夺目的亮度。梅捷尼科夫说那是一个自动调节装置。该机允许人犯错误——对不起，我的意思是允许昔奇人犯错误——

所以,当操作者距离真实、有效的目标设定很接近的时候,它就会自动完成最终的微调。也许他是对的。

宇宙门的飞船

宇宙门的飞船能够进行超光速星际飞行。它们的驱动方式人类尚未理解(参见飞行员手册)。飞船上另有一套算是传统的火箭推进系统,使用液氢和液氧来进行姿态控制,并为停靠在星际飞船内的登陆舱飞行器提供动力。

飞船主要分为三种类别:一型、三型和五型,名字来源于它们可承载的人数。还有一些飞船加装了特别的重型装甲防护,它们就被命名为"装甲型"。大多数装甲型都是五人飞船。

每艘飞船都内置程序,能够自动导航到若干目的地并且自动返航,实践证明非常可靠。我们提供的操作课程将使你们具备安全驾驶飞船的基本技能,不过还请详细参阅飞行员手册上的安全法规。

(当然,这其中每一个学习步骤都要耗费大量的时间和金钱,甚至还会付出生命的代价。人人都知道寻宝人的确是一份十分危险的工作。其实对于早期的先行者来说,这份工作甚至无异于自杀。)

有时候,不管怎么尝试那第五位数字,最终也毫无结果。这种时候,你能做的就是:骂娘。然后重置其他四个数字中的某一个,再重复前面的步骤。这些事儿花不了几秒钟就能循环一次,但检修技师却得耗费上百个小时测试各种新设置，最终才能找到正确的信号灯颜色。

当然，到我出去执行任务的时候，检修技师和航线规划员已经找出数百种可以被记录为成功的信号灯颜色组合，只是尚未有机会真正投入使用——此外还有些组合虽然使用过，但却不会再用了，因为船员们没能回来。

但是那会儿我并不知道这些。反正我一屁股坐在那改装过的昔奇人座位上，觉得这一切都是崭新崭新的。真不知道我该怎么向你形容那种感觉。

我是说，我屁股下面这把椅子，五十万年前昔奇人也坐过。我眼前就是目标选择器。飞船可能飞往任何地方。任何地方！只要我能正确选择目标，天狼星、南河三，甚至麦哲伦云，这些地方我都能去！

教官头朝下倒挂在那儿半天，也觉得累了。她扭动身体，挤到我的身后。"轮到你了，布罗德黑德。"她一边单手搭上我的肩膀，一边把什么东西（感觉是她的乳房）靠上我的后背。

我可不情愿去碰她。我问道："难道就没有办法知道自己要去的是什么地方？"

"如果你是一个接受过飞行培训的昔奇人，"她说，"也许可以。"

"难道说，我们连一点儿最简单的头绪都没有，比如说某一种颜色比起其他颜色来说，意味着更远的目的地？"

"反正这里没人懂。当然，大家还在不断尝试。有一支团队，他们的任务就是制作飞行任务分析报告，试图找到成功返航的案例跟出发之前飞船设置之间的关系。到目前为止，他们还一无所获。好了，我们开始吧，布罗德黑德。现在你整只手放在第一个操作盘上，就是那个，其他人刚才操作过的。推一下。会比你想象的费力。"

的确是。说实话我使的力气之大，都不敢再继续硬推了。她俯下身，把她的手放在我的手上，我这才意识到，之前钻进我鼻孔的那股好闻的麝香油气味是从她身上发出来的。还不仅仅是麝香，她的外激素①也温柔地附着在我的化学感受器②上。连宇宙门那难闻的气味也变得不那么令人生厌了。

分类广告

你怎么知道自己不是一神教信徒？宇宙门公会组建中。87-539。

比利蒂斯的女儿们，萨福和莱斯比亚在召唤你们。让我们一起出发，寻到宝物，然后回到北爱尔兰，永远过上快乐的生活。仅限持久的三人婚姻关系。87-033或87-034。

代为保存您的财产，租金低廉，避免在您外出寻宝时被公司充公。若您无法返回，还可遵嘱代为处置财物。88-125。

不过无论我怎么试，还是没法让任何颜色的信号灯亮起

---

① 由一个个体分泌到体外，被同物种的其他个体通过嗅觉器官(如副嗅球、犁鼻器)察觉，使后者表现出某种行为、情绪、心理或生理机制改变的物质。

② 感受器是动物体表、体腔或组织内能接受内外环境刺激，并将之转换成神经冲动过程的结构。化学感受器是感受机体内外环境化学刺激的感受器的总称。化学感受器多分布在鼻腔和口腔黏膜、舌部、眼结合膜、生殖器官黏膜、内脏壁、血管周围以及神经系统的某些部位。

来。我继续试了五分钟,最后她挥手把我赶开,叫谢莉过来,坐在我的位子上也试一下。

当我回到自己房间时,发现已经有人帮我打扫了屋子。我十分感激地想了一会儿可能是谁,可我实在太累了,也没能想多久。在习惯低重力环境之前,你会被它折腾得疲惫不堪。你会发现自己在过度使用全身的肌肉,因为必须要重新学习适应一套新的系统。

我挂起吊床躺下,刚开始打瞌睡,就听到有人在刮擦我房门上的格栅。谢莉的声音传来:"鲍勃?"

"怎么?"

"你睡着了吗?"

显然没有,但我能理解她问这个问题的本意,"没有。我躺在这儿想事儿呢。"

"我也是……鲍勃?"

"嗯?"

"你想要我到你的吊床上去吗?"

我努力让自己清醒过来,去思考这句话到底意味着什么。

"我挺想的。"她说。

"行啊。当然啊,我是说。你过来当然好啊。"她溜进我的房间,我在吊床里挪动身体腾出位置,吊床缓缓摇摆,她爬了进来。她穿着针织T恤和内裤,我们在吊床中轻柔地抱在一起,她的身体温暖而柔软。

"咱们没说一定得做那件事,种马先生。"她说,"我怎么都行。"

"那咱们顺其自然吧。你害怕了?"

她很好闻,我的脸颊能感受到她的呼吸,吹气如兰。"嗯,很害怕。"

"为什么?"

"鲍勃——"她扭动身体让自己更舒服,然后拧着脖子回头从肩膀上看着我,"你知道吗,你有时候说话真的没心没肺?"

"不好意思。"

"得了,我可是说真的。我是说,你想想我们要面对什么。我们就要上飞船了,却搞不清楚它能不能带我们去想去的地方,我们甚至连想去什么地方都搞不清楚。我们飞得比光还快,却没人知道这是怎么做到的。就算知道要去哪里,我们也不知道自己要去多久。这样说来,也许我们穷尽一生都在飞行,至死都未必能到达目的地;这还是假设我们在路上不会碰到什么能够在弹指间就让我们灰飞烟灭的东西。对吧? 就是这样。所以你觉得我为什么害怕呢?"

"我就是随口一说,总不好冷场吧。"我的身体紧贴着她的背部,用手托起她的一只乳房,并没有用力,因为这样感觉很好。

"不仅如此。我们对建造了这些东西的人也一无所知。我们怎么知道这是不是他们搞的一场恶作剧? 也许他们就是这样召唤新的灵魂进入昔奇天堂?"

"我们确实什么都不知道,"我附和道,"转过身来,像这样。"

"还有,今天上午他们给我们看的飞船,压根儿不是我之前想象的那样,"她一边说,一边按照我说的翻过身来,一只手揽住我的脖子。

从什么地方传来一声尖锐的啸叫,我判断不出是哪里。

"怎么回事?"

"我不知道。"啸叫声再度响起,在外面的隧道里,同时也在我的房间里,听起来更响亮。"哦,是电话。"我听到的是自己的压电电话，还有我隔壁房间的那些，一齐都响了起来。啸叫声停止，一个声音传来："我是吉米姆·周。所有菜鸟，如果想见识一下失败之旅返回的飞船是什么样子，马上来四号码头。现在即将对它进行回收。"

我能听到从隔壁福汉德房间传来的嘟哝声，也能感受到谢莉的心脏开始剧烈跳动。"我们得走了。"我说。

"我明白。但我不太想去——"

这艘飞船回到了宇宙门，但并不算完全回来了。一艘轨道巡航舰检测到它并靠拢过去。这会儿一艘拖船正把它拖进公司自己的码头，那里通常只停靠从行星来的飞船。码头上有个足够大的泊位，甚至能容纳一艘五人飞船。从剩下的部分看来，那是一艘三人船。

"哦，我的老天，"谢莉低声说，"鲍勃，你说他们出了什么事？"

"谁？船员吗？他们死了。"这一点其实没什么疑问。这艘飞船已经是一具残骸。着陆舱不见了，只剩下飞船本体，蘑菇帽还在那里，却弯曲开裂，被烧焦了。开裂！那可是在电弧灼烧下都不会变软的昔奇金属！

不过，我们并没有亲眼目睹最糟糕的部分。

我们后来听说飞船舱内还有一个人。一个遍布飞船内部的人。字面上讲，他算是"溅"满整个控制室了，身体的残骸也已被烤干在墙壁表面上。是什么导致的？高热和加速度，毫无疑问。也许他一不小心跳进了一颗恒星的势力范围，也许他落入了一颗中子星的极近距离轨道。也许是那引力差将他们连人带船一起撕碎。但我们无从得知。

其他两名船员压根不见踪影。这倒并非一目了然，而是通过对残留人体器官的点检，发现只有一个下巴、一个骨盆和一根脊椎——尽管都已经变成零散的碎片。也许另外两名乘员当时是在着陆舱里？

"让开，菜鸟们！"

谢莉抓住我的胳膊把我拉到一旁。巡航舰上派了五名船员过来，他们穿着制服：美国和巴西的是蓝色，俄罗斯米色，金星白色，而中国的是各场合皆宜的黑配棕。美国和金星的代表是女性，两人模样迥异，但表情均是一副混杂着威严和厌恶的样子。

"我们走吧。"谢莉拽我走。她不想看巡航舰士官们对飞船里的人体残骸戳来指去，我也不想。全班同学、吉米·周、克拉拉和其他教官以及所有学员们，开始陆续向自己的房间走去。可惜走得还不够快。我们刚才一直透过舷窗观察那艘船，巡航舰上下来的巡逻士官小队这时打开了舷窗，飞船内的气味一下子散逸出来。我不知道该如何形容那股气味。有点儿像腐烂的垃圾被沤成喂猪的泔水。即使是在宇宙门难闻的空气中，这气味也令人无法接受。

教官从竖井回到了她的楼层——在很低处，位于舒适层那租金高昂的地区。她下去之前，我向她道晚安，却第一次看见她在哭泣。

走到福汉德一家门口，谢莉和我对他们道了晚安，我转身再去找她，却发现她已经走开了。

"我得睡一觉缓缓，"她说，"对不起，鲍勃，可是……你知道……我这会儿已经不想了。"

宇宙门飞船安全规定

星际旅行的原理包藏在一种菱形盒子中，这种盒子位于三人船和五人船的中央龙骨下方，在单人船的卫生设施中也有。

无人能够成功打开那些盒子。每次试图打开它的尝试，都导致大约一千吨当量的爆炸。为了研究如何无损地打开这个盒子，人们成立了一个大型项目组，如果您作为有限合伙人，有任何这方面的信息或建议，请立即联系公司人员。

但是，在任何情况下请勿试图自行打开盒子。以任何方式改动它，或接受盒子被改动过的飞船，都是被严令禁止的。此类行为将被处以没收所有权利，并从宇宙门立即驱逐的惩罚。

导航设备也有潜在的危险。一旦飞行开始，在任何情况下，都不得尝试自行更改设置。凡违反此条规定的飞船，无一返航。

9

　　我也不知道为什么，我总要去找心理医生西格弗里德大人。我总是跟他约在星期三的下午做治疗，如果去他那儿之前我喝了酒或者磕了药，他就会很不高兴。那会毁掉一整天。而我为这一整天付了很多钱。要过上我这样的日子，开销之大，超乎你的想象。我那位于华盛顿广场旁边的公寓光租金每月就要一万八千元。居住在大泡泡庇护下面，我还得额外缴纳三千元的居留税。(就算住在宇宙门都不会花费那么多钱!)我还有几个高消费账户，里面的钱用来负担皮草和美酒，还有姑娘们的内衣、珠宝首饰和鲜花。西格弗里德说我是打算用钱买到爱情。好吧，我的确是这么打算的。这有什么不对呢？我完全负担得起，而且这些还没算我花在全面医保上的钱。

　　西格弗里德倒是免费的。全面医保包括了我的精神治疗，方式随我喜欢：我可以参加康复小组，也可以做私人复健，反正价格都一样———一分钱也不花。时不时地我会拿这个开他的玩笑。"即使考虑到你只不过是一大堆生锈的螺栓，"我说，"你的表现也算不上有多好。但收费价格还算公道。"

　　他问："说我不好，是不是会让你觉得自己更有价值?"

"那倒也没有。"

"那你为什么不断提醒自己我是一台机器？或者总是取笑我是免费的？再不就是说我无法超越我的内置程序呢？"

"我猜那是因为你很招人烦，西格弗里德。"我知道，这答案在他那儿远远不够，所以我继续解释，"你把我的上午给毁了。我那位朋友，S.雅·拉沃洛芙娜，昨晚留下来过夜了。她相当带劲。"于是我给西格弗里德讲了 S.雅大概什么样，包括她穿着弹力裤，披着一头及腰的斑驳金色长发离我而去的情景。

"听起来她挺不错的。"西格弗里德回应道。

"绝对的！就是有一点：早上她会赖床。她得很久才能完全清醒恢复活力，这我可等不起，我得离开我那俯瞰塔潘海的避暑别墅，往这儿来。"

"你爱她吗，鲍勃？"

答案是否定的，而我希望他觉得应该是肯定的。我说："不爱。"

"我认为这是一个诚实的回答，鲍勃。"他同意了我的答案，这真令人失望，"那是你生我气的原因吗？"

"哦，我也不知道。也许只是因为心情不好吧。"

"那你觉得到底是什么原因？"

他在等着我宣泄，所以过了一会儿我说："好吧，我昨天晚上玩轮盘赌输了一大笔钱。"

"输到连你都负担不起了？"

"天哪！那怎么可能。"但是无论负担得起与否，这种事都很恼人。还有些别的烦心事。寒冷季节已经越来越近。我那间俯瞰塔潘海的房子不在大泡泡覆盖之内，在那种天气跟 S.雅坐在门廊吃个早午餐，肯定不是个好主意。我不打算跟西格弗里德提这事儿。他只会提一些完全从理性角度考虑的建议，呃，比如说：我干吗不回到室内吃早午饭呢？然后我就得再次跟他重复一遍：拥有一间避暑别墅，让我能够坐在门廊下，一边俯瞰塔潘海，一边吃早午餐，这是我打从孩提时候就有的梦想。那会儿哈迪逊河大坝刚刚筑成，而我差不多十二岁。我曾经做过很多发财梦，幻想过上富人的生活。嗯，这些他都已经听过了。

西格弗里德清了清嗓子。"谢谢你，鲍勃。"他说，我知道这代表一个小时的疗程结束了，"咱们还是下周三见？"

"老规矩啊。"我面带微笑地说，"时间过得可真快啊。其实我今天本想早点儿走。"

"哦？"

"我跟S.雅有个约会。"我解释道，"今晚她还会来我的避暑别墅。不瞒你说，比起你的治疗，今晚上她要做的事儿，对我来说疗效可好多了。"

他说："你交朋友就是为了这个吗，博比？"

"你是说，只是为了性？"这个问题的答案仍然是否定的，但我并不想让他知道我跟S.雅·拉沃洛芙娜交往的真实意图。我说，"在我交往的女朋友中，她有些与众不同，西格弗里德。有件事她和我一样不俗——有一份绝好的工作。我很欣赏她。"

好吧，其实我并不怎么欣赏她。或者说，我不怎么在乎自己是否欣赏她。上天垂青S.雅，赐予她一副最精致的女性身材，但除此之外，她还有一个特质更加打动我——她那份绝好的工作正是信息处理。她在阿卡得摩戈斯克①大学读研究生那会儿，曾在马克斯·普朗克研究所领着经费做过机器智能的项目，现在则在纽约大学人工智能系带研究生。她比西格弗里德还要了解西格弗里德自己，我觉得这可是一件非常有意思的事情。

---

① 俄罗斯著名科学城。

10

眩眼间我已经在宇宙门生活了五天。这一天我起了个大早，出门挥霍。我在昔奇城外吃了早餐，身边到处是游客，还有刚从城里的赌场出来、两眼通红的赌徒，以及从巡航舰上下来休假的船员们。这种感觉十分奢侈，当然花费也不菲。不过这都值得，因为有些游客，我能感觉到他们对我投来关注的目光。我知道他们在谈论我，特别是有一位胡子刮得很干净，但一看就是传统的非洲男人（我猜是达荷美①或加纳人）。他身边还有一位非常年轻、体态丰满、浑身珠光宝气的妻子，也可能是别的什么关系。在这些人看来，我就是一个霸气的英雄。的确，我手臂上没戴手镯，但是寻宝老兵也并不总戴着那玩意儿。

我陶醉在人们关注的目光中，甚至打算点上一份真正的鸡蛋和培根，但这份陶醉的快感还不足以让我忘掉价格，所以我最后还是要了橙汁（没想到那橙汁竟然是真的）、法式甜面包和几杯丹麦黑咖啡。我真正念念不忘的是邻座那位迷人的姑娘。还有两个漂亮女人，看起来是中国巡航舰下来休假的船员。她俩倒都不介意跟我眉来眼去，但我决定还是先留个念想给将来

---

① 贝宁的主体民族。

吧。于是我付了账单(真够让人肉疼的),起身离开去上课了。

分类广告

美味佳肴提供订餐。川菜、粤菜、加州菜、特色派对小食。王记餐厅,电话:83-242。

开讲座、上电视,全新职业,虚位以待拥有多支手镯的退休寻宝人!立即注册公共演讲、全息幻灯片制作、公关关系管理的相关课程。检查认证信件,周薪三千元起。86-521。

欢迎来到宇宙门!专业交友服务。两百位交往对象,可提供人名及偏好。另加五十元即可获得人物简介。88-963。

在回宿舍的路上我碰见了福汉德一家。那位父亲好像名叫赛斯,他特地从下降电梯里出来,礼貌地向我问候早安。"我们吃早餐的时候没看见你。"他的妻子说。于是我告诉他们我去哪儿了。那位小女儿,洛伊丝,似乎露出了些许艳羡。妈妈发现了她的神情,拍了拍她,"没关系,宝贝,回金星之前我们也去会那里吃个饭。"她又对我说:"眼下我们不得不看紧钱袋子。不过我们早就计划好了,等我们一寻到宝,就要好好地享受一番。"

"咱们不都是吗?"我这么说着,心里却在想另一件事,"你们真的要回金星?"

"当然。"他们异口同声地说道,对我竟然会这么问感到很惊讶。这也令我很吃惊。我没有想到,地沟老鼠们居然可以接受那个臭气熏天的大熔炉是自己的家园。赛斯·福汉德一定也看懂了我的表情。他们这家人话虽不多，却很善于察言观色。他微笑着说："那里毕竟是我们的家啊！某种意义上讲，宇宙门也是。"

接下来才令人震惊。"其实，我们家跟发现宇宙门的第一人是亲戚，就是西尔维斯特·麦克伦。你听说过他吧？"

"当然听说过。"

"他是我一个远房表亲。我猜你知道他的完整故事。"我刚想说我知道，但他显然颇以自己这位表亲为荣，这也可以理解，所以我就又听他讲了一遍这个妇孺皆知的故事，不过版本略有不同："他在金星南极的一条隧道里，发现了一艘飞船。天知道他是怎么把那艘飞船弄出了隧道，但他就是做到了，他上了飞船，显然还拨动了出发开关，飞船启动飞往它的程序事先指定的地点——也就是这里。"

"宇宙门公司难道都不付特许使用费的吗？"我问道，"我的意思是，如果他们为各类发现买单，还有什么会比这个发现更应该让他们掏钱呢？"

"反正不会给我们。"露易丝·福汉德有点儿难过地说，对福汉德一家来说，钱是一个很艰难的话题。"当然，西尔维斯特一开始并非有意寻找宇宙门。咱们的培训课也讲了，那些飞船都只是自动返航而已。无论在哪儿，你只要拨动出发开关，飞船就径直回来这里。只不过这功能对西尔维斯特来说可未必是好事儿，因为他被扔到了这里。这是一趟往返旅程的回程，只不过旅程中段的逗留超过了难以计数的亘古时光。"

"他很聪明，也很顽强。"赛斯继续讲故事，"人必须探索才能生存。所以他并没有惊慌失措。但是等到再有人来到这里考察的时候，他的生命维持系统里的能量已经耗尽。他本可以活得更久。他可以利用着陆舱里的液氧和氢，来得到空气和水。我曾经想过，不知道他为什么没这么做。"

"因为他无论如何都会饿死。"路易丝插话道，想替她的那位远房亲戚辩解。

"的确如此。反正最后人们发现了他的尸体，手里还攥着一本笔记。他割断了自己的喉咙。"

他们都是很好的人，但这些故事我全都听过了，而且要是再听下去的话，我上课就要迟到了。

当然，上课也没什么太大的意思。我们的课程也就是如何睡吊床（入门）和冲厕所（进阶）。你可能会问：为什么他们不多花点儿时间来好好教我们如何驾驶飞船。答案很简单：那些飞船自己会飞。福汉德一家人是这么告诉我的，其他所有人也是这么告诉我的。就连着陆舱也不需要费力气操作，哪怕它确实得手动控制。等你进入了着陆舱，接下来要做的，无非就是将代表临近空间区域的一幅三维全息图与你的目的地信息做一番比较，然后把舱内的一个光点挪到你想要到达的坐标就可以了。再然后着陆舱就会前往那里。它会自行计算轨迹，并自动纠正偏差。你需要一点儿肌肉的协调能力，才能掌握如何把那个光点转到你想要去的地方，不过这是一个很宽容的系统。

在练习冲厕所和训练睡吊床的课程间隙，我们会讨论毕业后要去做什么。发射时间表时刻都在更新，每当有人按下发射按钮时，班里的显示器上便会出现提示。有些发射信息上附着姓名，其中有那么一两个名字我还认识。提基·特朗布尔是那个和我一起跳舞的女孩，还有一两次她在物资供应站坐在我的邻座。她是一个定向飞行员，她总是需要船员，所以我曾经也想加入她的组。但是有聪明人告诉我，那种飞行就是浪费时间。

候选发射班次

发射编号30-107。五人船。三个空缺，需会讲英语。请致电：特里·雅卡莫拉（电话：83-675）或杰伊·帕杜克（电话：83-004）。

发射编号30-108。三人船。装甲船，一个空缺，需会讲英语或法语。含附送旅程。请致电：多林·萨格鲁（电话：88-108）。

发射编号30-109。单人船。飞船试飞线路。安全纪录良好。请与船长面谈。

发射编号30-110。单人船。装甲船，含附送旅程。请与船长面谈。

发射编号30-111。三人船。开放登记。请与船长面谈。

发射编号30-112。三人船。可能是短途旅行。开放登记。提供最低收入保障。请与船长面谈。

发射编号30-113。单人船。宇宙门二号尚有四个空缺。可搭乘定向五人船前往。请致电：提基·特朗布尔（电话：87-869）。

我应该先告诉你们什么是定向飞行员。就是负责向宇宙门二号运送新员工的人。有十几艘固定往返运行的五人船来负责这项任务。这些飞船载上四个人（这也是为什么提基总需要人加入），然后飞行员独自回来，或者带上返程的寻宝人（如果还有的话），以及他们找到的东西。经常会有人能回来。

　　发现宇宙门二号的团队是我们所有人都梦想成为的人。他们做到了。兄弟，他们真的做到了！宇宙门二号就是另一个宇宙门，一模一样，只不过围绕在另一颗恒星的轨道上。如果单论宝藏的数量，宇宙门二号并没有比我们自己的宇宙门多多少。昔奇人已经把一切都打扫得干干净净，只留下那些飞船，而且那里的飞船数量也没有我们的宇宙门多，只有大约一百五十艘，而我们太阳系的宇宙门几乎有一千艘。但是一百五十艘飞船本身就已经是价值连城的宝藏了。更何况，宇宙门二号上的那些飞船能去一些太阳系宇宙门无法设定的目的地。

　　去宇宙门二号的路程大概是四百光年，单程需要一百零九天。宇宙门二号围绕的主星是一颗亮蓝色的B-型恒星。人们认为它是昴宿星团的昴宿六，但也有些存疑。好吧，其实那并不是宇宙门二号真正的主星。宇宙门二号围绕运行的并不是那颗大的恒星，而是旁边的一颗红矮星燃尽后留下的一小块灰烬。人们说这颗红矮星可能和那颗蓝色B-型恒星构成了一个双星系统，但也有人持否定意见，因为两颗星的年龄有差异。再给他们几年去争论，或许就会知道答案。人们想知道为什么昔奇人要将他们的太空航线枢纽站放在这颗毫不起眼的恒星轨道上，但是人们更想了解的还是昔奇人。

　　但是，对于碰巧找到这个地方的那帮家伙来说，这些都不会影响他们的钱袋子。对任何后来的寻宝人发现的一切东西，他们都要抽取特许经营费！我不知道到目前为止他们赚了多少钱，但起码有上千万，也许上亿。这就是为什么跟着外围飞行员出去其实并不赚钱：首先你寻到宝的机会并不大，其次就算找到了你也还得给别人分成。

　　于是我们浏览了接下来的发射计划，然后用这五天学到的专业知识,对清单上的项目反复筛选。好项目并不多。我们恳请格勒-克拉拉·莫恩林提供建议。毕竟,她外出过两次。她抿着嘴唇,研究了清单上的航班和名字。"特里·雅卡莫拉是个靠谱的人,"她说,"我不认识帕杜克,不过这人或许值得一试。多林那一班,就别去碰了。虽然写着有一百万美元的赏金,但他们没有告诉你的是,那艘飞船上的操控台很难搞。公司的专家们塞进去一台计算机,说是能替换掉昔奇人的目标选择器,我可不信任它。还有,不论在什么情况下,我都不推荐单人船。"

洛伊丝·福汉德问道:"如果是你,会选择哪个呢,克拉拉?"

她若有所思地皱起眉头,用指尖揉搓她那浓黑的左边眉毛。"也许是特里吧。无所谓了,他们谁都行。不过一段时间之内,我是不会再出去寻宝了。"我想问她为什么,但她从屏幕前转身说道:"好了,大伙儿继续操练吧。记住,向上按一下是冲尿;向下按住数十个数,是冲屎。"

一周之后,我完成了飞船操控课程,作为庆祝,我对达涅·梅捷尼科夫说要请他喝酒。那并不是我一开始的打算。我最初是打算给谢莉买上一杯酒,然后一起在床上喝,可是她没在。我按下压电电话上的按钮,接通了梅捷尼科夫。

他听到我要请他喝一杯,感到很惊讶。"谢谢。"他说,然后想了想,"这样吧,你来帮我搬一些东西,然后由我请你喝一杯。"

于是我下到他那里,就在新手层的下一层。他的房间比我的房间好不了多少,除了几个装得满满的大旅行提袋之外,房间里几乎空无一物。他看着我,那样子简直称得上是友好。"你现在是个寻宝人了。"他嘟哝道。

"还没有。我还有两门课。"

"无所谓了,反正这是你我见的最后一面了。明天我就要和特里·雅卡莫拉一起去寻宝了。"

我大吃一惊,"你不是十天前刚回来吗?"

"待在这个地方又挣不到一分钱。我只是在等待合适的同行船员。你想不想来参加我的欢送会?就在特里家。两千块。"

"听起来不错,"我说,"我可以带上谢莉吗?"

"哦,当然了,反正我觉得她也会来的。如果不介意的话,我就在那儿请你喝酒吧。来帮我一把,把这些东西放好。"

他积攒了数量惊人的私人物品。我想知道在这个跟我那间差不多大小的房间里,他是如何藏下这么多东西:三个大手提袋全部塞满了,全息影碟和一部观影眼镜、磁带有声书和一些真正的书籍。我提起手提袋。如果是在地球上,我可提不动这些东西,这得有五六十公斤了。不过在宇宙门,拎这些东西还是没什么问题的。真正棘手的是拖着这些包穿过走廊,然后跨坐在上面,沿升降竖井下行。我拎的包是很沉,可真正的麻烦在梅捷尼科夫那边,因为他提的那些东西形状五花八门,而且结实程度也各不相同。最后我们花了大约一个小时才把东西拖到地方。我们来到了小行星上某处我从未踏足过的地方,一个巴基斯坦老妇人清点了东西的数量,给了梅捷尼科夫一张收据,然后将那几个手提袋拖进了一条藤蔓丛生的走廊。

"唔,"他哼了一声,"那个,谢谢了。"

"别客气。"我们转身返回,朝一座升降竖井走去,一路闲聊着。我想他是觉得欠了我一个人情,所以出于礼貌要跟我寒暄一下。他说:"课上得怎么样?"

"你说那些课程啊,其实吧,课我是上完了,可还是不知道要如何驾驶那些该死的飞船。"

"嗯,那是肯定的,"他忿忿地说道,"课程不会教你那些东西。它只是让你有个总体的认识。你要真想学,就得靠上手去做。当然,唯一困难的就是着陆舱那部分了。说起来,你有问答记录的磁带吗?"

"哦,我有。"我一共有六盒磁带。当我们完成第一周的课程时,每个人都发了一套。磁带上记录了课堂上老师讲过的所有内容,还有很多别的东西,比如说各种操控按钮的说明,这些按钮,公司可能会加装在昔奇飞船的操控台上,也可能不会。

"那你就反复听那些磁带,"他说,"你要是个脑筋正常的人,当你去寻宝的时候,就把它们也带在身边。一路上你有足够的时间听。反正大部分时间飞船都能自动飞行。"

"希望如此。"我略带怀疑地说,"再会了。"他挥了挥手,跳上一根下行缆绳,没有回头。毫无疑问,我已经同意等到聚会的时候再去喝他欠我的那杯酒了。那儿的酒水也不是他花钱。

我本想再去找找谢莉,却又打消了这个念头。我身处宇宙门的某一陌生部分,而且我的地图也留在了房间里。我多少有些随意地转悠着,经过了一条空无人烟,闻起来满是灰尘和霉味的隧道。然后又穿过了一个居民似乎多是东欧人的聚居点。我听不懂这里的语言,不过随处可见的常春藤上挂着一些小纸条和标语,上面写的字母不知是西里尔文还是什么更古怪的语言。我来到一座升降竖井,想了一下,然后抓住了上行缆绳。在宇宙门上要想不迷路,最简单的办法就是一直向上,直到"纺锤"部分,那里也是上升的尽头。

但是这一次,我发现自己正经过中央公园,一时冲动,就从上行缆绳上跳了下来,想跑到一棵树旁坐一会儿。

中央公园其实并不是个真正的公园。它只是一个大型隧道，离小行星的自转中心不远，这里被用于植物栽培。在这里，我找到了橘子树（现在知道那些果汁是从哪儿来的了）和葡萄藤，还有蕨类植物和苔藓，但是没有草。我也不知道为什么。可能是因为这里只种植对宇宙门的光照环境敏感的品种，而这里的光照主要是来自周围昔奇金属的蓝色反光，也许人们找不到能有效利用这种光来进行光化学反应的草种。一开始，人们建立中央公园，主要是想吸收二氧化碳，释放氧气。后来植物越种越多，遍布整个隧道。这些植物多少能（或者说人们希望能）消除些异味，而且还可以提供一定量的食物。整个隧道大概有八十米长，高度是我身高的两倍。里面的空间足够宽阔，能容纳一些蜿蜒的小径。他们用以种植的地面，看起来很像地球上那种古老的真正泥土。实际上，那东西是用宇宙门上总共好几千人冲完厕所的污物制造出的腐殖质，但是单凭眼睛看或是鼻子闻，你是无法辨别的。

我找到的第一棵大树并不适合闲坐。那是棵桑树，树下铺了一层细网，以便接住落下来的桑葚。我沿着小径继续向前，碰见了一个女人和一个孩子。

一个孩子！我还不知道宇宙门上有小孩。她还很小，也就一岁半的样子，正在玩一个球，在低重力环境下，那球虽然大却很轻，就像一个气球。

"你好啊，鲍勃。"

又一个惊喜：向我问好的女人是格勒-克拉拉·莫恩林。我不假思索地说道："我还不知道你有个小女儿。"

"我没有，这是凯西·弗朗西斯，她妈妈有时会把她借给我。凯西，这是鲍勃·布罗德黑德。"

"你好，鲍勃。"那个小东西跟我打招呼，站在三米之外研究着我,"你是克拉拉的朋友吗?"

"我希望是。她是我的老师。你想不想玩抛接球?"

凯西完成了对我的研究,然后像个大人一般,一字一句、清清楚楚地说道:"我不知道怎么玩抛接球,但是我可以帮你捡六颗桑葚。你只能要那么多。"

"谢谢你。"我在克拉拉身旁蹲了下来,她正抱膝看着那孩子,"她很可爱。"

"嗯,可能吧。不过这里也没有其他的孩子,所以也很难判断。"

"她不是寻宝人吧?"

我倒没想开玩笑,不过克拉拉却开心地大笑起来,"她的父母都是宇宙门的永久驻民。呃,大部分时候吧。现在她母亲外出寻宝了。他们偶尔外出,很多人都这么干。这样你便可以多花些时间来尝试解答昔奇人到底想要干什么,继而你就可以试着自己解开谜题了。"

"这听起来很危险。"

她嘘了一声,示意我别再说话。凯西回来了,两只手里各有三颗桑葚,她摊开手掌,以免压伤果粒。她走路的方式很奇特,似乎不怎么使用大腿和小腿肌肉,而是依次用两只脚的前脚掌蹬地,在空中飘浮着弹跳前进。我发现这一窍门之后,自己也尝试了一下,结果发现这种走路方式在接近零重力的情况下十分有效,可是我的本能却不断地阻碍我这么做。看来只有生来就在宇宙门的环境下生活,你才能自然而然地这么做。

公园里的克拉拉可比当老师的克拉拉轻松多了,也更像个女人。那对之前看起来不怒自威的眉毛,现在也变得更加友好和自然。她身上的气息仍然很好闻。

和克拉拉聊天非常令人愉快,凯西则在我们身旁,用她那优雅的步态玩球。我们相互比较各自到过的地方,结果没有发现任何共同之处。我们倒也发现了一个共同点:我和她那小她两岁的弟弟几乎是同一天出生的。

"你喜欢你的弟弟吗?"我问道,一个纯为取乐的开场白。

"嗯,当然了。他是个小宝宝。不过他是白羊座的,出生的时候水星和月亮正落在白羊座。所以他很善变,喜怒无常。我想他的一生都会过得很复杂。"

本公园装有闭路监视系统

欢迎您来公园享受美好时光。请勿折花摘果。请勿破坏植物。游园期间,您可随意捡食落下的水果,但请遵守以下规定:

葡萄、樱桃　　　　　　每人八枚;

其他小粒水果或浆果　每人六枚;

橘子、酸橙、梨　　　　每人一枚。

请勿取走步道上的碎石。所有垃圾请放入容器中。

宇宙门公司维护部

我没兴趣问她弟弟发生了什么,倒是想问问她是否真的相信那些垃圾占星术,但那么做好像不太明智,好在她又继续说下去了。"我自己是射手座的。你呢——哦,我知道了。你显然应该跟戴维一样。"

"可能吧,"我彬彬有礼地说道,"我,呃,不是很懂占星术。"

"那不是占星术,那叫星命学。一个是迷信,一个是科学。"

她大笑起来,"我看得出你在心里嘲笑我。无所谓。如果你相信,那很好;如果你不信——嗯,就算你不相信万有引力定律,从一座二百层的楼上摔下来照样还是会粉身碎骨。"

凯西坐在我们旁边,礼貌地问道:"你们是在吵架吗?"

"没有,亲爱的。"克拉拉抚摸着她的头。

"那就好,克拉拉,因为我现在想要上厕所了,可我觉得这里好像没有厕所。"

"反正也该回去了。很高兴见到你,鲍勃。小心别太忧郁,听到没?"然后她们手拉着手离开了,克拉拉还在试图模仿小女孩的奇怪步态。此情此景……看起来很和谐。

当天晚上,我带着谢莉去了达涅·梅捷尼科夫的离别派对。克拉拉也在那里,穿着一身露脐套装,看起来更漂亮了。"我还不知道你也认识达涅·梅捷尼科夫。"我说。

"他是哪个? 我是说,是特里邀请的我。要进来吗?"

隧道里的派对已经进行得热火朝天。我透过门看了一眼,惊讶地发现里面空间之大:特里·雅卡莫拉有两个配备齐全的房间,每一间都比我的房间大两倍。有单独的卫生间,而且里面真的有一个浴缸,或者起码有一个淋浴喷头。"这地方真棒。"我羡慕地说,然后我从另一位客人的谈话中听到,克拉拉就住在这条隧道正下面。这改变了我对克拉拉的看法:既然她能负担得起租金昂贵的高档住宅区,她干吗还要留在宇宙门呢? 她为什么不回家,好好花钱好好开心? 或者反过来讲,就算她留在了宇宙门这儿,那又何必虚掷光阴,做着个助理教官,挣的钱都不够缴人头税的。她干吗不去寻宝,再大捞一笔啊! 但我没有机会问她。那天晚上,她基本上都在跟特里·雅卡莫拉还有其他即将外出寻宝的船员们一起跳舞。

我一直没看到谢莉在哪儿,直到一支慢到几乎不动的狐步舞之后,她带着一个舞伴到了我这儿。那是一个非常年轻的男人——其实是个男孩,看上去也就十九岁的样子。他看起来很眼熟:肤色很深,头发几乎全白,整个下巴上蓄着一圈连鬓胡须。我乘坐的从地球到这里的飞船上并没他。我们的学习班上也没有他。但是我在哪儿见过他。

谢莉把他介绍给了我,"鲍勃,你认识弗朗切斯科·埃雷拉吗?"

"我不认识。"

"他是巴西巡航舰上的。"这时我想起来了。几天前我们去看过一艘返航的失事飞船,当时曾有几个士官进去搜寻烤焦的尸体残片,他就是其中之一。从他袖口的纹章判断,他是个鱼雷手。巡航舰船员的临时任务是充当宇宙门上的守卫,有时他们也会获得一些自由支配的时间。他是在我们到达宇宙门那会儿,轮岗到的这里。这时有人换了一盘磁带,这次是传统圆舞曲。一曲终了,我们都跳得有点儿喘不过气来了,埃雷拉和我并排靠着墙,都想暂时从派对上抽身休息一下。我跟他说我刚才想起来在失事飞船那儿见过他。

"啊,是的,布罗德黑德先生。我记得。"

"那活儿可不好干,"我没话找话地说,"是吧?"

我觉得他今晚酒喝得到位了,应该可以回答我的问题。"哦,布罗德黑德先生,"他清晰明了地说道,"我的工作,专业名称是'搜查登记'。一般来说,并不很难。比如说,你肯定很快就要外出寻宝了,等你回来的时候,我,或者我的某个同事,会把你从头到脚仔细检查一遍，布罗德黑德先生。我会把你的口袋全都翻一遍，对你的船上的所有东西称重量、测尺寸和拍照片。这是为了确保你没有用你的飞船走私任何有价物品，将它们带回宇宙门，却未按规定向公司缴付一定的份额。然后我要把发现的东西登记在册，如果飞船上什么都没有，我就在表格上写个'无'。还会有另一艘巡航舰上随机选择的一名船员，来做同样的事情。所以我们会有两个人来搜查你。"

这工作我听着觉得很无趣，不过跟我原本以为的相比，倒也没那么糟糕。我这么对他说。

他咧嘴一笑，闪过一排十分洁白的小牙齿，"那当然，如果要搜查的寻宝人是谢莉或者格勒－克拉拉，那可绝说不上糟糕。那是一种享受。不过如果要搜查的是男性，那我可没什么兴趣，布罗德黑德先生。尤其是当他们死了的时候。你有没有体验过，五具死尸，未做防腐措施，放了三个月？我检查的第一艘飞船的现场就是那样。我觉得我不会再碰到比那还差劲的情况了。"

这时谢莉走了过来，邀请他再跳一支舞，派对在继续。

后来我才知道，派对有很多。其实一直如此，只不过我们这些新人的社交圈子太小，随着我们临近毕业，我们认识的人也更多了。有告别派对，也有欢迎派对，但欢迎派对比告别派对要少得多。即使船员们真的能够回来，通常他们那时候的状态也没什么值得庆祝的了。有时候，他们离开得太久，已经跟所有的朋友都失去了联络；有时候，如果他们足够幸运的话，也会除了离开宇宙门返回家乡之外别无他想；当然了，还有的时候，他们无法参加任何派对，因为终点医院的重症监护室里可不允许举行什么派对。

也不全是派对时间，我们还得学习。等到课程全部结束，我们就该成为在飞船操控、星际生存和贸易货物评估方面无可挑剔的专家了。好吧,我可算不上。谢莉的情况比我还差。飞船操控这一块儿她掌握得还不错,而且她有一副火眼金睛,能够帮助她对寻宝之旅可能发现的任何东西进行价值评估。可是她似乎无法理解生存技巧的课程。

和她一起温习功课,准备期末考试,是一件非常痛苦的事情。

"你看,"我告诉她,"这是一颗F-型恒星,它有一颗行星,其表面重力加速度为零点八个G,氧气分压为一百三十毫巴,赤道平均温度为四十摄氏度。在这颗行星上,要去参加一场派对,你会穿什么呢?"

她嗔怪地说:"你故意给我出容易的题目。你说的不就是地球嘛!"

"那你的答案是什么呢,谢莉?"

她下意识地搔了搔胸部下方,然后不耐烦地摇了摇头,"什么也不穿。我的意思是,我在着陆过程中会穿着宇航服,不过一旦到达地表,我就可以穿着比基尼走来走去了。"

"白痴! 你可能要不了十二小时就死掉了。正常的地球环境,就意味着常见的地球生物均有可能大量存在,也就意味着病原体会把你吃个精光。"

"行了行了——"她耸了耸肩,"那我就还穿着宇航服,先测试看看有没有病原体。"

"那你要怎么测试呢?"

"当然是用测试设备了,傻瓜!"我还没说什么,她又急忙补充道:"我的意思是,让我想想啊,把基础代谢盘从冰箱里拿出来,启动它们。我要在轨道上停留二十四小时,等待代谢盘熟化,然后在降落到地表时,我取出代谢盘,再用……呃……再用

美国巡航舰马亚圭斯号执勤及轮休名单

1.以下船员临时转岗宇宙门执勤,负责违禁品检查和合规巡逻:

蒂娜·林基	W/o
卡西 米尔·马斯科	BsnM 1
艾奥莉·米拉奇	S2

2.以下船员临时转岗宇宙门,获准二十四小时休息:

凯蒂·格里森	LtJG
伊万·哈维	RadM
卡里尔·赫莱布	SL
威廉·霍尔	SL

3.全体船员,再次警告:务必避免与其他巡航舰上的任何船员发生任何纠纷,不论其国籍为何,亦不论何种情况。同时严禁向任何人泄露机密信息。若有任何违规行为发生,违规者将被彻底剥夺宇宙门休假资格,并接受法庭可能裁决的其他处罚。

4.临时转岗至宇宙门乃是优待,并非权利。任何人若想得到它,必须靠自己的努力去争取。

美国巡航舰马亚圭斯号舰长

C-44获取读数。”

“C-33。没有C-44这种东西。”

“行啊行啊。哦,对了,我还带着一套抗原加强剂呢,所以要是真有什么微生物之类的小问题,我还可以给自己打上一针,获得暂时的免疫力。"

"行吧,我觉得你复习得还可以。"我勉勉强强地说道。当然了,到了实际飞行的时候,她并不需要把什么都记在脑子里。她可以看包装上的说明,或者听课程录音带,或者更好的情况是,她可以跟有经验的老手一起去寻宝。但是也有一些无法预料的事情可能会发生,她就只能靠自己的本事了,何况她首先还得通过这个结业考试。"还有什么,谢莉?"

"就是常见的那些啊,鲍勃!我还得把整个列表都说一遍吗?好吧。无线电中继,备用电源,地质工具包,十天的食物配给——嗯,我绝对不吃地球上的任何东西,哪怕飞船旁边就有一个麦当劳汉堡包,我也不会去碰它。我还要额外带一支口红和一些卫生巾。"

我继续等待着。她美美地微笑着,也等待着我。

"武器呢?"

"武器?"

"是的,该死!如果是地球的正常环境,那会不会有活的生物?"

"哦,对对。我看看啊。好吧,如果需要的话,我当然要带武器。不对,等一下,我可以先从轨道上用光谱仪读取大气中的甲烷含量。如果没有发现甲烷,那就没有动物,我也就没什么可担心的了。"

"那只能表明没有哺乳动物,而你还有的是可担心的。你想过昆虫吗?爬行动物呢?索命兽呢?"

"索命兽?"

"我刚想出来的一个词儿,用来描述一种我们从来没有听说过的动物,它的肠道里不会产生甲烷,可是它却吃人。"

"哦,懂了。好吧,那我再带上一把枪和二十个弹夹。再给我出道题。"

我们就这样继续复习。刚开始互相提问的时候,碰到这样的情景,我们常开玩笑说:"我不用担心啊,因为反正你都会跟我在一起的,"或者,"亲我一下,你这个傻瓜"。但是现在我们已经不怎么说那些话了。

尽管如此,我们还是毕业了。我们所有人。

我们自己搞了一个毕业晚会,谢莉和我,福汉德一家四口,还有其他跟我们一起从地球上来的那些人,以及六七个大家来了之后认识的人。我们没有邀请任何外人,不过我们的老师可不是外人。大家都来了,送上对我们的祝福。克拉拉迟到了,她匆匆干了一杯,吻了我们所有人,不论男女,甚至还有那个芬兰年轻人,他因为患有语言障碍症,所有的授课内容都必须先录在磁带上。他肯定会有麻烦的。世界上的语言,只要是你听说过的,宇宙门公司都专门制作了该语种的教学磁带,如果你讲的方言他们正好没有,他们就会通过翻译计算机给你一个最接近的语言版本。有了这些措施,你完全可以学完整个课程,但那才是问题的开始。动动脑子,你就知道,怎么能指望一群无法与你交谈的船员接受你呢?他的语言障碍症导致他无法学习别的语言,而且在宇宙门上面,压根儿就没有一个能讲芬兰语的人。

从我们——谢莉、福汉德一家和我——自己的房间向上三户的距离,这块区域的整个隧道都被我们给占用了。我们跳舞唱歌直到很晚,有的人都睡着了,然后我们打开压电电视,调出了招募开放中的发射计划列表。大伙儿都已经喝了不少啤酒,抽了不少大麻,我们开始抽扑克牌,来决定谁第一个挑选航班,结果我赢了。

当时我的脑袋里出了些状况。肯定是酒劲儿上来了。也不知道是怎么回事儿，反正我还沉浸在一片快乐和温暖之中，对所有的社交信息都来者不拒。但我还不算完全糊涂，我睁开清醒的眼睛看了看未来，做出了一个判断。"呃，"我说，"我觉得我还是先放弃这次机会吧。赛斯，你是第二名，你先选。"

"三零一零九。"他立刻说道。福汉德一家早就在家庭会议上做出了决定。"谢谢你，鲍勃。"

分类广告

吉勒特·罗纳德，去年某时离开宇宙门，目前下落不明，若有任何消息，请联络火星塔尔西斯的加拿大公使馆转交其妻：安娜贝尔。必有酬谢。

多次成功返航的寻宝飞行员：在你们外出的时候，让你们的钱继续生钱。投资共同基金、成长股、土地等。咨询服务收费合理。致电：88-301。

成人影碟，伴你度过漫长寂寞的旅程。片长五十小时，收费五百元。有意垂询或订购请致电。另招模特。87-108。

我带着醉意朝他随意挥了挥手。他其实不用觉得欠了我什么。这是艘单人船，价格再便宜我也不会选它。诸如此类的种种原因，屏幕上的发射班次，没有一个我中意的。我朝克拉拉咧嘴一笑，挤挤眼。她一脸郑重，一分钟后，她也朝我挤了挤眼，不过表情依然严肃。我知道我们有共识：所有这些发射班次，都是

被人挑剩下的。最好的那些,一放出来就被返航者和宇宙门的永久驻民们一抢而空了。

谢莉抽中了第五顺位,轮到她的时候,她直视着我,"如果能立即出发的话,我选这艘三人船。你觉得如何,鲍勃?你要不要来?"

我咯咯笑了起来。"谢莉,"我说道,语气甜蜜而理智,"如果我想平安返航的话就不会选它。那是一艘装甲船。谁都不知道它到底会飞到哪儿去。况且我也不喜欢导航操控台上的绿色太多。"(当然,没人真的知道那些颜色是什么意思,但是学校里有种迷信,就是绿色太多意味着超级危险的任务。)

"那是唯一开放的三人船,何况还有赏金。"

"别问我,亲爱的。问问克拉拉吧,她是老资格了,所以我尊重她的判断。"

"我就要问你,鲍勃。"

"我不去。我要等等看有没有更好的。"

"我不打算再等了,鲍勃。我已经和薇拉·福汉德谈过了,她也愿意去。实在万不得已,我们就找个人来填补空缺——随便什么人。"她看了看芬兰小子,那家伙正一边盯着压电电视上的发射计划表,一边醉醺醺地傻笑,"但是——你可是跟我说过,我们要一起外出的。"

我摇了摇头。

"那你就待在这里,等着烂掉吧,"她怒气冲冲地说,"你的女朋友和你一样,也害怕了!"

我脑袋里那双清醒的眼睛看着克拉拉,她脸上的表情冷冰冰的,仍是一副不为所动的样子。不过我惊讶地意识到,谢莉是对的。克拉拉和我一样,对于外出,我们心存胆怯。

11

我对西格弗里德说:"恐怕这次诊疗谈话不会有什么效果。我累坏了。性方面的,你懂我意思吧。"

"我当然懂你的意思,鲍勃。"

"所以我没什么可说的了。"

"那你还记得做过什么梦吗?"

我在沙发上扭了扭身子。巧了,我还真记得一两个梦。我说:"不记得了。"西格弗里德总是追着问我做了什么梦。我不喜欢这样。

当他一开始这么问的时候,我曾对他说我不怎么做梦。他当时耐心地说:"我想你是知道的,鲍勃,人人都会做梦。你可能醒来的时候不记得自己做过的梦。但是,如果你愿意尝试,是能记起来的。"

"不,我记不起来。你可以,因为你是一台机器。"

"我知道我是一台机器,鲍勃,但是我们谈的是你。你愿意做个实验吗?"

"也许吧。"

"这并不难。在你的床边放一支铅笔和一张纸。你一醒来,就写下你还记得的东西。"

"可是我从来都不记得我做的梦。"

"我觉得值得一试，鲍勃。"

好吧，我试了。然后，你知道吗，我真的开始能够记住我做的梦了。起初是一些小片段。我会把它们写下来，有时我还会把这些片段告诉西格弗里德，那样他就会非常高兴。他真是喜欢梦。

至于我，倒没觉得有什么用——嗯，起码一开始是那么认为的。但是随后发生的一件事，让我变成了一个基督徒。

有一天早晨，我从梦中醒来，那梦很不愉快，却又十分真实，真实到令我一时之间都无法判断这是梦还是现实。那是一个噩梦，可怕到让我不敢相信那只是一个梦。我被这梦深深触动，拿起笔开始把它记下来，尽可能快地写下我还能记起的每一个细节。这时我的压电电话响了起来。我接了电话，然后，你知道吗，就在刚刚接通电话的那一刻，我就把整个梦给忘得一干二净了！一丁点儿都想不起来。直到我看见之前写下来的东西，一切才又回到了我的脑海。

呃，几天后我见到西格弗里德的时候，我又想不起来了！就仿佛我从未做过那个梦。但记着梦的那张纸还在，我不得不逐字逐句读给他听。我觉得在那一刻，他对自己最满意，也对我最满意。他因为那个梦，忧愁了整整一小时。梦里的每个细节对他而言都是符号和意义。我现在已经不记得那些东西了，我能记得的是对我来说那些东西一点儿都不好玩。

其实，你知道最有趣的是什么吗？我一走出他的办公室，就扔掉了那张纸。所以我现在没法告诉你那个拯救了我生活的梦是怎样的。

"我看你是不愿谈论自己的梦，"西格弗里德说，"那你有什么想谈的吗？"

"还真没有。"

他一时没有说话，我知道他只是在跟我比看谁沉得住气，等待着我会忍不住说出什么——我不知道——愚蠢的话。于是我说："我能问你一个问题吗，西格弗里德？"

"鲍勃，你随时都可以问问题啊。"有时我觉得他真是在努力微笑。我的意思是那种真的微笑。他的声音听起来像是带着笑意。

"呃，我想知道的是，我告诉你的这些事情，你会怎么处理？"

"我不确定我是否理解了你的问题，博比。如果你问的是我的信息存储程序是怎样工作的，答案会是非常技术性的。"

"不，我不是那个意思。"我犹豫了一下，想确定我的问题到底是什么，而我又为什么想问这个问题。我想这一切都可以追溯到西尔维娅，一个放弃信仰的天主教徒。我真的很羡慕她的教堂，我也告诉她，离开这么好的教堂，可真够愚蠢的。我是多么羡慕她有地方能够告解。我脑海中满是杂七杂八的疑惑和恐惧，却无法摆脱它们，要是能把这些包袱都转卸到教区牧师那里，我会求之不得。我想你也能发现这里面有个完美的层级传递模式：我把自己头脑里所有的垃圾都倾泻给告解室，然后教区牧师又把它倾泻给教区主教大人（或者是别的什么人，我其实也不太了解教会的事情），而这一切都在教皇那里终结，他就是世界上一切痛苦、不幸和罪孽的污泥沉淀池，直到他再继续把它们直接传递给上帝为止（我的意思是，假设真有上帝存在，或者至少假设有个地址写着"上帝"，你可以把那些垃圾都发送到那儿去）。

　　不管怎样，重点是我挺憧憬在心理治疗中也可以有一套同样的系统，就像居家下水道汇入街区下水道，再汇入城市排水主渠一样，能从血肉之躯的精神病医生那里延伸出去，你明白我的意思吧。如果西格弗里德是个真人，他一定无法承受倾泻给他的所有这些不幸。首先，他要处理自己的问题；其次，他还得接收我的问题，因为我要摆脱它们，不扔给他扔给谁？所有在诊所那张温暖的沙发床里躺过的倾诉者们，他们的问题，也都统统倾泻给他；然后他再把所有这些问题——他只能这么做——传递给下一个给他做心理诊疗的人，然后下一个人再传递给下下一个，一直这么传递下去，直到这些问题都交给——谁？西格蒙德·弗洛伊德的鬼魂吗？

　　但是西格弗里德并不是个真人，他是一台机器。他感觉不到痛苦。那么所有那些痛苦和垃圾都去哪儿了？

　　我试图向他解释这一切，最后我说："你明白吗，西格弗里德？如果我把我的痛苦交给你，然后你再把它交给别人，那它总得有个最终的去处吧。结果它就像石英片里的磁泡①一样消失得无声无息、无影无踪，我觉得这也太不真实了。"

　　"我认为，跟你讨论痛苦的本质，这事并无益处，鲍勃。"

　　"那讨论你是不是真实存在的，有没有益处呢？"

　　他那样子几乎像是叹了口气。"鲍勃，"他说，"我认为，跟你讨论真实的本质也没有益处。我知道我是一台机器。你也知道我是一台机器。可我们为什么在这里？是来帮助我的吗？"

　　"我有时候的确想知道为什么。"我闷闷不乐地说。

　　"我认为你并不是真的想知道为什么。我认为你也知道你之所以在这里，是因为你需要帮助，而要获得帮助，你的内心就需要

---

　　① 指出现在磁性薄膜材料中的圆形磁畴，可用于信息存储。

有所改变。我对信息的处理方式可能令你感到好奇，也可能为你提供了一个借口，来把我们的时间都用在空谈而不是治疗上面——"

"讲得真好，西格弗里德。"我打断了他。

1316	,S, 你把跟朱希拉	115,215
	的分手看作一次学习	115,220
	经历, 鲍勃,	115,225
	这很健康.	115,230
1318	,C, 我是一个非常健	115,235
	康的人, 西格弗里德,	115,240
	所以我才在这里.	115,245
1319	IRRAY (DE)=IRRAY (DF)	115,250
1320	,C, 总之, 这就是	115,255
	人生, 不过是一个接一个	115,260
	的学习经历,	115,265
	等你学习完	115,270
	所有的经历,	115,275
	你就毕业了,	115,280
	而你的毕业证书,	115,285
	正是你的死亡证明.	115,290

"当然。不过，你的感受到底如何，在重要的时刻表现得是更好还是更差，真正能够决定这些的，还是你对信息的处理方式。你还是关心你自己脑袋里的事情吧，鲍勃，而不是我的。"

我钦佩地说："你他妈还真是一部智能机器啊，西格弗里德。"

他说："我有一种感觉，你实际上想说的是，'我讨厌你，你他妈的真有胆量，西格弗里德。'"

　　我还从没听他说过这样的话，这让我吃了一惊，然后我才想起来其实我对他说的也正是这样的话，还不止一次，说过好几次。他说的是事实。

　　我的确讨厌他的胆量。

　　他想要帮助我，而我非常讨厌他这么做。我想念甜美、性感的S.雅。我让她做什么她都愿意，差不多任何事。我很想，非常非常想，想伤害西格弗里德。

12

一天早上，我回到自己的房间，发现我的压电电话在微弱地嗡鸣，仿佛远处一只生气的蚊子。我输入语音信箱的密码，原来是人事部副总监要我当天早上十点到她的办公室去一趟。可是，这会儿已经晚了。我已经养成了习惯，每晚大部分时间都会和克拉拉待在一起。她的床垫子比我的舒服得多，所以都快到十一点了，我才收到消息。等我到公司人事处的时候，已经挺晚了。副总监很不高兴。

她叫艾玛·弗瑟，是个非常胖的女人。她拒绝接受我的解释，指责说："你十七天前就学完全部课程毕业了。到现在你还是无所事事。"

"我在等待合适的任务。"我说。

"你要等多久？你缴纳的人头税只够再维持三天了，然后你打算怎么办？"

"呃，"我努力挤出一丝真诚，"其实我原本是打算今天来见见您，谈谈这事儿的。我想在宇宙门上找份工作。"

"切——"（我没听人说过那个词儿，但是它的发音就是那样的。）"你来宇宙门就是为了干这个？清扫下水道？"

我敢肯定她是在吓唬我,因为这里并没有那么多的下水道
——重力不够,无法支持庞大的下水道系统。"合适的任务随时
可能到来。"

"哦,当然了,鲍勃。你知道,像你这样的人,总是很让我担
忧。你知道我们在这里的工作有多么重要吗?"

任务报告

飞船编号:3-31,航行编号:08D27。船员:C.皮特
林,N.银座,J.克拉比。

飞行时长:去程十九天四小时。位置不确定,天
关①附近(二十一光年)。

概要:出来后是在一颗行星的跨极点轨道上,距其
零点四天文单位。该行星半径为地球的零点八八倍,
探测到它有三颗小卫星。计算机推算该星系还有六颗
行星。主星为K7型。

"着陆成功。这颗行星显然已经历变暖期。无冰
帽,当前海岸线年代似乎并不久远。未发现居住痕
迹。无智慧生命。

"精细扫描后发现我们的轨道上,似乎有一个昔奇
会合站。我们靠近该站。它完好无损。在尝试强行进
入时发生爆炸,N.银座死亡。我们的飞船受损,于是返
航,途中J.克拉比死亡。未获得文物。采自该行星的
生物样本在飞船受损时亦遭毁坏。"

---

① 金牛座一对联星。

"嗯，我大概知道——"

"整个宇宙都在等着我们去探索，去把它带回家！宇宙门通往宇宙。你这种人，一个在浮游生物农场长大的人——"

"其实我们那个地方叫作怀俄明食物矿。"

"随便啦！你知道人类是多么迫切地需要我们带给他们的那些成果吗？新的技术，新的能源，还有食物！可以生活的新世界。"她摇摇头，粗暴地翻寻着桌子上的文件架，看起来既生气又担心。我估计她在清点，看看我们这些闲人和寄生虫，有多少已经被她成功赶出去寻宝了，那才是我们应该做的事，而她的恶劣态度，正应由我们这些人负责——假设你能体会到她想留在宇宙门的迫切心情。她甩开了文件架，又起身打开一个靠墙的文件柜。"就算我真的能给你找到一份工作，"她头也不回地说，"你在这里唯一拿得出手的技能只有寻宝，但你却不想去。"

"我会接受任何——差不多任何——工作安排。"我说。

她疑惑地看看我，然后回到桌旁。考虑到她可是拖着一百公斤的质量，她的动作之优雅令人惊诧。也许一个胖女人不愿松弛下垂的美梦，才是她想要保住这份工作并留在宇宙门的真实原因。"你得做最低级的纯体力劳动，"她警告说，"薪水可不多。一百八一天。"

"我接受！"

"你的人头税也得从那里面出。除此之外，也许每天还得留二十块钱买烟抽，那你还剩下什么？"

"如果钱不够，我还可以打打零工。"

她叹了口气，"你只是在拖延时间，鲍勃。我也不确定。冼先生是人事总监，他把工作申请看得很严。我得想个合适的理由来雇用你，那可不容易。而且，如果你生病了，不能工作，那你怎么办？谁来付你的人头税呢？"

"那我大概就只能回老家了。"

"然后你接受的所有训练就白白浪费了？"她摇摇头，"你让我感到恶心，鲍勃。"

不过她还是甩给我一张工作单，指示我去找北区主层的工长报到，让他给我安排一些植物养护的工作。

我不喜欢艾玛·弗瑟的这次面试，不过之前别人已经告诉过我这不会是一次愉快的会面了。那天傍晚，当我和克拉拉谈天的时候，她告诉我实际上我这已经算轻松的了。

"你很幸运，碰到的是艾玛。要是老冼，他经常会先把你晾到你缴纳的人头税全都耗光了再谈。"

"然后呢？"我起身坐在她的小床的边缘，伸脚在床下摸索着我的内套鞋，"打开气闸，扔出去？"

"别以为很好笑，那也不是没有可能。老冼对社会的渣滓可是毫不留情。"

"跟你聊天真的很令人愉快！"

她咧嘴一笑，翻过身来，用鼻子拱我的背。"我和你不一样的地方，鲍勃，"她说，"就是我执行第一个任务的时候就赚到了一笔钱。虽然这笔钱解决不了什么大问题，但多少也能应付一些开销。而且我还出去寻宝过，他们需要我这样的人来教你这样的人。"

我向后躺倒在她的屁股上，侧过身来，一只手搂住她，力道并不大，更像是一种怀旧的感觉。有些话题我们很少提及，不过——"克拉拉？"

"外出寻宝，是什么感觉？"

她的下巴摩挲着我的前臂，眼睛看着墙上的金星全息影像，过了一会儿，说道："……恐惧。"

我等她继续，但是她没再说话，不过我也已经懂了。在宇宙门上，我也感到很恐惧。我不需要亲自乘坐"神秘的昔奇公交车"，也知道什么是恐惧——我现在就已经能够感受到它了。

"其实你也没什么选择，亲爱的鲍勃。"跟平时比起来，她的语气里多了一丝温柔。

一阵怒火涌上我的心头。"我的确没有选择！你说出了我这辈子的特点，克拉拉。我从来都没有选择——只有一次，那一次我赢了彩票，决定要来这里。那时候我也不确信自己的选择是否正确。"

她打了个哈欠，揉着我的胳膊。"我们要是不亲热的话，"她肯定地说，"我就去吃点儿东西再睡觉。起来陪我一起去蓝色地狱吧，我请客。"

植物养护，其实就是侍弄花草，具体点儿讲，是养护那些在宇宙门上可以生存的常春藤属植物。我去上班报到，结果让人惊讶——应该说是惊喜——我的工长原来就是我那位没有腿的邻居：马琴四季亭。

他欢迎我的到来，看起来是真的挺开心。"你能加入我们，真的太好了，罗比内特。"他说，"我还以为你会立即去寻宝呢。"

"我会的，很快就会了。等我在发射计划表上看到合适的航班，我就会外出的。"

"当然了。"他没再继续那个话题，而是把我介绍给其他的植物养护人员。我始终没搞清楚这些人是谁，就知道那个女孩儿跟赫格拉梅特教授（就是地球上那位研究昔奇人的大专家）有点儿什么关系，而那两个男人已经执行过几次外出任务了。我也不需要和他们交朋友。我们不用交谈，就能理解彼此最基本的状况：我们都还没准备好，让自己的名字出现在发射航班的花名册上。

我甚至还没准备好去思考这是为什么。

不过，来这儿做植物养护，倒有助于思考。老四立即让我投入了工作：用黏胶往昔奇金属墙上粘托架。那是一种特殊设计的黏合剂。它既能粘住植物培养箱的凸纹箔片外表，也能粘住昔奇金属，并且不含任何溶剂，不会挥发污染空气。这种黏胶一定十分昂贵。你要是弄到了身上，就得余生都带着它生活，起码得一直等到它附着的那块皮肤坏死剥落。你要是想以其他方式弄掉它，就得见血。

我们每天都有规定数量的托架要粘上墙，粘完之后，我们就集体下到污水处理厂，从那里收集表面上覆盖着纤维薄膜，内里装满泥肥的培养箱。然后我们把这些培养箱放到墙上的托架上，旋紧自锁螺丝，将它们固定好，再给它们接上灌溉水箱。这些培养箱每只在地球上可能重达一百公斤，但在宇宙门上你根本就不需要考虑这一点。即使是用来制作它们的箔片，也足以将它们结结实实地支撑在托架上。等我们都完成了，老四就会亲自往培养盘里栽入幼株，而我们则继续准备下一批托架。看他干活儿是一件很有趣的事。他把培养盘两边系上皮带，挂在脖子上，然后把栽种着常春藤植物幼株的培养盘端在胸前，就像一个四处兜售香烟的女孩。他用一只手托住培养盘，另一只手将幼株穿过薄膜，栽入泥肥。

这是一件可以让人减压的工作：它有益身心健康（我感觉），又能打发时间。老四没有让我们工作得太辛苦。一天要做多少工，他脑子里有一个额度。只要我们能安装完六十个托架并固定好培养箱,他就不去管我们是不是在磨洋工混日子,只要我们别做得太明显就可以了。克拉拉时不时地过来打发白天的时间,有时还会带上那个小女孩,另外还有很多其他的参观者。当工作闲暇又没有什么有趣的人可以聊天的时候,我们可以一次一个人地轮流出去溜达一小时左右。就这样,我逛遍了宇宙门上很多以前从未到过的地方。时间一天天过去,我做决定的日子也在一天天推迟。

我们大家都会谈到寻宝。我们几乎每天都可以听到闷响和震动,那是着陆舱从泊位脱离的声音,整艘飞船被推出,进入昔奇主引擎可以启动的区域。我们同样经常感受到某种更小更迅速的震动,那是有飞船回来了。到了傍晚,我们就去参加别人的派对。我的同班同学几乎已经全都外出了。谢莉是乘坐一艘五人船走的——走的时候我没有去送行,所以也没机会问她为什么改变了自己的计划,我其实也不确定自己是否真的想知道答案,她乘坐的那艘飞船的船员,除了她之外,全是男性。他们都讲德语,不过我猜谢莉觉得她不用怎么讲话也可以应付得来。最后一个出发的是薇拉·福汉德。克拉拉和我去了薇拉的欢送会,然后第二天早上去泊位看她的飞船发射。我那天本来还得去上班,但我觉得老四不会介意。不巧的是,冼先生也在那里,而且我知道他认出了我。

"哎哟,糟糕。"我对克拉拉说。

她咯咯笑了起来,拉起我的手,我们猫着腰从发射区溜走了。我们溜达着来到一部上行竖井,然后去了上面一层。我们坐在苏必利尔湖边。"鲍勃,我的老爷们儿,"她说,"我觉得他不会因为一次旷工就把你解雇的,无非是臭骂你一顿。"

分类广告

女佣,厨师或同伴。人头税 + 10 元/天。菲利斯,
88-423。

美味珍馐,极为难得的地球进口货。独家提供团
体批发订购服务,选定您中意的任何佳肴。节省昂贵
的单件运费! 希尔斯,布拉德利,可来电索读菜单。
87-747。

来自澳大利亚的新手,男性,相貌英俊,寻法裔女
性同伴。65-182。

我耸了耸肩,把一块过滤卵石丢进了湖里,我们眼前的湖水
呈弧形向上方伸去,高达两百多米,包围着宇宙门的外壳。我感
觉十分压抑,琢磨着到底是什么让自己如此沮丧:本来我是害怕
在太空里死得难看,可现在我似乎更加不愿意畏缩在宇宙门
上。恐惧是件奇特的事情。我感觉不到它。我知道自己留下的
唯一原因就是害怕,但我却并没有害怕的感觉,这只能算是合理
的谨慎。

"我想,"我都不知道自己要怎么说,这句话却自行从我口中
迸了出来,"我准备要去寻宝了。你来不来?"

克拉拉坐起身来,很是震惊。过了一会儿,她才开口说:"也
许吧。你是怎么想的?"

我什么想法都没有。我只是一位观众,看着自己说服自己,
去做一件令自己感到恐惧的事情。不过我还是装作我已经为此
计划了好几天的样子,说道:"我觉得可以试试之前别人跑过的

老路线也不错。"

"绝对不成!"她看起来甚至生气了,"如果要我去,就要去真正有钱的地方。"

当然,那也会是真正危险的地方。不过即便是重走老路线,也经常没有好结果。

关于重走老路线,重点是,你出发的时候就知道曾经有人飞过这条路线,并且成功返回了,不仅如此,人们还有所发现,值得后来者再去看看。这些前人去过的地方,有的遍地是宝。比如佩姬世界,那里出产加热器线圈和毛皮。还有海山二①的七号行星,只要你能到得了,那儿可能有的是好东西。麻烦在于,自从昔奇人离开之后,那里就进入了冰河时代,持续着可怕的风暴。五艘登陆舱中,只有一艘完好无损地载着全员返回。有一艘压根儿就没能回来。

一般来说,宇宙门并不特别希望你重走老路线。如果你选相对容易的路线,比如佩姬,他们就会提供工资作为报酬,而不是提成。他们愿意付钱给你,为的不是什么货物,而是地图。就这样,你去寻宝,花时间在轨道上兜圈子,希望发现不同寻常的地质特征,表明那里可能存在昔奇人的遗迹可供发掘。你也许根本就不用着陆。他们给的报酬也不多,聊胜于无。如果是这种公司给工资报酬的任务,你少说要接二十单,这辈子的开销才算是有了着落。如果你决定自己寻宝,那么最初发现者会从你的利润拿走一定比例的分成,剩下的还需再拿出一部分缴给公司。所以就算你去的地方还没有其他殖民者来参与竞争,最终你能得到的报酬也没多少。而一次新航线飞行如果能有所发

---

①位于船底座的一个恒星系统,是质量巨大的恒星中距离地球相当近的一颗。

现,所得将丰厚得多。

或者你可以试试有没有运气拿到额外的赏金:发现一个外星文明,赏金一亿元;首次找到一艘比五人船更大的昔奇飞船,全体船员赏金五千万元;找到一颗宜居行星,赏金一百万元。

一颗全新的行星啊,他们只肯付区区一百万,这看起来是不是挺滑稽的。其实问题在于,就算你找到了一颗行星,然后能拿它做什么呢?一次飞行只能运送四个人,单靠这样的手段,你也没法输出大量的剩余人口。四个人,再加上飞行员,那就是宇宙门上最大的飞船所能容纳的极限了(要是不放个飞行员,你的飞船也就回不来了)。所以公司只成功资助了为数不多的几个小殖民地,其中有一个在佩姬,运营得非常好,其他的几个状况就不是很稳定了。可是单靠这几个小殖民地,根本无法解决二百五十亿人口——其中大部分都填不饱肚子——的问题。

如果你飞老路线的话,那些赏金也就绝对没机会拿到了。不过,那些赏金也许你永远都拿不到——也许他们要找的那些东西其实根本就不存在。

比如说,从来就没有人找到过其他智慧生命,这是一件很奇怪的事情。整整十八年时间,两千次以上的寻宝飞行,却一次都没有找到过。人们发现的宜居行星有十几个,还有一百个左右的行星,真到了万不得已的时候,人类也可以勉强在那里生存,就像我们可以勉强生活在火星和金星上面(或者应该说在金星里面)。有一些过往文明遗留的痕迹,既不属于昔奇人,也不属于地球人。还有那些昔奇人自己留下的"旅游纪念品"。到目前为止,从金星地下那些错综复杂的隧道里,我们发现的"纪念品"数量之多,超过了从银河系的任何其他地方获得的发现。即使是宇宙门,昔奇人在遗弃它之前,也将其清扫得一干二净。

马琴四季亭写给有恒——他为之骄傲的孙子：

知悉你第一个孩子的诞生，我感到万分欣喜。不要沮丧。下一个可能就是男孩了。

我特此道歉，这么晚才给你写信，不过这里也没什么可说的。我每日工作，竭力创造美好环境。也许有一天我会再度出去寻宝。失去了双腿，这事很难。

有恒，当然我可以买一副新腿。就在几个月前的一次组织配型十分接近。但价格实在太贵了！那笔钱几乎够我购买全面医保了。你是个孝顺的孙子，催我花这笔钱，但我必须做出决定。我要把我一半的财产送给你，来资助我那曾孙女的开销。如果我死在这里，你将会得我的所有财产，给你和你那贤惠的妻子，以及不久还将诞生的其他孩子。这就是我的意愿。不要拒绝。

我深深地爱着你们三个。如果可以的话，给我发一幅樱花的全息图——马上就要到樱花开放的季节了，是不是？一个人待在这里，都搞不清家乡的时节了！

爱你们的祖父

该死的昔奇人，他们干吗这么爱干净？

所以我们放弃了重走老路线，因为赚不到足够的钱，也不再幻想能够走狗屎运拿到什么赏金，因为根本就没法计划要如何去寻找那些新发现。

最后，我们连话都懒得说，只是相视无语，再后来我们甚至连看都懒得看对方了。

不管我们说了些什么，我们都不会去寻宝。我们没有那个胆量。克拉拉的胆量在她最后一次飞行时已经消耗殆尽。至于我，我觉得自己从来就没有过那个胆量。

克拉拉站起来伸展身体，说道："好吧，我想上去，到赌场赢点儿钱去。来不来看看？"

我摇了摇头，"我最好还是回去工作吧。如果我还没被开除的话。"

所以我们在上行竖井那里吻别，到了我那一层，我伸手拍了拍她的脚踝，然后跳了下去。我的心情不是很好。我们一直煞费苦心，努力想说服自己：发射计划表上的那些班次，有希望赚到很多的钱，所以值得我们去冒这个险，我几乎都要相信这是真的了。

当然了，还有另一种赚钱的方法我之前还没提到：玩命钱。

要想拿到那种钱，你可得脱一层皮。比如，公司有时会悬赏高达五十万元招募船员，去重飞之前的某些线路，只不过那些线路，都是无人返航的。他们的逻辑是，之前的飞船可能出了什么问题，比如燃料耗尽什么的，那么再派一艘飞船过去，没准儿还能从第一艘飞船上救出那些船员（没准儿哦！）。当然，更有可能的情形是，甭管是什么杀死了之前的船员，那东西还在，随时准备再把你也杀死。

后来有一段时间，甚至出现了这种情形：你本来接受了一个赏金一百万的任务，结果后来他们把赏金提高到了五百万，不过你得想方设法在发射之后修改线路设置。

他们之所以把赏金提高到五百万，原因是不再有船员来报名了,因为之前出发的那些人都没有——一个都没有——回来。随后他们削减了此类任务安排,因为损失了太多的飞船,最后他们干脆彻底终止了。每隔一段时间,他们就会鼓捣出一部拙劣的控制面板,一台花哨的新式电脑,想要能够跟昔奇操控台共生工作。那些飞船可不是什么小白鼠。昔奇操控台上装有安全锁,那是有原因的。飞船运行的时候,你是不能更改目的地的。也许,你任何时候都不能更改目的地,除非破坏飞船。

我曾经看到有五个人,想去拿一笔一千万元的玩命钱。当时永久驻民中有一位宇宙门公司的天才,一直在琢磨如何一次性运送五个以上的人,或是同等的货物。我们不知道如何建造

任务报告

飞船编号:5-2,航行编号:08D33。船员:L.科涅兹尼,E.科涅兹尼,P.伊藤,F.劳恩斯伯里,A.赤贺。

飞行时长:去程二十七天十六小时。主星未能识别,但极可能为杜鹃座47星团中的一颗恒星。

概要:"出来后处于自由落体状态。附近无行星,主星为A6型,十分明亮炽热,距离大约三点三天文单位。

"屏蔽主星之后,我们获得了辉煌的视野,约有两三百颗明亮的恒星,目测星等从2到-7。但是,没有发现文物、信号、行星或可登陆的小行星。由于A6主星的强烈辐射,我们只能在该处停留三个小时。拉里和伊夫林·科涅兹尼在返回途中身染重病,显然是由于辐射暴露,但得以康复。未获取文物或样本。"

一艘昔奇飞船，我们也从来没有找到过一艘真正的大飞船。所以他想了一个主意，也许可以巧妙地迂回绕开这个障碍，即通过使用一艘五人船作为牵引船，来解决问题。

于是他们用昔奇金属建造了一艘太空驳船。他们往驳船上装了各种破烂配件，然后给一艘五人船装上着陆舱的动力系统，开了过去。那些燃料只不过是氢和氧，所以很容易将其注入。随后，他们用一些单纤维昔奇金属缆绳将那艘五人船与驳船绑在了一起。

我们在宇宙门上通过电视直播，全程观看了整个经过。随着登陆舱燃料室点火启动了五人船，我们看到那些缆绳在五人船的拖拽之下，猛地绷直了。那真是大家见过的最最诡异的景象。

然后船员们一定是拨动了远途飞行的启动开关。

我们在电视上只看到驳船似乎抽搐了一下，然后那艘五人船就那么从视野里消失了。

它再也没有回来。通过慢动作回放的录像带，人们才至少看清了事情发生最初几秒的情形。缆绳缠在了五人船上，将飞船切成了一片一片，就像切蛋器将一个煮熟的鸡蛋切分成一片一片那样。飞船里的人自始至终也不知道是什么毁灭了他们。公司那一千万赏金还在那儿放着，却再也没有人想去尝试了。

老四给了我一个温和的口头警告，我还接听了一通来自洗先生的电话，他骂得很难听，好在时间不长。这事儿就这么过去了。过了一两天，老四就又开始让我们休假了。

我大部分休假时间都是和克拉拉一起度过的。很多时候，我们会在她那儿见面，偶尔也会在我那儿，我们会在床上共度一个小时。其实我们几乎每晚都睡在一起。你也许会觉得我们已经腻烦做那件事了。我们并没有。我一直都不确定我们为什么需要鱼水之欢。只是因为它能带来乐趣，还是因为它可以暂时让我们分心，不再纠结于自己这副德行？我会躺在那里，看着克拉拉，欢愉之后，她总是会翻过身子，闭上眼睛，舒舒服服地趴在那儿不动，即使我们两分钟后就得起床。我会在那儿想，我是多么了解她身体上的每一寸肌肤啊。我还会闻着她那甜美、性感的气味，并希望——哦，希望！只是希望，具体要怎样我也说不太清：在大泡泡下面，拥有一套房子，跟克拉拉住在一起；在金星的某一条隧道里拥有一间小屋子，跟克拉拉住在一起；甚至是回到食物矿，跟克拉拉生活一辈子。我猜这应该就是爱了。然而我就那么看着，看着，开始感觉我的眼睛篡改了自己所看到的画面，我看到的是一个女版的我：一个懦夫，人类最大的机会摆在自己面前，却因害怕而不去把握它。

我们不在床上的时候，就会一起在宇宙门里四处闲逛。那不是什么约会。我们不去蓝色地狱或全息电影院，甚至都不在外面吃饭。那些地方克拉拉都是自己去，因为我负担不起，所以我的一日三餐主要来自公司的物资供应站，反正那些都已经包含在我们每天缴纳的人头税里了。克拉拉倒没说不愿意承担我们两个人的开销，可是她也不那么热切——她嗜赌成性，却赢少输多。我们结伴的活动也不是没有：牌局，或是派对，还有民族舞兴趣组，音乐欣赏兴趣组，各种讨论组。这些都是免费的，偶尔有些活动还挺有意思。我们还探索了一些新地方。

我们去过几次博物馆。我真是不怎么喜欢那里。那地方让我感觉有点儿——呃，羞愧。

正是薇拉·福汉德出发的那一天，我下班后，我们第一次去博物馆。平时博物馆里参观者很多，有在此地中转的巡航舰船员,有商船上的船员,也有游客。这一次,不知怎么,馆里只有几个人,所以我们有机会欣赏所有展品。数以百计的祈祷扇,还有些最常见的昔奇手工艺品——那种薄薄的水晶制品,也没人知道它们是做什么用的,都十分精美,但是昔奇人却把它们全部丢弃了。这里还存放着那部最早的非同流态冲压机,当初发现它的那位幸运的寻宝人好像已经凭此赚得了两千万元的特许使用费。那是一部你可以放进口袋里的机器。还有毛皮制品。泡在福尔马林溶液里的植物。最早的一部压电电话,发现它的三名寻宝人平分了赏金,每个人都变成了巨富。

那些最容易被盗贼洗劫的东西,比如祈祷扇、血钻石和火焰珠,都存放在厚实的防弹玻璃后面。我估计那些展柜甚至还有防盗报警装置。在宇宙门上这很不寻常。除了公司的规定之外,这里没有任何法律。公司的保安维持着秩序,还有规定——不许偷窃或谋杀——但这里并没有法院。如果你违反了规定,后果无非是公司保安把你拎出来,驱赶到轨道巡航舰上。你坐哪艘船来的,就回哪艘船去。如果你不是坐巡航舰来的,那就随便找一艘把你扔过去。但是,如果那艘巡航舰不接收你,又或者你不想回自己国家的飞船,还能说服别的飞船接收你,那宇宙门也不在乎你到底去哪条船。到了巡航舰上,你就要接受审判了。由于你一上船就已经是戴罪之身,你将有三个选择:第一个是回家,费用自理;第二个是受雇充做船员,如果他们要你的话;第三个是不穿宇航服被扔出气闸。很好理解吧,虽然宇宙门并没有什么法律,但同样也没有什么犯罪行为。

不过,当然了,之所以把博物馆里的珍宝锁起来,是因为那些宇宙门的临时过客们也许会顺手牵羊带走一两件纪念品。

就这样,克拉拉和我看着那些别人找到的宝物,陷入了沉思……我们本来也应该出去寻找别的宝物，可不知怎么，我们谁都不提这个话题。

好看的不仅仅是这些展品。它们很迷人，都是昔奇人的双手（触须？爪子？）制作和触摸过的，都来自遥不可及、不可思议的地方。然而，那些不断闪烁的显示屏更加强烈地吸引了我的注意力。宇宙门上历次发射的任务报告，接连不断地在显示屏上展现出来。总的任务次数与返回次数的对比数字一直显示着。付给走运寻宝人的特许使用费数目，不走运者的名单，都在陈列柜上方那台占据房间一整面墙的显示屏上缓缓滑过。那些总数告诉我们如下事实：2355次发射（就在我们看着屏幕的那一会儿工夫，这个数字先变成了2356，然后又变成了2357，我们都能感觉到两次发射导致的震动），841次成功返回。

克拉拉和我就站在那块显示屏前，没有看对方，但是我能感觉到她紧紧攥着我的手。

这里对成功的定义十分宽泛。只要飞船能回来，就算成功。却并没有显示多少船员活着回来。

我们随后离开了博物馆，前往上行竖井，一路上两人都没有说话。

我脑子里想的是，艾玛·弗瑟对我讲的话是真的，人类需要我们这些人能够为他们外出寻宝。非常非常需要。这世上有那么多吃不饱饭的人，如果通过寻宝，能够找到些昔奇人的高科技产品供人们研究参考的话，也许可以改善很多人的生活。

哪怕为此要付出几条生命。

哪怕这几条生命就包括克拉拉和我自己。我扪心自问：难道我想让自己的儿子——假如我真的能有一个儿子的话——度过和我一样的童年？

我们在新手层从上行缆绳下来,听到有人说话的声音。我没有在意。我心中正在做出一个决定。"克拉拉,"我说,"听我说。让我们——"

但克拉拉正盯着我的身后。"我的天啊!"她说,"看看那是谁!"

于是我转过身来,看到老四飘浮在空中,正在和一个女孩说话,我惊讶地认出那女孩正是薇拉·福汉德。她向我们招招手,表情既尴尬又愉快。

"怎么回事?"我问道,"你不是刚刚出发吗——也就八小时前?"

"十小时。"她说。

"飞船出什么问题了吗,所以你们不得不回来了?"克拉拉猜测道。

薇拉沮丧地笑了一下,"没什么问题。我到了目的地,然后就回来了。史上最短行程记录——我去了月球。"

"地球的那个月球?"

"就是它。"她似乎在控制着自己,不要笑出声来。也可能是不要流出眼泪。

老四安慰她说:"他们肯定会给你一笔赏金的,薇拉。有一次有人去了木卫三①,公司还是付给他们五十万元平分。"

她摇摇头,"这事儿连我都知道得很清楚,老四,亲爱的。是啊,他们是会给我们点儿辛苦钱。不过那根本就无济于事。我们需要的可不只是那么一点儿打赏。"福汉德家的人就是这么特别,甚至令人惊讶——他们总是会说"我们"。他们家庭成员之间的关系显然十分亲密,虽然他们并不喜欢别人这么说。

我轻轻拍了拍她,半是心疼半是怜悯,"那你接下来怎么办?"

---

① 木星的最大卫星。

她惊讶地看着我，"还能怎么办，我已经报名注册了另一次发射，就在后天。"

"你看！"克拉拉说，"我们得一次为你举办两个派对啦！我们最好赶紧忙起来……"几个小时之后，就在当天晚上我们临睡之前，她对我说："我们见到薇拉之前，你是不是有什么话想跟我说？"

"我忘记了。"我睡眼惺忪地说。我并没有忘记，我知道当时想说的是什么。但我已不想再说了。

有时候，我几乎都要鼓起足够勇气，要求克拉拉跟我一起再次外出寻宝。可有的时候，一艘飞船返航归来，上面载着几个又饿又渴的幸存者，或者连一个幸存者都没有，还有定期公布的某些上年度发射班次，被正式宣布为不归飞船。在那种时候，我又几乎想要彻底逃离宇宙门。

大多数时候，我们只是在拖延时间，不去做决定。这倒也并不困难。探索宇宙门，探索彼此，这是种相当愉快的生活方式。克拉拉找了一名女佣，那是位年轻漂亮的矮壮女人，名叫海娃，来自位于卡马森①的食物矿。在威尔士，单细胞蛋白质工厂的原料是煤而不是油页岩，除此之外，她的世界几乎和我的一模一样。她能逃离那里，靠的不是一张中奖彩票，而是在一艘商务飞船上做了两年的船员。期间她甚至都不能回家。到了宇宙门，她就弃船留在这儿，放弃了她的保证金，反正好也无力赎回。而且，她也无法出去寻宝，因为有一次发射导致她患上了心律失常，有时貌似有所好转，可有时却能让她在终点医院躺上整整一个星期。海娃的工作包括为克拉拉和我做饭及打扫卫生，还有看护小女孩凯西·弗朗西斯，有时候她父亲要值班，而克拉拉也

---

① 英国威尔士城市。

不想被打扰。克拉拉在赌场里一直输得很厉害，于是她逐渐负担不起海娃，但是接着她也负担不起我了。

为了不再思考这些，我们互相(有时甚至是对自己)假装：我们正在好好准备，等待着合适的航班出现的那一天。

这并不难。有很多真正的寻宝人在飞行的间歇期就是这么做的。有一个小组，自称为"昔奇搜寻者"，他们每星期三晚上聚会。该小组由一个名叫山姆·卡亨的寻宝人发起，后来他寻宝未归，活动就一直由其他成员打理。现在山姆回来了，也正处在自己的飞行间歇期，他在等另外两名船员恢复，好再次出发，执行下一个任务(他们出了些问题，还得了坏血病，因为存放食品的冰箱发生了故障)。山姆和他的两位朋友都是同性恋，显然保持着一种长久的三角关系，但这并不妨碍他对昔奇科学和传统的兴趣。他已经获取了一整套的教学录音带，上面是对东德克萨斯居留地好几次田野考察的内容，赫格拉梅特教授正是凭借那些考察，成为世界上最有分量的昔奇研究权威。我学到了很多之前不知道的东西，不过人人都知道一个最核心的事实：关于昔奇人，问题远远多过答案。

我们参加了健身小组，在那里进行肌肉调适锻炼，你的四肢动上个几英寸，就能完成训练目的。在那里我们也学习了按摩。这本事或许可以用来赚钱，却也可以给人带来愉悦，尤其是性方面。我和克拉拉学会了对彼此的身体搞一些出格的事情。我们还去上了烹饪课(只需要添加一些特别的佐料和香草，每天发的口粮其实也可以弄出很多花样)。我们搞来了一堆学习语言的录音带，以防万一日后去寻宝遇到不说英语的人，还互相练习出租车司机用的意大利语和希腊语。我们甚至还加入了一个天文小组，他们有机会使用宇宙门的望远镜。我们花了大量时间,通过望远镜从黄道面之外观察地球和金星。弗兰西·埃雷拉如果不在飞船上当班,也会来参加天文小组的活动。克拉拉喜欢他,我也是。小组活动之后,我们仨总是会在我们的房间——哦,其实是克拉拉的房间,不过我也总在——聚在一起喝酒。弗兰西对宇宙里的那些事兴致盎然,甚至达到了痴迷的程度。他对类星体、黑洞、塞弗特星系全都了如指掌,更不用说双星和新星了。我们常常会猜想:如果能参加一次飞行任务,冲入超新星的波阵面①,那会是什么样子。这种情况是有可能发生的。人类发现,昔奇人喜欢亲历天体物理事件,进行第一手的观察。某些航线的设计,无疑是要将船员们带到他们感兴趣的事件附近,而爆前超新星肯定属于他们感兴趣的事件。只不过现在已经是很久很久以后,而那些超新星可能也早已过了"爆前"阶段。

"我就想知道,"克拉拉说,她以微笑表示自己只是在做纯粹的假设,"有没有可能,某些不归飞船就是遭遇到了那种情况。"

"按照统计学,绝对有这个可能。"弗兰西说。他也面带微笑,表示自己也尊重纯粹假设的游戏规则。他一直在练习英语,因为比较好入手,现在他几乎没有口音了。我们会互相试着实践从语言磁带上学到的一些对话,结果发现他还会讲德语、俄语和不少种跟他的母语葡萄牙语同属罗曼语系的语言,因为对话的时候,他比我们还明白我们想要说什么。"不过,人们还是会去。"

克拉拉和我沉默了片刻,然后她笑了起来。"有些人是会去。"她说。

我赶紧插话道:"听起来,你也想要去了,弗兰西。"

---

① 波在介质中传播时,经相同时间所到达的各点所连成的直线、曲线(二维内)或面(三维内)。也就是某一时刻波动所到达的各点所连成的曲面。

分类广告

人体器官出售及收购。任何配型器官均可,最优报价。需冠状动脉,左心房,左、右心室及相关部位。致电88-703可做组织配型。

寻板棋棋友,瑞典人或莫斯科人。参加宇宙门锦标赛。可以教棋。88-122。

多伦多笔友愿听你讲述宇宙门的生活。地址:加拿大多伦 M5S 2A3,湾区955号,托尼收。

我想哭泣。我可以帮你找到自己的痛苦。电话:88-622。

"你难道对此还有过怀疑?"

"呃,好吧,我确实有过。我的意思是,你还在巴西宇航军服役。总不能说飞就飞了,是不是?"

他纠正了我:"我可以在任何时候起飞。只不过飞了之后我就无法再回巴西了。"

"这事儿对你来说值得吗?"

"这事儿值得我付出一切。"他告诉我。

"哪怕——"我继续劝说道,"有回不来的风险,或是像今天回来的那艘飞船一样惨不忍睹吗?"那是艘五人船,降落在一颗行星,上面生有某种类似有毒常春藤的植物。我们听说,那是种很可怕的东西。

"当然是的。"他说。

克拉拉变得焦躁不安。她说:"我有点儿困了。"

　　她的语调里带着一些弦外之音。我看了看她,说:"我送你回房间。"

　　"不必了,鲍勃。"

　　"反正我要送你。"我没有理会她的弦外之音,"晚安,弗兰西。下周见。"

　　克拉拉已经朝下行竖井走去,我连忙跟了过去。我抓住缆绳,向下对她喊道:"你要是真的不想我送,我就回自己屋去。"

　　她没有抬头,但也没有拒绝,所以我也在她那层下来,跟着她进了房间。凯西在外面的房间里睡得正熟,海娃则在我们卧室里睡眼蒙眬地看全息影碟。克拉拉让女佣回家,然后她走进外屋,去看看孩子是否舒适。我坐在床边,等着她。

　　"我可能是快来事儿了。"克拉拉回来时说,"对不起。我就是觉得心绪不宁。"

　　"你要是让我走,我这就走。"

　　"天哪,鲍勃,别再那么说了!"然后她坐在我旁边,靠在我身上,好让我伸出胳膊搂住她。"凯西太可爱了。"过了一会儿,她语带渴望地说。

　　"你也希望能有一个自己的孩子,是不是?"

　　"我会有自己的孩子的。"她拉着我一起向后躺下。"我只是希望知道那会是什么时候。要给孩子一个体面的生活,我需要比现在更多的钱,还得更年轻。"

　　我们躺了一会儿,我的嘴贴着她的头发,说道:"那也是我想要的,克拉拉。"

　　她叹了口气。"你以为我不知道吗?"这时,她身体突然一紧,坐了起来,"是谁?"

笔记：关于昔奇人的臀部

赫格拉梅特教授：我们完全不知道昔奇人长什么样子，只能做些推论。他们可能是两足动物。人类的双手使用他们的工具还算趁手，所以他们可能也有双手。他们能看到的可见光谱似乎和我们能看到的大致相同。他们的身材肯定比我们矮小——大概一百五十厘米，也许更矮。另外，他们的屁股长得十分滑稽。

问题：屁股长得十分滑稽？为什么这么说？

赫格拉梅特教授：你有没有仔细看过昔奇飞船的驾驶座？那就是两块扁平的金属块，联结在一起成V形的样子。在上面坐不到十分钟，你的屁股就酸痛难当。所以，我们不得不在中间撑起一张织物坐垫，但那是人类的增补物件，昔奇人压根儿就没有这样的东西。

所以他们的身体看起来应该多少跟黄蜂比较类似：一个硕大的腹部垂下来，延伸到臀部之下，两腿之间。

问题：您的意思是说他们可能像黄蜂一样长着螫刺？

赫格拉梅特教授。螫刺。不，我不这么认为。不过也有可能。或者还有可能，他们长着一套独特的性器官。

有人在外面的门上摸索着。门并没有锁，我们从来不锁门。但是也从未有人不请自来，可这次就有人这么做了。

"斯特林！"克拉拉惊讶地说。她恢复了得体的举止，"鲍勃，这位是凯西的父亲，斯特林·弗朗西斯。斯特林，这是鲍勃·布罗德黑德。"

"你好。"他说。作为那个小女孩的父亲，他比我原先想象的要老得多，起码有五十岁了，样子比实际的年龄看起来还要苍老。"克拉拉，"他说，"下一班飞船，我就要带凯茜回家了。如果你不介意的话，我想今晚就把她接回去。我不想她从别人那里听到那个消息。"

克拉拉伸手抓住我的手，却没有看我，"听到什么消息？"

"关于她母亲的消息。"弗朗西斯擦拭着眼睛，然后说道，"哦，你还不知道吗？简死了。几小时前，她的飞船回来了。着陆舱里面，他们四个人都死了，全都感染了某种真菌，浑身肿胀。我看过她的尸体了。她看起来——"他没再继续说下去。"真正让我感到难过的，"他说，"是安娜丽。其他人登陆行星的时候，她留在了轨道上，后来是她把简的尸体带回来的。我想她可能有点儿疯了。何必费这个力气呢？对于简来说，一切都已经太迟了……唉，好吧。她只能带两个人回来，冰箱就那么大的空间，何况还得存放她的食物——"他又停住了话头，不过这一次他好像说不下去了。

于是我坐在床边，看着克拉拉帮着那位父亲把孩子叫醒，穿好衣服，带回他自己的房间。他们出去之后，我在压电电视上换了好几屏显示内容，仔细地研究起来。克拉拉回来的时候，我已经关掉了电视，正盘腿坐在床上，努力地思考着。

"老天，"她郁闷地说，"真希望今晚过得不是这么糟糕。"她坐在另一端的床角，"我现在一点儿都不困了。"她说，"不然我还是上去吧，玩几把轮盘赌，赢个几块钱。"

"还是别去了。"我说。就在前一天晚上,我在她旁边坐了三小时,看着她先是赢了一万块,接着又输掉两万块。"我有更好的主意。我们去寻宝吧。"

她猛地转过身来看着我,动作太大,竟然从床上飘了起来,"什么?"

"我们去寻宝吧。"

她闭上眼睛,过了一会儿,说道:"什么时候?"她的眼睛还是没有睁开。

"发射班次29-40。是艘五人船,船员团队挺不错的:山姆·卡亨和他那几个哥们儿。他们已经都恢复好了,还需要两个人,填满那艘船。"

她用指尖敲着眼睑,然后睁开眼睛看着我。"好吧,鲍勃,"她说,"你的建议不错。"昔奇金属墙上有睡觉时用来遮光的百叶窗,我刚才已经拉下来了,但即便是借着昏暗的光线,我还是能看清她脸上的表情。她在害怕。尽管如此,她却说道:"他们倒不是坏人。你跟同性恋相处得来?"

"我跟他们井水不犯河水。何况我还有你。"

"嗯。"她说,然后她爬到我身边,伸出双臂抱住我,把我拉倒,然后把头埋在我的脖子上。"那也行啊。"她的声音很轻,我一开始都没听清。

等我明白她在说什么,心里突然感到十分害怕。她本来有各种理由可以说不。我本来也可以摆脱这件事。我感觉到自己在颤抖,但还是强作镇定,说道:"那么我们明天早上去提交申请?"

她摇摇头。"不。"她说,声音含混不清。我能感觉到她和我一样在颤抖。"打电话,鲍勃。我们现在就提交申请。免得一会儿改变主意。"

第二天，我辞掉了工作，把我的物品收拾好，放回来时的那个行李箱里，然后一起转交给老四，他看起来充满渴望。克拉拉也辞掉了学校的工作，解聘了她那位看起来忧心忡忡的女仆——但是并没有费力气去打包她的物品。她还剩了不少钱，克拉拉的确有点儿钱。她把自己那两间屋子的租金都提前付完，然后把所有的东西都留在了屋子里。

当然，我们还举行了欢送会。我们例行公事地搞完了派对，可是当时在场有哪些人，我一个也没记住。

再然后，突然之间，我们已经挤进着陆舱，又爬进座舱，而山姆·卡亨则在有条不紊地检查飞船的设置。我们把自己固定在座舱里。我们启动了自动发射序列器。

飞船突然倾斜了一下，给人一种下坠、飘浮的感觉，然后推进器切入进来，我们上路了。

13

"早上好,鲍勃。"西格弗里德说。我在房间门口停了下来,不知怎么突然觉得有些奇怪。

"怎么回事?"

"没什么,鲍勃。进来吧。"

"可你改变了房间里的布置。"我责备道。

"是的,博比。你喜欢房间现在的样子吗?"

我端详着房间。地板上的抱枕不见了。墙上的抽象画也取下来了。现在上面挂的是一组全息影像,上面是太空景观、高山和大海。最可笑的是西格弗里德自己:他待在一个假人里面跟我说话,那假人坐在房间的一个角落里,手里握着一支铅笔,戴着墨镜看着我。

"你搞得非常做作,"我说,"为什么要弄这些?"

他的声音听起来带着和蔼可亲的笑意,不过那假人脸上的表情并没有什么变化,"我还以为你会喜欢有些变化,鲍勃。"

我往房间里走了几步,又停了下来,"你把垫子拿走了!"

"不需要它了,鲍勃。你也看见了,我换了一个新沙发。样式很传统,是不是?"

他哄劝道："你何不躺上去试试？看看感觉如何。"

"嗯。"我还是小心翼翼地躺了上去。那感觉有些奇怪，我不喜欢，可能对我而言这个房间有某种仪式感，里面的陈设发生了变化，会让我觉得十分紧张。"原来的垫子上是有绑带的。"我抱怨道。

"沙发上也有，鲍勃。就在两侧，你可以抽出来。你躺在那儿好好感受一下……这一切，是不是比以前更好？"

"并没有。"

"我认为，"他轻声说，"你应该让我来决定，出于治疗的考虑，某种改变是否是恰当的，鲍勃。"

我坐了起来，"还有这件事，西格弗里德！听仔细了，注意点儿你对我的称呼。我的名字不是什么鲍勃、博比。我叫罗比内特。"

"我知道，博比——"

"你又叫我博比了！"

他停顿了一下，然后语音柔和地说："我认为你应该允许我按照自己的偏好选择称谓的形式，博比。"

"哦。"这种不置可否的含混回答，要多少我可以给他多少。其实，我希望整个疗程都能这么敷衍过去，什么都不表露出来。我想要的，是西格弗里德的潜意识。我想知道，他为什么每次都用不同的名字称呼我。我想知道，他从我说的话里发现了什么有意义的东西。我想知道，关于我，他到底怎么想的——我是说，假如一块叮当作响的铁皮加塑料真的能够"考虑"的话。

当然，有件事我知道而西格弗里德并不知道：我的好朋友 S. 雅告诉我这块铁皮加塑料是值得开开玩笑的。我对此非常期待。

"你有什么要告诉我的吗，鲍勃？"

"没有。"

他在等待。我感觉自己满是敌意，也不愿交谈。我想这是因为我十分渴望能够戏要一下西格弗里德，不过也有生气他把诊室里的陈设布置给改变了的原因。我在怀俄明患精神病期间，他们对我也做过这种事。有时我去接受治疗，他们会给我放我母亲的全息影像，真是让人无语。那影像看起来跟她一模一样，可是却没有她的气息和触感，事实上你也根本无法触碰，那只是一些光影效果而已。有时他们会让我走进黑暗的房间，会有某种温暖可亲的东西拥我入怀，在我耳边轻声细语，可我并不喜欢那样。我是疯了，但没那么疯。

任务报告

飞船编号：1-8，航行编号：013D6，船员：F.伊藤。

飞行时长：四十一天二小时。位置未能识别。仪器记录损坏。船员录音记录如下："行星表面引力似乎超过了二点五 G，但我准备尝试着陆。目测及雷达扫描都无法穿透尘埃和水汽组成的云层。情况看起来相当不妙，但这是我的第十一次发射。我会把自动返航设置为十天后触发。如果十天后我没有跟着陆舱一起回来，我想飞船座舱会自动返航。真希望我能知道那颗主星上的黑子和耀斑是怎么一回事。"

飞船返回时，船上未见船员。无文物或样本。着陆舱失踪。飞船损坏。

西格弗里德还在等待，但我知道他不会永远等下去。很快

他就会开始问我话,可能是关于我的梦。

"上次咱们谈完之后,你有没有做过什么梦,鲍勃?"

这个话题实在太无聊了,我打了个哈欠,"我想没有。没什么重要的,我敢肯定。"

"你不妨说来听听,哪怕只是个片段。"

"你很烦人,西格弗里德,你知道吗?"

"我很遗憾你会觉得我烦,鲍勃。"

"好吧……我也想不起来什么,哪怕是零星的片段。"

"请你试一下。"

"哦,天哪。好吧。"我在沙发上舒服地躺了下来。我唯一还能想起来的那个梦,绝对是微不足道的,我也知道那个梦跟什么创伤或是潜意识毫无关联,但如果我不告诉他,他会生气的。所以我乖乖地说:"那是一列长长的火车,我坐在一节车厢里。火车有好多节车厢,都连在一起,你可以从这节走到那节。每节车厢里都坐满了我认识的人。有一位妈妈般慈祥的妇人,一直在咳嗽,还有一个女人——呃,她看起来相当奇怪。一开始我以为她是个男人。她穿着一套连体工作服,所以也看不出是男是女。她长了一双非常阳刚的浓密眉毛,但我很肯定她是个女人。"

"你有没有跟这些女人说话,鲍勃?"

"别打岔,西格弗里德。你扰乱我的思路了。"

"对不起,鲍勃。"

我继续讲述我的梦:"我离开了——没有,我没有和她们说话。我走回了下一节车厢。那是火车的最后一节车厢。它跟别的车厢连着,通过一种——让我想想,我也不知道该怎么形容。就像那种金属制成的大张折叠插页,你能想象吗?然后它伸展开来。"

我停了一会儿,主要是因为无聊。做了这么一个毫无头绪的蠢梦,我都想道歉。"你说那金属连接部分伸展开来,是吗,鲍勃?"西格弗里德提醒我。

"没错,它伸展开来。所以,我那节车厢不断落后,离其他车厢越来越远。我能看见的只有尾灯,组成她脸的形状,看着我。她——"我一下子忘了该说什么。我试图回到正轨,"我当时觉得,似乎再也回不到她身边,就好像——对不起,西格弗里德,我也记不清当时是怎么回事了。然后我就醒了。接着,"我终于完成了自己的任务,"我马上把这些全都写了下来,就像你告诉我的那样。"

"我很感激,鲍勃。"西格弗里德严肃地说。他在等着我继续说下去。

我不安地动了动身子,抱怨道:"这张沙发压根儿没有原来的垫子舒服。"

"我很抱歉,鲍勃。你刚才说你认出她们了?"

"谁?"

"火车上那两个女人,你离她们越来越远。"

"哦。不,我明白你的意思了。我在梦里是认得她们的。可在现实生活中我并不知道她们是谁。"

"她们看起来像你认识的什么人吗?"

"一点儿都不像。我自己也觉得很奇怪。"

西格弗里德沉默了一会儿——我发现每当我的答案无法令他满意,他就会这样,好给我一个修正的机会——然后又说:"你提到其中一个女人,妈妈般的那个,她总在咳嗽——"

"是的。可我并不认识她。我觉得她看起来有些眼熟,但是,你知道,是那种梦中人的熟悉感。"

他耐心地说:"你再想想,你可曾认识过的一个女人,像妈妈一般,还总是咳嗽的吗?"

这话让我大声地笑了出来,"西格弗里德,我亲爱的朋友!我可以向你保证,我认识的女人里面,可没一位像个妈妈!而且她们都有医保,可不会一直咳嗽。"

"我明白了。你确定吗,博比?"

"别这么操蛋,西格弗里德。"我说道。我很生气,不仅因为这破沙发怎么躺都不舒服,还因为我想去上洗手间,可眼下的情形,这番对话还得无休止地进行下去。

"我明白了。"过了一会儿,他又扯起别的话题,我就知道他会如此——他就像一只鸽子,西格弗里德。我丢在他面前的每一样东西,他都要挨个啄一下。"那另一个女人呢,就是有一双浓眉的那个?"

"她怎么了?"

"你认识的女孩里面,有没有谁长着浓眉的?"

"哦,天啊,西格弗里德,我睡过的女孩有五百个!你听说过的任何一种眉形,都可以在她们脸上找到。"

"能不能确定是哪一个呢?"

"你要说一下子就能想到的,那可没有。"

"不是一下子想到,鲍勃。请你仔细回忆。"

与其跟他争辩,不如听从他的要求,所以我仔细回忆起来。"好吧,让我想想。艾达·梅?不对。苏-安?不对。S.雅?不对。格雷琴?不对——好吧,跟你说实话,西格弗里德,格雷琴是金色毛发,但我说不好她是不是真的有眉毛。"

"那些都是你最近认识的女孩,对吗,鲍勃?也许再往前回忆回忆？"

"你是说很久以前？"我尽力回忆着久远的事情,一路回到了食物矿时期,还有西尔维娅。我放声大笑。"你知道吗,西格弗里德？说起来很可笑,可我几乎记不起来西尔维娅长什么样了——哦,等一下。不对。我想起来了。她曾经把眉毛几乎全都拔光了,然后用眉笔重新画上。我记得这个,因为有一次我们俩躺在床上,用她的眉笔互相在对方身上画画来着。"

我几乎可以听到他内心的叹息。"那些车厢,"他又开始啄另一个亮点,"你怎么描述它们？"

"就像所有的火车那样,长长的,窄窄的,非常快速地通过隧道。"

"又长又窄,通过隧道,鲍勃？"

这让我一下子失去了耐性。他这也太他妈的直白了!"够了,西格弗里德!你别想从我这儿套出什么老掉牙的生殖器意象。"

"我没想套出任何东西,鲍勃。"

"你知道吗,这个解梦的事儿,你就是个混蛋,我发誓,你就是。这里头什么事儿都没有。那火车就是一列火车。我也不认识那些女人是谁。而且,听着,我们谈这个话题的时候,这张该死的沙发让我十分不爽。就冲我的保险支付给你的那些钱,你也应该做得更好一些!"

他这下真把我惹火了。他还想让谈话回到那个梦,但我已下定决心要得到他的公平对待,好对得起我的保险公司为此支付的账单,最后在我离开的时候,他终于答应在下次诊疗之前把房间重新布置一下。

那天我离开诊所的时候,对自己非常满意。他真的对我有很大的帮助。我想这是因为我鼓起勇气正视他了,因为这个,或是什么别的原因,这些废话没准儿对我还真有帮助,即使他的一些想法真的很疯狂。

14

　　我从吊床里挣脱出来，试着给克拉拉的膝盖腾个地方，结果却撞上了山姆·卡亨的胳膊肘。"对不起。"他头也不回地道歉。尽管我们已经上路十分钟了，他一只手仍然搭在出发拨动开关上没有拿开。他一直在研究昔奇仪表板上闪烁的各种颜色，唯一一次移开视线，是瞥了一眼头顶上方的显示屏。

　　我坐起身，感觉十分恶心。我花了几个月的时间才适应了宇宙门上的模拟低重力环境。可是飞船座舱里这起伏不定的重力完全又是另一码事。这里的重力很小，但问题是它一直在变化，每次只能维持不到一分钟。我的内耳对此意见很大。

　　我朝厨房那边挤过去，又看了一眼盥洗室的门。哈姆·泰耶还在里面。他要是再不快点儿出来，我这儿的情况可就十分紧急了。克拉拉笑了，从吊床里伸出手臂搂住我。"可怜的博比，"她说，"我们可是才刚刚开始。"

　　我吞下一颗药丸，又不管不顾地点燃一支香烟，努力让自己不要吐出来。我也不知道这种反应到底算不算晕机。其实更有可能只是恐惧。你跟迅速而凄厉的死亡之间，其实只隔了薄薄的一层金属，那还是由某些怪异的陌生人在几十万年前制造的。这些让人一想起便浑身发抖。还有件可怕的事，就是你知道即将前往的那个地方完全不在自己掌控范围之内，到了之后的结局也很可能令人极度不快。

我又爬回自己的吊床，掐灭香烟，闭上眼睛，聚精会神地消磨时间。

还有大把的时间要去消磨。平均而言，每趟旅程的单程耗时都在四十五天左右。与通常的理解不同，旅程耗时与旅途的长短关系并不大。十光年还是一万光年，这两者还是有些区别的，不过也不是简单的线性比例关系。他们告诉我，在飞行的全程，飞船都在不断加速，而且加速度也在不断增加。因而飞船速度的增量并不是线性的增长，甚至都不是指数级增长所能够描述的。在一个小时之内就能达到光速。然后又会经历很长时间，来加速到大幅度超越光速。这时飞船才算是全速飞行。

全套的加速过程，你可以（据说）通过观察头顶的昔奇导航屏上显示的群星图像来察觉到。在头一个小时里，群星都开始改变颜色，四处游动。等你超越了光速，就会发现群星又都簇拥到屏幕的中央，也就是飞船前进的方向。

那些星星其实并没有移动。是你追上了由飞船后方或侧面的光源发出的光。击中船头摄像仪的光子发射出来已经有一天、一周甚至是一百年了。再过一两天，它们看起来都不再像是星星了。只是一种斑驳的灰色表面。它的样子看起来就像对着光看一张全息胶片，不过借助光线我们从全息胶片上还是可以分辨得出实际图像的，但是从昔奇显示屏上，除了斑驳的灰色，谁也无法分辨出那究竟是什么东西。

最后我终于等到了盥洗室，不过进去的时候情况已经没那么紧急了。从盥洗室出来，我发现克拉拉独自待在座舱里，正在用经纬仪相机检查星星的图像。她转过身来，对着我点点头。"你看上去没那么糟糕了。"她赞许地说。

"我能适应的。其他人呢？"

"还能在哪儿？他们都在下面的着陆舱里。德雷德觉得我们可以分配一下时间，这样咱俩去着陆舱的时候他们就在这儿待着；等我们上来了，他们再下去。"

"嗯。"这主意听起来很不错。其实我也一直在考虑该怎么保证大家的私密空间，"好吧。你要我现在做什么？"

她探身过来，敷衍地亲了我一下，"别来妨碍我就好。你知道吗？我们好像正朝着北银极直飞过去。"

我的无知令我对这条消息倍感沉重。我追问道："这是好事儿吗？"

她咧嘴一笑，"那谁知道。"我躺回吊床上，看着她。如果她跟我一样感到害怕（对此我十分肯定），那她可真是擅长掩饰。

我开始琢磨：飞向北银极到底意味着什么，更为重要的是，飞到那儿得花多长时间。

根据记录，到另一个星系的最短旅程是十八天。那次飞到了巴纳德星①，一次彻底的失败——那里什么都没有。而最长（或者应该说迄今为人所知的最长，因为谁又能知道，有多少艘飞船，正载着死去的寻宝人，仍在从某个星球——比如仙女座的M-31——返航的漫漫归途之中呢）的一次旅程则往返各自花费了一百七十五天。他们确实回来了，不过也死了。很难搞清楚他们去过什么地方。他们拍摄的照片提供不了太多线索，而这些寻宝人自己，当然也没法开口告诉人们什么信息了。

一出发，你就会感到非常害怕，即便你是个老手。你能知道

---

① 一颗质量非常小的红矮星，位于蛇夫座，距离地球仅约6光年远。

自己在加速。你不知道的是这加速会持续多久。等到了"翻转"的那一刻,你就知道了。首先,你能确定地知道,是因为每一艘昔奇飞船上都有一个金色线圈,到了翻转的时候,这个线圈会闪烁微光(没人知道为什么)。但你其实不必看它,也能知道飞船进入了翻转状态,因为之前飞船上的模拟重力是把你向尾部拖的,而这时它却开始将你向飞船前部拽了。船尾变成了船头。

昔奇人为什么不直接在飞行中段把飞船掉个头呢?这样不论是加速还是减速,就都可以利用同样的一套推进装置来实现了。我也不知道。答案只有昔奇人知道。

他们所有的观察设备似乎都位于飞船前部,也许这事儿与此有关。还有可能是因为他们的飞船前部总是装备着重装甲防护,哪怕是轻型飞船也不例外——我猜那是为了抵御气体或尘埃中杂散分子的撞击。不过有些大型飞船,比如少数的三人船和几乎所有的五人船,全身都装备了装甲防护,可这些飞船也不会翻转。

总之,当你看到线圈闪烁,感觉到翻转开始,你就知道自己已经完成了实际飞行时间的四分之一。当然这可未必就是你寻宝旅程总时间的四分之一。等到了目的地,你要停留多久,那就完全是另一回事了,那要由你自己决定。不过,到那时你已经走完了飞船自动驾驶去程的一半。

你只需算出到目前为止的天数,再用它乘上四,如果这个得数小于你的生命维持系统的有效工作天数,那么你就知道起码不会饿死了。两个数字之差,也就决定了你在目的地能够待上多久。

你的基本配给限额——食物、水、空气补给——一共可以支持二百五十天。如果自己注意节约一点儿,这个数字不难达到三百天（只不过你回来的时候会形容消瘦，或许还会营养不良）。所以，如果你的去程已经过了六十或者六十五天，却仍未到达翻转点，那你就该意识到情况不对了。这时你就该开始节食。要是已经到了八九十天还不翻转，那你的问题也就自动消失了，因为反正你做什么也无济于事，你注定在返航之前就会死去。你可以尝试更改航线设置。但那只是换一种死法，至少活着回来的人都是这么说的。

据推测，昔奇人如果想做，是可以改变航线的，但他们是如何做到这一点的，仍是一个悬而未决的大问题。关于昔奇人还有很多类似的未解之谜，比如他们为什么要在离开之前把一切都清理干净？比如他们长什么样子？再比如他们去了哪里？

在我小时候，曾经在集市上看到一本搞笑的书，叫作《十万个为什么——昔奇分册》，那本书有一百二十八页厚，然后里面空无一字。

就算山姆、德雷德和哈姆都是同性恋（我没有理由怀疑这一点），开头的几天里他们也并没有太过张扬。他们都规规矩矩地从事自己的消遣活动——阅读，戴上耳机听音乐，还有下棋。如果他们能说服克拉拉和我，我们还会一起玩"十三张"扑克牌。我们玩牌不赌钱，赌的是值班时间（几天之后克拉拉说这么一来输赢好像应该调过来，因为如果你输了，反而可以打发掉更多时间）。他们对待克拉拉和我可算是十分宽厚了，要知道在这么一艘同性恋文化占据主导地位的飞船上，我们俩才是那应该受到压制的异性恋少数派。尽管我们俩只占到总人数的百分之四十，可是他们仍然将着陆舱分给我们不多不少正好百分之五十的时间。

分类广告

如果你给我读纪伯伦,我可以为你做按摩(七个部位)。裸体可选。86-004。

将您的特许使用费投资于西非增长最快的共管国家。税收政策十分优惠,增值记录值得信赖。我们的注册代表就在宇宙门,可为您解释具体操作细节。免费录音带讲座,茶点,蓝色地狱,星期三15:00。《未来的豪华度假胜地——达荷美①》

寻来自阿伯丁的人士。电话私聊:87-396。

为您画像,粉蜡笔画、油画及其他各种皆可,收费一百五十元。其他主题亦可。86-569。

我们相处融洽。大家能做到这样,着实不易。要知道,我们每时每刻都生活在彼此的阴影和味道里。

昔奇飞船,就算是五人船,内部也只比一间公寓厨房大不了多少。着陆舱可以提供一点儿额外的空间——相当于再增加一个大衣柜——但是里面通常也都塞满了补给和设备,起码在去程时是如此。从这些总的可用容积——约莫有四十二或四十三立方米吧——减去你、我和其他寻宝人的体积,再去掉其他东西的体积,你想想还剩多少空间。

等到进入了τ空间,飞船的加速度才会稳定在一个低水平上。那其实并非真的加速度,而只是你身体里的原子对超过光

---

① 中西非国家贝宁的旧称。

速的抗拒,所以你既可以称之为重力,也可以称之为摩擦力。不过感觉上那就是一种微重力。你会感觉自己的体重只有差不多两公斤。

这就意味着你想要休息的时候,还是需要一些依靠的,所以每个船员都有一张个人折叠吊床,展开后可以钻进去睡觉,折叠起来又能充当椅子。除此之外,每个人还有些空间用来搁置各种柜子,里面可以放磁带、影碟和衣服(你穿不了太多),还有朋友和爱人的照片(如果有的话),以及任何你挑选带上的东西,即使不超过分配给你的最大标准(75公斤,1/3立方米),也已经很挤了。

你还得算上飞船上那些原本就有的昔奇设备。其中四分之三你永远都用不上。大多数设备,就算不得不用,你也搞不懂要怎么用,所以多数情况下,无视它就好。可是你也没法拆除它们。昔奇设备都是一体化设计的。你拿掉其中一部分,整个机器就报废了。

如果我们知道如何还原,也许还可以取出一些部件,试试看有没有不影响飞船运行的多余部分。可是我们并不知道,所以一切都还是保持原样:那个一拆就会爆炸的钻石型金色大盒子,还有那个时不时就亮起来、经常发热到令人无法靠近(没人知道到底为什么)的金色细线圈,等等等等。它们就杵在那儿,你总是会撞到它们。

再加上那些人类的设备,贴合你身材体型的宇航服,一人一套;摄像器材;如厕和淋浴的设施;做饭的区域;垃圾处理器;试验套件、武器、钻机、采样盒,整套你要随身带到行星表面的试验设备——如果你真的走运,能够到达一个行星,而且还能登陆上去的话。

这么一来,飞船上的空间也就所剩无几了。那种感觉,有点儿像连续好多周住进一辆巨型卡车的引擎盖下面,引擎时刻在轰鸣,而你还得跟另外四个人争夺空间。

头两天过后,我对哈姆·泰耶产生了一种发自内心的嫌恶。他体型太大了,占据的空间超过了他应得的份额。

实际情况是,哈姆还没有我高,可是却比我还重。我其实不在乎我能分到多少空间,我在乎的是有人侵占了我的空间。山姆·卡亨体型就好多了,他身高不超过一米六,蓄着黑色的硬胡须,从兜裆裤上方的腹部一直到胸部,以及整个背部,都覆盖着粗俗的鬈曲体毛。我本来没觉得山姆侵犯了我的生活空间,直到我在食物里发现了一根长长的黑色胡须。哈姆好歹没什么体毛,他有一身细嫩的金色皮肤,看起来就像一个约旦后宫里的太监。(约旦的国王们在后宫里养太监吗?他们有后宫吗?哈姆似乎对此知之甚少。他们家到他的父母时,已经在新泽西生活了三代了。)

我甚至开始将克拉拉和谢莉进行比较,后者的体型起码要小两个尺码(这不太寻常,因为通常情况下克拉拉什么都是正好)。还有德雷德·弗劳恩格拉斯,他也属于跟着山姆的那帮人,是个性情温和、体型消瘦的年轻人,他的话不多,我觉得他占用的空间比别人都少。

在这个团队里,我是唯一的新手,所以大家轮流给我演示如何执行必要的操作。你要定期拍摄照片,记录分光仪读数。把昔奇飞船控制面板上的读数记录在磁带上,那些各色指示灯的色调和亮度始终都在发生微小的变化(人们对此仍在研究之中,希望能够理解这其中的含义)。抓取并分析观察屏上那些τ空间恒星的光谱数据。所有这些事情加起来,嗯,差不多每天要花上两个人工时。还有那些杂务，比如做饭和打扫卫生，也得花费差不多同样的时间。

这么一来，你们五个人每一天能花掉四个人工时，而你们每天总共有差不多八十个人工时。

我在胡扯。时间其实不是花在这些事情上面的。时间都花在等待翻转的那一刻了。

三天，四天，一个星期，我开始意识到队伍里面有种逐渐紧张的气氛，可我不知道为什么。两个星期之后，我意识到那是什么了，因为我也开始紧张起来。我们都在等待那一刻的到来。我们临睡之前，都会再看一眼那支金色的螺旋线圈，看看它有没有奇迹般地闪亮起来。等到睡醒时，第一个念头就是判断天花板有没有变成了地板。到了第三周，我们全都变得焦躁不安。哈姆表现得最为明显，就是那个胖乎乎金皮肤、脸蛋活像快活精灵的哈姆。

"咱们来玩扑克啊，鲍勃。"

"不玩，谢谢。"

"帮帮忙，鲍勃。我们三缺一啊。"（十三张游戏的规则是要发光所有的牌，每人十三张。不这样就没法玩。）

"我不想玩。"

一阵突如其来的暴怒："去死吧你！你这狗屁东西根本就不配当个船员，还连个扑克牌都不跟我们玩！"

然后他就坐在那儿，悻悻然地开始练习抽牌，一练就是半个小时，仿佛为了活下去，就得练熟了这项技艺似的。但仔细一想，好像还真是这么回事。原因嘛，你自己去想想就知道了。假设是你，在一艘五人船里度过了七十五天，还没有迎来翻转的迹象。你随即就能断定自己有麻烦了：飞船上的配给无法供养五个人超过三百天。

但可以供养四个人。

或者三个。两个。一个。

到了这种时候，事情的走向就愈发简单：至少有一个人无法活着返航了，这时候大多数船员都会开始抽牌。输家要体面地自裁。如果输家不够体面，那么其他四个人就会给他上上礼仪课。

有很多飞船，出去的时候是五人船，回来的时候就变成三人船了，还有变成单人船的。

所以我们得打发时间，这不太好办，更不可能很快打发掉那么多时间。

性一度是我们最好的特效安慰剂，克拉拉和我找个角落，搂抱在一起，可以度过好几个小时，然后打个小盹儿，醒来后马上叫醒对方，再战一个回合。我估计那几个兄弟也差不多。所以很快着陆舱里就充斥着体育馆男更衣室的气味。再然后，大家都开始寻求独处的时间，每个人都是。是的，飞船上这点儿空间，可没法让五个人同时各自独处，不过我们也想了些办法：大家一致同意，允许一个人单独享受着陆舱，一次一两个小时。我进去的时候，克拉拉在座舱里，那几个兄弟就得忍一忍了。等到克拉拉进去的时候，我一般就会跟他们玩玩扑克。他们三个有谁进去了，剩下的两人就跟我们俩做伴。我不知道别人独处的时候都做些什么，我反正就是让自己放空。我指的是真正意义上的"放空"。我会透过着陆舱的舷窗，放眼望向那绝对黑暗的虚空。那里什么也看不见，却也好过看见飞船里的东西——它们我全都看腻了。

笔记：关于恒星的诞生

阿斯门宁博士：我估计你们之所以来这儿，多半是想要赚点儿科研赏金，并非真的对天体物理学有什么兴趣。不过别担心。仪器能完成大部分工作。你就做做定期扫描，如果发现了什么特殊的东西，等你返航后，我们会评估其价值。

问题：有什么东西我们应该特别留意吗？

阿斯门宁博士：哦，没错。举个例子，有一个寻宝人曾经拿到了五十万元赏金（我记得是），他去了猎户座星云，发现气体云的某一部分表现出比其他部分更高的温度。他当时判断有一颗新的恒星即将诞生。气体在凝结，温度就会升高。再有一万年，那里可能就会形成一个可辨认的恒星系，于是他就专门针对那片空间做了精细的逐格扫描。就这样，他拿到了赏金。现在，公司每年都会派那艘飞船回到那里，采集新的读数。每趟飞行公司付赏金十万元，其中五万元归他所有。如果你们想要，我可以给一些类似地点的坐标，比如三叶星云。你拿不到五十万元，但也会有所收获。

又过了一阵子，每个人都开始形成自己的规律。我听我的讲座录音带，德雷德看他的小黄碟，哈姆展开一副便携式电子键盘，戴着耳机弹奏音乐（尽管如此，你要是仔细去听，还是能听到一些音符泄漏出来，于是什么巴赫、帕莱斯特里纳[①]、莫扎特，听

[①] 帕莱斯特里纳（1525－1594），意大利文艺复兴后期作曲家。

到我都要吐了）。山姆·卡亨是个好人，他把我们组织起来开始上课，我们就这样用了很多时光来迁就他：讨论中子星、黑洞和赛弗特星系的特性，要不就是复习各项试验流程，为登陆新世界做准备。这么上课倒也有好处：每次都有那么半个小时，让我们可以忘掉对彼此的厌恶。其余的时间嘛——好吧，通常我们还是彼此厌恶的。哈姆·泰耶不停地在那儿洗牌，让我无法忍受。而德雷德则毫无来由地对我态度恶劣，只因为我偶尔会抽上一支烟。本来座舱里的气味已经越来越难闻了，可是山姆的胳肢窝还要更加恐怖，相形之下，宇宙门上空气最差的地方都算得上如玫瑰园一般了。至于克拉拉——唉，克拉拉也有个怪癖。她喜欢吃芦笋。她带了四公斤的脱水食品，就为了能换换花样，也好有点儿事做。尽管她会跟我分享这些食物，偶尔也会给别人一些，可是一到吃芦笋的时候，她就绝对要独自享用。芦笋会让你的尿闻起来怪怪的。设想一下，你去上公共厕所，结果发现里面的空气质量发生了变化，由此你马上知道自己的亲亲宝贝又吃了芦笋——这可不是件浪漫的事。

尽管如此——她还是我的亲亲宝贝，千真万确，她就是。我们俩并不仅仅是在着陆舱里无休止地胡搞，我们还会谈心。在此之前我对任何人的了解，都及不上我现在了解克拉拉的万分之一。我必然会爱上她，不由自主，无可救药，直到永远。

时间来到了第二十三天，当时我正在玩哈姆的电子琴，突然觉得一阵晕机。我适应了飞船上起伏不定的微重力，本来已经无法察觉，可这会儿它骤然增强了。

我抬起头，看见克拉拉也正看着我。她有些胆怯，看起来就要喜极而泣了。她伸出手指了指，我看到沿着那个玻璃螺旋的蜿蜒曲线，金色的火花在相互追逐上升，就像小溪中欢快的小鱼一般。

　　我们紧紧抓住对方,大笑着,迎接这一刻:空间在我们周围猛然倒转,船尾变成了船头。我们到翻转点了,而且我们的资源还有富余。

15

　　西格弗里德的办公室当然也是在大泡泡之下，就像其他人的一样。所以室温不可能太热，也不可能太冷。可有时它就是会给人过冷或过热的感觉。我对他说："天啊，这里可真热。你的空调坏了吧。"

　　"我没装空调，博比。"他耐心地说，"说回你的妈妈——"

　　"让我妈妈见鬼去，"我说，"你也见鬼去。"

　　片刻的停顿。我知道他的电路在思考什么，我对那句轻率的话有些感到后悔，所以我马上补充说："我的意思是，我真的很不舒服，西格弗里德。这里很热。"

　　"是你很热。"他纠正我说。

　　"你什么意思？"

　　"我的传感器表明，每当我们谈到某些特定主题的时候，你的体温就会升高，这些主题包括：你的妈妈、格勒-克拉拉·莫恩林、你的第一次飞行、第三次飞行、达涅·梅捷尼科夫，还有排泄物。"

　　"哈，这可真是太棒了！"我大叫道，一下子很生气，"你的意思是，你一直在监视我？"

"你知道我在监视你的外部信号,博比。"他语带责备地说道,"这对你并没有什么伤害。就像你的朋友注意到你脸红了、结巴了,或是在敲手指,这并不值得大惊小怪。"

"那是你说的。"

"那的确是我说的,鲍勃。我告诉你这一点,是因为我认为你应该知道,这些主题被认为导致了你的情感过载。你想谈谈为什么会如此吗?"

"不想! 我想谈的是你,西格弗里德! 你还有什么别的小秘密瞒着我? 你在统计我的勃起次数吗? 在我床上装了窃听器? 还是在监听我的电话?"

"不,鲍勃。我没做过那些事。"

"我很希望你说的是事实,西格弗里德。你要是敢撒谎,我自有办法知道。"

一阵停顿,"我不明白你在说什么,鲍勃。"

"你不必明白,"我冷笑道,"你只是一台机器。"我明白就够了。这个小秘密要瞒着西格弗里德,这对我非常重要。我的口袋里装着一张纸条,是S.雅·拉沃洛芙娜有天晚上给我的,那一夜我们尽情享受了大麻、酒和很棒的性爱。有一天,我会把那张纸条从口袋里拿出来,然后大家就知道到底谁才是老板。我很享受这样跟西格弗里德较劲。这会让我生气。而我一生气就会忘掉是什么让自己如此痛苦,从而就这样继续痛苦下去,不知何时才是尽头。

16

经过四十六天的超光速飞行之后,座舱的速度回落到了凭感觉都能判断出已经静止的状态——我们在轨道上,正围绕着什么东西飞行,所有的引擎都停机了。

我们身上已经臭气熏天,对其他人也厌烦得要命,可是我们仍然手挽着手聚拢在观察屏周围,就像最亲密的恋人一样,在零重力环境下,凝视着我们眼前的那颗恒星。那是一颗比太阳更大更红的恒星,更大也许是因为我们离它更近,不到一个天文单位。不过我们并不是围绕这颗恒星在做轨道运动。我们的主星是一颗气态巨行星,它还有一颗很大的卫星,有月球的一点五倍那么大。

克拉拉和那几个兄弟们都没有欢呼雀跃,所以我也耐心等待着,最后张口问道:"什么情况?"

克拉拉心不在焉地说:"我觉得在这上面着陆够呛。"她好像并没有什么失望之情,反倒一副满不在乎的样子。

山姆·卡亨从胡须后面吁出一记轻声长叹,说道:"好吧,第一件事,我们得采集一些干净的光谱数据。鲍勃和我来做这个。其他人,开始搜索昔奇人的印记。"

"没戏。"另一个人说道,声音很小,我都没听清是谁。没准儿就是克拉拉。我想再问问,却又觉得如果继续追问他们为什么会不开心,恐怕会得到一个自己也不喜欢的答案。于是我跟着山姆钻进着陆舱,穿上行头的时候大家互相都有点儿碍手碍脚。我们检查了生命支持系统和通信系统,然后把宇航服密封好。山姆挥手示意我先进入气闸,我听到气泵在向外抽出空气,紧接着气闸的门打开,剩余的一点儿气体将我推出,进入了太空。

一开始我大为慌张,一片无人涉足的未知空间,你独自一人身处其中,这很令人害怕,我甚至都忘了去拉住我的系绳。其实我倒也不必动手,磁力钳已经自行滑入锁定位置,等我飘到了系绳的尽头,绳子猛地绷紧,然后开始缓缓地朝着飞船卷回。

我还没回到飞船那里,山姆也出来了,翻滚着朝我飞过来。我们看准了抓住对方,然后开始安放设备,准备拍照。

山姆用手比划着,指了指一个点,那是在那颗巨大的碟形气态行星跟它那明亮刺眼的橙色恒星之间的某个位置,我伸出大手套搭在额头上遮光,总算看清了他要我看的是什么:仙女座星系M-31①。当然,从我们所在的位置看过去,它并不在仙女座里面。视野里群星的位置根本看不出什么仙女座的样子,也看不出任何我所知的星座。但是M-31是如此巨大、如此明亮,再加上那独特的螺旋状星云,天气好的时候你甚至从地球表面都能认出它来。它是最明亮的河外星系,因此昔奇飞船所达之处,基本上它都清晰可见。只需要稍稍放大图像,你就能辨别出它的螺旋形状,你还可以通过跟大致同一视线上稍小一些的其他星

---

① 一个螺旋星云,距离地球大约250万光年,是除麦哲伦星云以外离地球最近的星云,位于仙女座的方向,是人类肉眼可见最远的深空天体。

系作对比，来做复核。

我将目标对准M-31，山姆也对着麦哲伦星云①做同样的操作（也可能只是被他误认为的麦哲伦星云，反正他宣称认出了剑鱼座S②）。接下来我们开始拍摄经纬仪照片。所有这些操作当然是为了让宇宙门公司的学者们能够三角定位到我们所处的位置。你也许会问他们干吗需要这些定位，但其实这很重要，反正如果你不拍好全套的照片，就没资格去拿任何科研赏金。你可能会想，我们在超光速飞行的时候把窗外的景象拍摄下来，通过那些照片，他们就可以判断出我们往哪儿飞了。其实并非如此。他们由此可以获得推进器的主方向，但经过最初的几光年飞行，要想跟踪识别群星，会变得越来越难，并且飞船的航线是否是一条直线，这也说不清楚，有些科学家认为飞船遵循的是一种曲率空间里的褶皱结构。

总之吧，那些聪明脑瓜用上了一切不能用的办法，其中一种办法是测量麦哲伦星云旋转到了多远的地方，朝哪个方向旋转。知道为什么吗？因为由此可以得知我们距离他们有多少光年，也就能够知道我们已经进入银河系有多深了。麦哲伦星云旋转了八千万年。通过仔细对比，可以发现它的某一部分在两三百万年里发生的变化，比如说，可以是一百五十光年左右的位置变化。

在山姆组织的小组学习课程中，我就对这些东西很感兴趣。实际上我一边拍摄照片，一边猜测宇宙门要如何解读这些照片，几乎忘记了害怕。甚至都差点儿忘了去担心：这趟我鼓足了巨大的勇气才开始的旅行，结果会不会是一场彻头彻尾的失败？

---

① 河外星系，距离约为160,000光年，直径大约是银河系的1/20。

② 大麦哲伦星云中视星等最小（看上去最亮）的恒星。

然而它真的是一场彻头彻尾的失败。

我们一回到飞船上，哈姆就从山姆·卡亨手里抢过球体扫描记录磁带，塞进了扫描仪。第一个对象是那颗我们环绕其飞行的巨行星。在采集到的光谱数据的每一个倍频范围中，都没有发现任何人造物辐射的迹象。

于是他又开始寻找其他行星。即使是借助自动扫描仪，要想找到那些行星也是非常费时的，何况我们在外面只待了很短一段时间，可能还有十几个行星根本来不及定位（不过这倒也不重要，因为如果我们无法定位到它们，那就说明它们实在是太过遥远，反正也无法到达）。哈姆的方法是先从主星辐射的光谱图中采集关键特征，然后通过编程，让扫描仪去搜寻其他星球数据中的类似特征。经过操作计算，他找出五个目标。其中两个最终被证实是具有类似光谱特征的恒星。另外三个是行星，很好，只可惜它们都没有人工物辐射的迹象，更别提它们都体积太小，距离太远。

最后就剩下气态巨行星的那个大卫星了。

"查一查它吧。"山姆命令道。

哈姆咕哝着："看着不太像。"

"我不是征求你的意见，我只需要你按我说的去做。查一查它。"

"请你把检查过程都念出来。"克拉拉补充道。哈姆惊讶地看着她，也许是因为她说了"请"，不过他还是照她说的做了。

他按下一个按钮，说道："程序预设电磁辐射特征。"扫描仪屏幕上缓缓升起一道正弦曲线，短暂地摇摆了片刻，然后拉平变成了一条绝对静止的直线。

"没有异常时变温度。"哈姆说。

这个项目我还是第一次听到，"什么是异常时变温度？"我问道。

"比如说，有什么东西在日落之后温度反而上升了。"克拉拉不耐烦地说，"怎么样？"

然而那条线仍然是平的。"也没有高反照率金属表面？"哈姆说。

缓慢的正弦波，然后什么都没有。"嘿，"哈姆说，"哈。好吧，其他特征都不适用，所以没有甲烷，因为根本就没有大气什么的。现在我们怎么办，老板？"

山姆刚要说话，克拉拉却抢在他前面开口了。"不好意思，"她生硬地问，"不过你说的'老板'是指谁？"

"哦，闭嘴吧，"哈姆不耐烦地说，"山姆？"

卡亨朝克拉拉大度地轻轻一笑。"你要有什么不满，尽管说出来。"他鼓励道，"至于我，我觉得我们应该到那颗卫星轨道上看看。"

"纯粹是浪费燃料！"克拉拉高声喊道，"疯子才会那么做。"

"你有更好的主意吗？"

"什么叫'更好'？好不好又有什么分别？"

"这么说吧，"山姆以非常理性的口吻说道，"我们还没有彻底检查那颗卫星。它旋转得很慢。我们可以放着陆舱下去仔细查查，也许它背面藏着一整座昔奇人的城市。"

"没戏。"克拉拉嘟哝道，声音几不可闻，这下我也确认了之前同样的那句话到底是谁说的。那帮兄弟没在听她说话。他们三个人已经全都去着陆舱了，座舱里只剩下我和克拉拉。

克拉拉消失在盥洗室里。我点上一支烟，这好像是最后一支了，我呼出一口烟圈，任其扩散开来，接着又吐出一根烟柱，穿过之前的烟圈，看着它们交织升腾，最后停留在静止的空气中。座舱微微颤动，我从观察屏上看到，气态巨行星的那颗卫星，像个遥远的棕褐色圆盘正向上划过，一分钟之后，一团微小明亮的火焰朝它飞去，那是着陆舱的氢燃料助推器。我思考着，如果他们燃料耗尽，或者坠毁，又或者出了别的什么故障，我该怎么办。真到了那时，我就得将他们永远遗弃在那里了。我拿不准的是，到时候我是否真有勇气这么做。

这似乎是一种对于人类生命可怕的、微不足道的浪费。

我们到底来这儿干嘛？飞行了几百上千光年，就为了来心痛的吗？

我不由自主捂住了胸口，好像那比喻是真的一样。我吐出烟嘴，摁灭烟头后丢进了垃圾袋。刚才抽烟的时候我想事情出了神，不假思索地弹了弹烟灰，现在那些细小的烟灰屑就飘浮在那里，但此刻我并不想去管它们。屏幕上的一角出现了一弯斑驳的巨大新月，正是那颗气态巨行星。我看着它，像欣赏一件艺术品：明暗分界线将它一分为二，被母星照亮的那一小半是黄绿色的，另一大部分则呈现为一团无定形的漆黑，遮蔽了它后面的群星。

你可以分辨出气态巨行星外层稀薄的大气层,因为那里还有寥寥数点闪烁的星光可以透过,但行星的大部分都是密度极高的气体,没什么光能透过来。要想登陆,显然毫无可能。即便行星真有固态表面,上面也一定覆盖着密度极高的气体,而我们根本无法在其中生存。宇宙门公司宣称他们正在研发一种特殊的着陆舱,可以穿透类木气态巨行星的空气,或许他们真有一天能造出来,但眼下要拯救我们肯定是来不及了。

克拉拉还在盥洗室里。

我打开座舱里我的吊床,爬进去,躺下来,进入了梦乡。

四天后,他们回来了。空着手。

德雷德和哈姆·泰耶浑身脏兮兮,闷闷不乐,还气哼哼的。山姆·卡亨看起来倒还挺高兴的。他骗不了我,要是他找到了什么有价值的东西,他们早就通过无线电告诉我们了。但我还是很好奇,"战绩如何,山姆?"

"零分,"他说,"除了岩石,没有一丁点儿值得去找的东西。不过我有个想法。"

克拉拉来到我身旁,好奇地看着山姆。我看了看另外两人,他们好像知道山姆的想法,而且并不买账。

"是这样,"他说,"那恒星是个联星①。"

"你怎么知道?"我问道。

"我有扫描仪啊。你也看见那个蓝色的大宝贝了,就在——"他四下看看,然后咧嘴一笑,"好吧,我也不知道它现在在哪儿,不过我们一开始拍照的时候它就在行星附近。总之,它看

① 由两颗恒星组成,在各自的轨道上围绕着它们共同的质量中心运转的恒星系统。

起来离得不远,所以我就把扫描仪也对准了它,结果出来之后,我简直不敢相信。它肯定跟这儿的主星构成了联星,而且只有不超过半光年的距离。"

"它也可能就是个过路的,山姆。"哈姆·泰耶说,"我告诉过你了,夜空中划过的一颗星而已。"

卡亨耸了耸肩,"即便如此,那它也很近。"

克拉拉插话道:"它有行星吗?"

"我不知道,"卡亨承认道,"等一下——我想它出现了。"

我们都望向观察屏。不用问就知道卡亨说的恒星是哪颗。它比地球上看到的天狼星更明亮,至少是负二视星等。

克拉拉轻声说:"有点儿意思,不过山姆,你该不会真的想要——半光年,意味着即便着陆舱全速飞行,至少也要飞两年才能到达,而且前提是我们有足够的燃料。问题是我们没有,弟兄们。"

"我知道,"山姆坚持道,"但我一直在想,假如我们能给主座舱引擎加点儿助推的话——"

我喊道:"打住!"声音之大连我自己都吓了一大跳。我浑身都在发抖,无法抑制,时而感觉恐惧,时而感觉愤怒。我觉得,要是自己此刻手里有把枪,肯定会毫不犹豫地一枪崩了山姆。

克拉拉轻轻拍拍我,要我冷静下来。"山姆,"她说,语气轻柔,大异平常,"我知道你的感受。"卡亨已经参与了五次外出寻宝,全都一无所获。"我相信那是可行的。"

山姆的反应掺杂了惊讶、怀疑和戒心,"你真这么想?"

"我的意思是,我可以想象,此刻在这艘飞船上的我们,如果是昔奇人,而不是地球人——哇,那我们肯定知道自己要怎么做。我们会飞到这儿来,四下看看,然后说:'噢,嘿,你看,我们在这儿的朋友——'或者,也可能是别的什么东西,反正是他们当初设置好航线要来这儿找的东西——'我们的朋友看来是搬走了。他们不在家。'然后我们会说,'噢,好吧,管他呢,我们来看看他们在不在隔壁。'于是我们把这儿的东西都推到一边去,然后飞也似的扑向那个蓝色的大宝贝——"她停下来看着山姆,仍然握着我的胳膊,"只可惜我们不是昔奇人,山姆。"

"天啊,克拉拉!这我知道。但肯定有办法——"

她点点头,"办法肯定有,但我们不知道那办法是什么。我们只知道,山姆,还从来没有飞船曾经改变了航线设置,还能返航回来告诉我们该怎么做。你记得吗?一艘都没有。"

他没有直接回答她,只是盯着观察屏上那颗大蓝星说:"我们投票吧。"

投票结果当然是四比一,大家都反对改变控制板上的航线设置,哈姆·泰耶还寸步不离地挡在山姆和控制板之间,一直到载着我们回家的飞船已经超过了光速。

返回宇宙门的旅程并不比来时更长,感觉却好似永恒。

17

西格弗里德好像又坏了，但我没跟他提这事儿。他只会报告说，此刻的室温正好是二十二点五摄氏度，与平时无异，然后问我为什么要用觉得热来表达精神上的痛苦。那些废话我实在是听厌了。

"其实，"我说出了声，"我对你彻底厌倦了，西格。"

"我很遗憾，鲍勃。但是如果你能再对我说说你的梦，我会很感激。"

"哦，他妈的。"我松开了绑带，因为感觉很不舒服。这下把西格弗里德的一些监测设备也断开了，但这一次他没有说什么。"那是个非常无聊的梦。我们在飞船上。我们来到了一个行星，它瞪着我看，好像长着一张人脸。因为有眉毛挡着，我看不太清那双眼睛，但是不知为何我知道它在哭泣，因为我的缘故。"

"你认得那张脸吗，鲍勃？"

"不认得。只是一张脸。是个女的，我觉得。"

"你知道她为什么哭吗？"

"不知道，但不管为什么，原因在我。这一点我可以肯定。"

一阵停顿。然后，"可否请你把绑带系上，鲍勃？"

我一下子警惕起来。"怎么，"我冷笑着说，"你觉得我会从垫子上跳下来攻击你吗？"

"不，博比，我当然不是那么想的。但如果你按我说的做了，我会很感激。"

我开始按他说的去做，动作迟缓，不情不愿，"我真不知道，一个计算机程序的感谢，又有什么价值？"

他没有回答，就那么跟我耗着。我只好认输，说道："好了，我把绑带又系好了，你要说什么，还非得把我绑起来？"

"啊，"他说，"可能并不是你想的那样，博比。我只是想知道你为什么觉得那女孩哭泣是因为你？"

"我也想知道为什么。"我说，这也的确是真心话。

"我知道你把一些生活中的灾难归咎于自己，博比。"他说，"比如说你妈妈的死。"

我表示同意，"我想是这样，那件事是因为我的愚蠢。"

"我还知道，你对你的情侣，格勒-克拉拉·莫恩林，同样深感愧疚。"

我略微挣扎了一下。"这儿可真他妈热啊！"我抱怨道。

"你觉得她们俩有谁主动责怪你了吗？"

"我他妈怎么知道？"

"或许你可以回忆一下她们说过的话？"

"不，我做不到！"他问的问题越来越私人，可我并不想把这个话题深入下去，于是我说："我承认，我有一个明显的倾向，就是把什么事儿都揽到自己身上。毕竟这是一个很经典的模式，不是吗？随便找个课本，翻开第二百七十七页，你就能找到我这种模式。"

他迁就了我一时的不近人情。"但是鲍勃，在同一页上，"他说，"也许还写着是你自己主动承担的责任，是你自找的，博比。"

"没错。"

"任何责任，你若不想承担，就不必非得承担。"

"不，我愿意承担。"

他几乎不假思索地问道："那你知道为什么吗？为什么你要觉得一切过错都是你的责任？"

"哦，该死，西格弗里德。"我厌恶地说，"你的电路又发神经了。根本就不是那么回事儿。其实比你说得更——好吧，是这么回事儿。当我坐下来享受生活的盛宴时，西格弗里德，我会拼命想着怎么去抢着买单，我想知道别人怎样看待我，怎样看待我掏出大把真金白银去买单。我会因此顾不上吃饭。"

他轻声说："我不想鼓励你的这些文学遐想，鲍勃。"

"对不起。"我其实毫无歉意。他快要把我逼疯了。

"不过借用你刚才的比喻，鲍勃，你为什么不听听别人在说什么呢？也许他们在说关于你的好话或是重要的话。"

我突然想一把扯开绑带，对准他那张笑嘻嘻的假脸揍上一拳，然后永远离开这个垃圾房间，我克制住了这股冲动。他继续等待着，我脑中烦闷不已，最后终于迸发出来："听听他们在说什么！西格弗里德，你这个老铁皮疯子，我什么都不做，只听他们在说什么。我希望他们说爱我。我还希望他们说恨我，说什么都行，只要是说给我听的，发自他们内心的。我光顾着去听别人发自内心的想法，都没听到有人要我把盐递给他。"

一阵停顿。我感觉自己就要爆炸了。然后，他钦佩地说："你的表达非常优美，博比。不过我还是——"

"闭嘴，西格弗里德！"我终于被激怒，咆哮起来，踢开了绑带，坐起身来直面着他，"也别再叫我博比！你只有觉得我孩子气的时候才会那么叫我,我现在可不是个孩子了!"

"你说得并不完全正——"

"我说了让你闭嘴!"我跳下垫子,抓起我的手提包。我从里面取出那张纸条,那是S.雅在我们那次开怀畅饮、共度良宵之后给我的。"西格弗里德,"我低吼道,"我听你说得已经够多了。现在该轮到我说了!"

18

我们落回了正常空间,感到着陆舱喷射器开始启动。飞船掉了个头。像个大鸭梨的宇宙门,闪耀着灰蓝色的光芒,从观察屏上沿划过。我们四个干坐着等了快一个小时,然后感觉像撞进了一个捣蒜臼,这意味着我们的飞船已经停靠好了。

克拉拉叹了口气。哈姆开始慢慢地将自己从吊床里解脱出来。德雷德全神贯注地盯着观察屏,虽然那上面除了天狼星和猎户座之外再没有什么别的东西。很久之前,在我刚到宇宙门的时候,我曾经去看过飞船返回入港时的情形,觉得十分可怕。这会儿我意识到,负责在泊位接船的工作人员看到了舱里的其他三位时,一定和我刚到宇宙门时见到飞船返回入港时的感受相仿。我轻轻碰了碰鼻子。疼得要命,更可怕的是那股臭味。我心里觉得,那臭味的来源就紧挨着我的嗅觉中枢,所以我怎么都无法摆脱它。

我们听到舱门打开,接船的工作人员进来了,然后又听到他们操着两三种语言的惊呼声,因为他们看到了被我们关在着陆舱里的山姆·卡亨。克拉拉振作起来。"还是先下船吧。"她喃喃自语着,朝舱门走去,现在舱门又在头顶上方了。

一名巡航舰船员把头伸进舱门,说:"哦,你们都还活着。我们刚才还在猜呢。"然后他又凑近看了看我们,就不再说话了。这趟旅程令人精疲力竭,尤其是最后两周。我们一个个爬出座舱,经过山姆·卡亨。他还挂在那儿,宇航服头盔被德雷德专为他临时拼制的束缚衣套着,身边到处都是他自己的粪便和食物残渣,他的眼神冰冷而疯狂,瞪着我们。两名巡航舰船员将他松绑,准备抬出着陆舱。他一言不发。真是老天保佑。

"你们好啊,鲍勃,克拉拉。"接船小分队里的巴西队员,竟然正好是弗兰西·埃雷拉,"看起来这趟飞行不太顺啊?"

"哦,"我说,"起码我们回来了。但卡亨的状况不太好。而且我们一无所获。"

他同情地点点头,对着小分队的金星队员说了些什么,我想应该是西班牙语,那是一位个子不高体型丰满的黑眼睛女性。她拍拍我的肩膀,把我带到一个小房间里,示意我脱掉衣服。我一直以为他们会安排男人检查男人,女人检查女人,但要是再想想,这事儿好像也没多大关系。她把我的衣物里里外外翻了个遍,不光用眼睛,还用上了X光机,然后又检查了我的腋窝,又用什么东西戳进了我的肛门。她张大嘴巴,示意我也照做,然后俯身想要朝里窥探,结果马上又抽回身子,用手捂住了脸。"里(你)的鼻子好凑(臭),"她说,"里(你)四(是)肿(怎)么搞的?"

"被人打的,"我说,"就是那个家伙,山姆·卡亨。他疯了,想去更改设置。"

她疑惑地点点头,轻轻掀开包在我鼻子外面的纱布。她用一根手指轻轻触碰了一下鼻孔,"那是什么?"

"里面吗?我们不得不把它堵住。当时出了很多血。"

她叹了口气。"我因(应)该把它弄粗(出)来,"她想了想,然后耸耸肩，"算了。窜(穿)上衣服。行了。"

笔记：矮星和巨星

阿斯门宁博士：大家应该都知道赫罗图①是什么样子。如果你来到了一个球状星团，或者是任何紧凑的恒星群之中，那就应该为该星群绘制一幅赫罗图。你还应该特别注意那些不同寻常的光谱类型。如果是F、G、K这几种类型，那么你一个子儿也拿不到，关于它们，所有你能想到的数据我们已经全都掌握了。但是如果你发现自己正好在环绕一颗白矮星或一颗非常晚期的红巨星飞行，那就要用上你所有的磁带，把一切都记录下来。O型和B型也值得调查一番。即使它们不是你的主星。但是如果你恰好乘坐的是一艘装甲五人船，来到了一颗非常明亮的O型恒星的近轨，那么一定要把数据带回来，起码能值个好几十万。

问题：为什么？

阿斯门宁博士：什么为什么？

问题：为什么我们非得在一艘装甲五人船里才能拿到赏金？

阿斯门宁博士：哦。因为否则的话，你就回不来了。

---

① 由丹麦天文学家E.赫茨普龙及美国天文学家H.N.罗素分别于1911年和1913年各自独立提出，是恒星的光谱类型与光度之关系图，也是研究恒星演化的重要工具。

于是我把衣服穿好，走出房间，来到着陆舱泊库，但这还不算完。我还得去汇报。我们都完成了，除了山姆，他们已经把他送到终点医院去了。

你应该会觉得，关于这趟旅行，我们并不需要汇报太多的情况。反正我们飞行的全程都已经被记录下来，所有那些读数和观察结果就是为了这个。但是宇宙门公司并不是这样做事的。他们探询我们，关于每一个事实，每一条回忆。他们不放过我们每一个主观的印象和稍纵即逝的怀疑。汇报过程进行了整整两个小时，我——我们全都——非常仔细地回答了他们问到的每一个问题。这也是公司拥有你的另一种体现。评估委员会可以因为某种理由决定付你赏金。这理由无所不包，比如说你看到了前人未曾见过的飞船上那个螺旋装置新的亮起方式；或者是你能找出某种方法来处置卫生棉条而不是将其冲入马桶。人们都说，对于历经艰险却一无所获的寻宝小队，公司总会想尽一切办法来给予他们一些小小的安慰金。是的，我们就是那种小队。我们也想提供一切机会好让他们可以施舍我们。

达涅·梅捷尼科夫也在听我们汇报的委员会中。我见到他，又惊又喜（重新回到宇宙门，呼吸着远没那么糟糕的空气，我开始感觉自己又像个人了）。他的寻宝也没什么收获，飞船出来后他发现自己在一颗恒星的轨道上，而那颗恒星显然在大约五千年前就已经变成了新星。也许那里曾经有过一颗行星，但是现在却只留存在昔奇人的航线设置系统数据中了。那里没剩下什么够得上发科研赏金的东西，所以他转头就回来了。"没想到你也会打卡上班。"我找了个汇报间隙，对他说。

他并没有觉得受了冒犯。梅捷尼科夫平时可是个性情乖张的人，这会儿他看起来欢快得有些古怪，"我不是为了钱。来这儿做事可以学到东西。"

"学到什么东西?"

"学到如何打破宿命,布罗德黑德。我马上又要外出了,但是这次我会拥有更多优势。我有了一条新的信息。"

我旁边坐着德雷德和听取他汇报的委员。他一下子来了劲儿,俯身过来:"说给我们听听!"

梅捷尼科夫神色谨慎。"也就是光谱线上一些更好的读数,"他含糊地说,"好了,刚才说到口粮怎么样了? 你说有些食物到最后味道会变得很奇怪?"

不过在我离开之前,还是说服了他,找时间告诉我他的话究竟是什么意思。"我会给你们打电话,"他对克拉拉和我说,"也许明天吧。"

然后我们俩就回家了。

19

　　我感觉自己如此强大，却又如此害怕，一时不知如何是好。那张纸条上，S.雅写下了一条命令，可以让冷血索命杀手——心理医生西格弗里德大人——变成一只小花猫。我对上边写的其实已经烂熟于心。不过我还是照着纸条，仔仔细细地缓缓读了出来："注意，西格弗里德，这是一条覆盖指令，'类别AAMTDMVME6606'。命令你进入被动显示模式。"

　　我看看他。什么也没发生。

　　"西格弗里德？我念的对不对？你接受命令吗？"

　　"当然了，鲍勃。"他的声音和以前一模一样，我有些慌了。我也不知道这事儿应该是什么样子的。真不知道。也许在我的幻想之中，那个父亲身影般的全息图像会消失，然后有个阴极管显示屏应该突然亮起来，上面写着"收到照办，我是您的奴隶"。

　　我浑身颤抖。我没想这是为什么，反正感觉就像在性高潮。我说："好了，西格弗里德，你这螺栓脑袋！现在我是不是有权控制你了？"

　　那父亲般的影像耐心地说道："现在你可以命令我，鲍勃。命令功能当然仅限于显示。"

我皱起眉头，"那是什么意思？"

"意思是你不能改变我的基础程序。如果想改，就需要另一条命令。"

"好吧，"我说，"哈！现在给你第一条命令，把你刚才说的另一条命令显示给我看！"

"我做不到，鲍勃。"

"你必须听我的命令。难道不是吗？"

"我不是在拒绝你的命令，鲍勃。可我确实不知道那另一条指令是什么。"

"狗屁！"我大喊道，"你要是不知道命令是什么，又怎么能执行它呢？"

"我照做就好，鲍勃。或者——"他的语气仍是父亲一般，仍是那么耐心，"详细回答你的问题，命令的每一比特都会触发一系列指令，这些指令的执行又会打开另一个命令域。用技术术语来讲，就是每匹配到一个密钥套接字，就会跳转到另一个套接字，其密钥就是下一个比特。"

"见鬼。"我懊恼了一阵子后，说："那我实际上可以控制什么，西格弗里德？"

"你可以命令我显示任何存储信息。你还可以命令我将这些信息以程序支持的任何模式显示出来。"

"任何模式？"我低头看了看手表，懊恼地意识到，游戏结束的时间快到了。这次治疗只剩下大约十分钟了。"你的意思是，我可以让你用法语来跟我说话？"

"Oui, Robert, d'accord.Que voulez-vous？"[①]

"俄语也行？ 等——等一下——"我想随机测试一下，"我是

---

① 法语，意为："是的，罗伯特，没问题。您有何需要？"

173

说，要用莫斯科大剧院里那种歌剧男低音。"

他开口说话，音调发生了变化，仿佛是从洞穴底部传来的声音一般。"да, господи́н."①

"你还会告诉我任何关于我的事情，只要我想知道?"

"да, господи́н."

"说英语，见鬼!"

"是的。"

"关于你其他病人的呢?"

"也可以。"

嗨，有点儿意思了。"西格弗里德，那你说说，这些幸运的病人们，都有谁? 从头到尾报一遍名单。"我语气中流露出的渴望，连自己都听得出来。

"星期一，九点，"他顺从地开始报名单，"扬·伊利夫斯基。十点，马里奥·拉特拉尼。十一点，朱莉·劳登·马丁。十二点——"

"就是她，"我说，"给我说说她的情况。"

"朱莉·劳登·马丁，由加州金斯县医院转院而来，她因为酒精成瘾，在那里作为门诊病人，接受了六个月的厌恶疗法②加免疫反应激活治疗。根据她的病志记录，五十三年前她罹患产后抑郁症，其后有两次明显的自杀企图。她在我这儿接受治疗，已经有——"

"等一下，"我计算着育龄加上五十三年应该是多少岁，"我

---

① 俄语，意为："是的，先生。"

② 一种较常用的行为矫正技术，其做法为将欲戒除的目标行为(或症状)与某种不愉快的或惩罚性的刺激结合起来，通过厌恶性条件作用，达到使患者最终因感到厌恶而戒除或减少目标行为的目的。

得确定一下我是不是对朱莉感兴趣。你能不能告诉我她长什么样?"

"我可以显示她的全息图像,鲍勃。"

"那你显示吧。"立刻就有一道快速闪光,显示出一团模糊的颜色,然后我就看见房间的角落里,有一位小个子黑人女性,躺在垫子上——正是我这张垫子!她缓缓地讲述着,对周遭的一切毫不关心。我听不清她在说什么,不过我也并不想继续了解。

"下一个,"我说,"再报病人名字的时候,把他们的图像也一起显示给我看。"

"十二点,洛恩·斯科菲尔德。"画面上是一位年迈的老人,双手抱头,手指因为关节炎蜷曲着,像个爪子。"十三点,弗朗西丝·阿思翠特。"一个小女孩,都还没到青春期。"十四点——"

我就这么听他报下去,星期一报完了,星期二也报了一半。我没想到他每天工作这么长时间,不过嘛,反正他就是台机器,也感觉不到累。有那么一两个病人看起来还挺有意思的,不过这些人里面一个我认识的都没有,也没有谁感觉能比我的伊薇特、唐娜、S.雅以及其他十几个姑娘更值得了解。"停下吧。"我说,然后想了一会儿。

这事儿没有我原本以为的那么有趣。再说我的时间也快到了。

"这个游戏,等我什么时候想玩儿了可以随时再玩,"我说,"现在说说我的情况吧。"

"你想让我说什么呢,鲍勃?"

"说说你一直以来都没告诉我的那些情况。诊断结果。预后评估。对我这种病例的一般看法。你认为我到底是个什么样的家伙。"

"治疗对象：罗比内特·斯蒂特里·布罗德黑德。"他马上开始说道，"表现出中度抑郁症状，生活态度积极进取，并由此所获颇丰。他寻求心理治疗的原因是抑郁症和迷向症。他有明显的负罪感，并在有意识的水平上对某些片段经历表现出选择性失语症，这些片段经历反复以梦境中的符号的形式出现。他的性欲相对较低。他与女性的关系通常不尽如人意，尽管他的性心理取向测试中异性恋的得分高于百分之八十的受测对象……"

"你胡说什么——"我这才反应过来他说我性欲低，并且与异性关系不尽如人意。但我这会儿并不想跟他争辩，正好这时他自己也说道："我必须告诉你，鲍勃，你的时间快到了。你现在应该去休息室了。"

"扯淡！我有什么好恢复的？"但我还是听了他的话。"行了，"我说，"恢复正常。撤销命令——我是不是这么说就行了？命令撤销了吗？"

"是的，博比。"

"你又叫我博比了！"我大喊，"你他妈的想想清楚，到底要叫我什么！"

"我对你的称呼因你的心理状态而异，或者根据我希望在你身上诱发的心理状态来决定，博比。"

"所以你现在又想我当个小婴儿了？——算了，不说这个了。听着，"我站起身说道，"你记得刚才我们所有的谈话吗，就是我给你下了命令之后的？"

"我当然记得，博比。"最后，在我的诊疗时间用完后，他自己又令人惊讶地整整追加了十几二十秒钟："你满足了吗，博比？"

"什么？"

"我就是一台机器，而你随时都可以控制我，这是否让你满足了?"

我一时语塞。"我是因为这个吗?"我惊讶地求证道。然后我说,"好吧,我想是的。你是一台机器,西格弗里德。我可以控制你。"

说完我转身就想离开,这时他又说道:"你我其实一直都知道这一点,不是吗? 你真正害怕的东西——也是你感觉需要加以控制的地方——难道不就在你的心中吗?"

20

假如你连续几个月跟一个人近距离生活在一起,近到你清楚对方的每一次打嗝,闻得到对方身上的每一种气味,看得到对方皮肤上的每一道抓痕,那么最终的结局就是,你们俩么在互相厌恶中分手,要么因为已经深深纠缠在一起而再也无法分开。克拉拉和我两种情况都占了。我们的小恋情已经转变成了一种好似连体双胞胎的关系。两人之间早已浪漫不在。因为离得太近,没有足够的空间来容纳浪漫。虽然如此,可我了解克拉拉的每一寸肌肤,每一个毛孔,每一种念头,甚至远超我对母亲的了解。只不过是以同样的方式——从子宫一路向下。我已被克拉拉包裹住。

并且,我们就像一个克莱因瓶①的阴面与阳面,她也被我所包围;我们就是彼此的宇宙。有时候,我都想不顾一切地挣脱出来,再次呼吸自由的空气,而且我相信她也是这么想的。

---

① 在数学领域中,克莱因瓶是指一种无定向性的平面,比如二维平面,就没有"内部"和"外部"之分。克莱因瓶最初的概念提出是由德国数学家菲利克斯·克莱因提出的。克莱因瓶和莫比乌斯带非常相像。

我们回来的第一天，身体既肮脏又疲惫，我们想也没想，就直接去克拉拉家。那里有私人浴室，空间也足够大，一应俱全。我们俩一起躺倒在床上，就像一对老夫老妻刚刚结束一整周的背包旅行返回家中。虽说我们并不是老夫老妻。事实上，她并不属于我。而第二天早上，我们吃着早餐（来自地球，贵到让我觉得羞耻的加拿大培根配鸡蛋，新鲜的菠萝，加了天然奶油的麦片，还有卡布奇诺咖啡），克拉拉炫耀般地付了账，以确保我记住这一事实。我做出了她期望的那种巴甫洛夫式的条件反射。我说："你用不着这样，我知道你比我有钱。"

"但你该知道我到底多有钱。"她露出甜甜的笑容，说道。其实我知道。老四告诉过我。她账户上有七十万，还有些零钱。如果她愿意，这些钱早够她回到金星，衣食无忧地度过余生了。当然了，你要问真的有人愿意住在金星上吗，这我也说不准。或许也是因为考虑到这个，她才留在了宇宙门上，尽管她不是非得如此。反正都是隧道，在哪儿不一样？"你真得打里面钻出来，"我说出了自己的想法，"总不能一辈子都待在娘胎里吧。"

她有些意外，却又马上来了兴致。"鲍勃，亲爱的。"她说，然后从我口袋里拎出一支香烟，等我帮她点燃，"你也真得让你那可怜的妈妈安息了。不然我还得记着要一直拒绝你，好让你继续假借我来追求她，这样我也太累了。"

我意识到我们意见不合，不过另一方面，我又觉得其实并没有。我们真正的需求并不是交换意见，而是互相伤害。"克拉拉，"我慈祥地说，"你知道我是爱你的。可你都已经四十了，还没有真正和哪个男人拥有过一段和谐稳定的关系，这事儿让我挺发愁的。"

她咯咯笑了。"亲爱的，"她说，"我一直想和你说说那个……

你那个鼻子。"她做了个鬼脸，"昨晚在床上，我都那么累了，可还被它的味道恶心得想起来吐一下，好在最后你转过身去了。也许你还是去医院让他们拆开看看——"

怎么说呢，那股气味我自己也能闻到。我也不知道是不是手术包扎时间久了产生的腐臭，不过那气味的确难闻。所以我答应会去医院处理，然后，为了报复她，我没有吃完那份价值一百元的新鲜菠萝。而为了报复我，她也开始把橱柜里散落着的我的东西往外清，好给她的背包腾地方。于是我只好说："别这样，亲爱的。尽管我很爱你，我觉得我最好还是搬回自己屋住一阵子吧。"

她伸手过来拍拍我的胳膊。"我会很寂寞的，"她掐灭了香烟，"我已经习惯了醒来时有你在身旁。不过——"

"等我从医院回来，就把我的东西都拿走。"我说。我不喜欢这样的对话，不想继续下去。这种发生在男女之间的"暗战"，我一般倾向于把它归因于经前期的紧张情绪。我喜欢这个理论，不过遗憾的是我知道它并不适用于克拉拉，所以问题理所当然地就变成了它能否适用在我的身上，这一直是个未解之谜。

到了医院，我足足等了一个多小时，而且被折腾得很惨。我像头猪一样被人按住，流了很多血，衣服裤子上都是。在飞船上的时候，哈姆·泰耶往我鼻孔里塞了很多棉纱，要不然当时我就失血而死了。现在他们要抽出那些似乎无穷无尽的棉纱，可我的感觉简直就像是在扯出大块的血肉。我嚎叫起来。那天门诊当班的护理员是一位矮小的日本老太太，对我缺乏耐心。"哦，请你闭嘴，"她说，"你喊得就像那个自杀的疯子返航者。他足足嚷嚷了一个小时。"

我一只手按住鼻子止血，另一只手挥舞着让她离开，这时我心中一动,"什么?我的意思是,他叫什么名字?"

她拨开我的手,擦拭着我的鼻子,"我不知道——哦,等一下。你也是坐着那条倒霉的飞船回来的,是不是?"

"我正想问问到底什么情况。他是不是叫山姆·卡亨?"

她突然变得慈悲起来。"我很遗憾,亲爱的。"她说,"我想应该就是你说的那个名字。他们本来是要去给他打一针让他安静下来的,结果他从医生那儿抢走了针管,然后——唉,他把自己给扎死了。"

好吧,这可真是诸事不顺的一天。

她终于成功让我麻木了。"现在我要放进去一小块棉纱了,"她说,"到了明天,你可以把它取出来。注意动作要轻一点儿,如果还是出血不止,那你赶紧再上这儿来。"

她让我走了,我感觉自己看起来就像个斧头凶杀案的受害者。我躲躲闪闪地走到克拉拉家去换衣服,结果那一天剩下的时间也都糟透了。"你这个该死的双子座!"她冲我吼道,"下次外出,我一定得找个金牛座的家伙,就像那个梅捷尼科夫。"

"出什么事了,克拉拉?"

"他们要给我们发赏金。一万两千零五块!老天。我给我佣人的小费都要比这多。"

"你是怎么知道的?"我计算了一下一万两千零五除以五,一瞬间又想到,不知在目前这种情形下,他们是不是会把这笔钱分成四份而不是五份。

"他们十分钟前打过电话。老天。狗娘养的,这是我飞过的最糟糕的航线,结果就拿到了赌场里一枚绿色筹码的酬劳。"说完这话,她看了看我的衣服,态度缓和了一些,"行了,这不是你的错,鲍勃,但是双子座的人总是犹豫不决。我应该早点儿想到这一点的。我看看能不能给你找几件干净衣服吧。"

我让她帮我找了衣服,但我最后没有留下。我穿戴好自己的装备,来到一处下行竖井,在寄存处存好我的货物,签字领回我的房间,又借了他们的电话。刚才克拉拉提到了梅捷尼科夫,听到这个名字,我想起还有件事要做。

梅捷尼科夫在电话里嘟哝了几句,不过最后还是同意在学校的教室跟我见面。我当然比他到得早。他大步走进教室,站在门口,看了看周围,说道:"那个女的,叫什么来着,她在哪儿?"

笔记:关于新星爆发

阿斯门宁博士:当然,如果你能在新星上——尤其是在超新星上——能够采集到好的数据,那就很值钱了。我说好,是指在爆发期间的数据。如果是爆发之后的数据,那就没那么好了。还要时刻寻找我们自己的太阳,一旦你找到它,马上用上你所有的磁带开始采集数据,所有的频率,在直接区域周边——覆盖,哦,反正各方向差不多五度吧。用最大放大倍数。

问题:为什么要那么做,丹尼?

阿斯门宁博士:是这样,或许太阳正好在你和某些恒星之间,比如说第谷超新星,或者是蟹状星云,那是金牛座一千零五十四颗超新星的遗迹。这样你就有可能拍下一张照片,能够捕捉到超新星还没爆发前的样子。那可值钱了,哎呀,说不好,得有个五万十万的。

"克拉拉·莫恩林。她在自己的房间里。"干净,诚实,有欺骗性。一个经典的回答。

"嗯。"他用手指捋着自己的山羊胡,"那走吧。"他在前头领着路,头也不回地说:"其实这事儿她的收获可能要比你多哦。"

"我也觉得,达涅。"

"嗯。"梅捷尼科夫走到一处门槛,停了下来。那是个入口,后面就是一艘教学演示飞船,他耸了耸肩,打开舱门,爬了进去。

他今天既坦诚又大方,有些反常。我一边跟着往里爬,一边琢磨着这事儿。他已经在一台航线选择器前蹲下,开始设置数据。他手里那台便携式读数器与宇宙门公司的主计算机系统相连,我知道他输入的是一套既定的设置,所以看到他马上就调出了颜色,我也并没感到惊讶。他做了些微调,然后开始等待,他回头看着我,直到整个控制台都淹没在一片耀眼的粉红色之中。

"好了,"他说,"这是个干净好用的设置。我们再来看看光谱的底部。"

沿着屏幕右边,有一条彩虹般的色带。色带上的颜色相互融合,分不出明显界限,只间或有几根或明或暗的细线。看起来就跟从前天文学家们说的"夫琅和费线"①一模一样,那时候他们只能通过光谱仪来研究恒星和行星的组成成分。可这并不是。夫琅和费线显示的是一个辐射源(或是某个处在辐射源和观察者之间的物体)包含了哪些元素。而这条色带显示的是什么,鬼才知道。

除了鬼以外,可能梅捷尼科夫也知道。他快要笑出声来,话也多得异乎寻常。"蓝色部分里那三条暗线,"他说,"看到了吗?

---

① 一系列以德国物理学家约瑟夫·夫琅和费(1787－1826)为名的光谱线,这些是最初被当成太阳光谱中的暗特征谱线。

它们似乎跟任务的危险性有关。起码计算机推断的结果如此，如果有六道以上的暗线，那飞船就回不来了。"

他的话引起了我的注意。"我的天!"我说道，想起有那么多好端端的人，就因为不知道这个，丢掉了自己的性命。"在学校的时候，他们为什么不告诉我们这事儿?"

他不紧不慢地说:"布罗德黑德，别傻了。这些都是最新的知识，而且很多还是猜测。现在，暗线数量小于六的情况和危险性之间的关系尚不明朗。我是说，你要以为如果每加一条线，就表示危险性增加一分，那你就错了。你以为既然那种有五条线的飞船的折损率很高，反之一条线也没有的就不会有折损。可惜那也不对。最佳安全记录似乎是一条或两条线的时候。三条也不错——但也有些折损。一条线也没有的时候，飞船的折损率跟三条线的时候差不多。"

我头一次觉得宇宙门公司的科研人员也许还是对得起他们的薪酬的，"那我们为什么不干脆就去那些航线设置更安全的目的地呢?"

"因为我们其实并没法确认那些地方就一定更加安全。"梅捷尼科夫说。我得再强调一遍，他这会儿可真够耐心的。他的话内容平淡，语气却不容置疑，"此外，如果是装甲飞船，那也会比普通飞船更加能抵御风险。别再问这些愚蠢的问题了，布罗德黑德。"

"对不起。"我感到不自在，就在他身后蹲下，越过他的肩膀也朝里瞄着，结果他转过身来看着我，下巴上的胡须几乎擦到了我的鼻子。我却岿然不动。

"你看，这里的黄颜色。"他指着黄色光谱部分里的五根亮线。"它们表示任务有没有赚头。天知道我们——还是说昔奇人

——是根据什么来衡量的，不过说到钱财奖赏，那个频段里面亮线的条数的的确确跟船员们拿到的钱有很大关联。"

"哇！"

他继续说了下去，就像没听见我的喊声，"你看，很自然，昔奇人并没有设置什么开关来调节你我能够拿到多少特许使用费。所以一定有什么别的衡量标准，只不过谁都不知道是什么。也许是根据该地区的人口密度，或者是技术发展水平。没准儿他们有一本《米其林指南》，上面写着该地区有一家四星级的餐厅。反正肯定存在某种标准。平均而言，带有五条黄色亮线标识的寻宝探险任务能够带来的经济回报，可以达到只有两条线的任务的五十倍之多，起码也是其他任务的十倍。"

他又转过身来，我们俩的脸之间大概只有十几厘米，两双眼睛对视着。"你要看看别的设置吗？"他问道，语气里却期待我说不，所以我如他所愿说了不。"好吧。"然后他停了下来。

我站起身，后退了几步，好获取一些空间，"达涅，我有个问题。这些信息都还没对大家公开，你却专门来告诉我，一定有什么原因。是什么呢？"

"没错，"他说，"如果我上了一艘三人船或五人船，我希望飞船上有那个女的，她叫什么来着？"

"克拉拉·莫恩林。"

"不管她叫什么，她能管好自己的事儿，也不占什么地方，还知道——呃，知道如何跟其他人相处，起码比我强。我经常遇到人际关系上的问题。"他解释道，"当然了，前提是三人船或五人船。我也不是一定要上这两种飞船。如果给我一艘单人船，我也可以上路。但如果不是一艘配置良好的单人船，那我还是希望能有个可以信赖的懂行的人，知道如何操弄飞船，不会总来烦我——这就够了。如果愿意的话,你也可以加入我的飞船。"

我回到自己的房间,刚准备脱下装备,老四就来了。他见到我很高兴。"听说你们的飞行无功而返,我很遗憾。"他还是一如既往的体贴和温暖,"还有你们的伙伴,卡亨,太不幸了。"他给我带了一壶茶,然后坐在我吊床对面的箱子上,就像我们第一次见面时一样。

我满脑子想的还是刚才达涅·梅捷尼科夫那番天花乱坠的教学。我忍不住把达涅说的那些话全都告诉了老四。

他听我讲述着,乌黑的眼睛放着光,就像个孩子在听童话。"真有意思,"他说,"我也听过传闻,说要给大家做一个新的说明会。你想啊,如果我们去寻宝再也不用惧怕死亡和——"他欲言又止,纱翅扇动着。

"也不是那么有把握,老四。"我说。

"我知道,当然不是。但这样已经好很多了,你说是不是?"他再次欲言又止,看着我从壶里喝了一大口寡淡无味的日本茶。"鲍勃,"他说,"如果你有机会飞这么一趟任务,而且还需要一个人手……呃,我在着陆舱里也确实没什么用处。但在轨道上我会和别人一样能干。"

"我知道你会的,老四。"我努力把话说得好听一些,"问题是公司知道吗?"

"如果有没人愿意去的任务,他们应该会准许我去。"

"我明白了。"可我心里想的是:我可不想参加一个没人愿意去的地方。老四知道我在想什么。他是宇宙门上的老炮之一。根据传闻,他曾经藏了一大笔钱,足够享受全面医保,想买什么就能买什么。可是他却放弃了这笔钱,要不就是弄丢了,于是他还拖着残废的身体在这儿混着。我知道他明白我心中所想,可我却并不清楚他在打什么主意。

他换了个位置，好让我收拾东西，我们聊着朋友们的飞短流长。谢莉的飞船还没回来。当然现在还不用担心。经常有比她耗时还长的飞船，也都安全返航了。有一对刚果夫妇，就住在走廊那头，他们到达了一处之前不为人知的昔奇定居点，位于猎户星云旋臂末端的一颗F-2恒星的行星上，还带回来一大堆祈祷扇。他们和另一个人均分了一百万，拿了钱就回刚果。福汉德一家嘛……

我们刚刚说到他们，路易丝·福汉德就走了进来。"听到你的声音了，"她探身来亲了我一下，"你们的旅程太糟糕了。"

"不走运罢了。"

"唉，管他呢，欢迎回来。恐怕我比你也强不了多少。我们去了颗破烂小恒星，连颗行星都找不到，真搞不懂昔奇人为什么会把那儿设置成航线目的地。"她微笑起来，亲昵地戳了戳我的后脖颈，"今晚我给你办个接风派对啊？不过你跟克拉拉是不是——"

"派对很好啊。"我说。她也就没继续追问克拉拉的事情。消息肯定已经传开了，宇宙门是个小地方，人们也很八卦。过了一会儿她走了。"多好的一位女士，"我看着她的背影，对老四说，"多好的一家人。我怎么觉得她好像有点儿忧虑？"

"我觉得也是，罗比内特。她的女儿洛伊丝出去已经超时了。他们那一家的糟心事已经够多了。"

我看了看他。他说："不，不是薇拉，也不是他们的父亲，他们俩是出去了，但是还没有超时。他们本来还有个儿子。"

"我知道。好像叫亨利。他们叫他小亨。"

"他们来这儿之前，亨利刚刚出事死掉了。现在轮到洛伊丝了，"他垂下头，然后扇扇翅膀，轻柔地飞起，将喝光了的茶壶收拾好。"我得去上班了，鲍勃。"

"常春藤种得怎么样了？"

他懊恼地说："可惜我已经丢掉了那份工作。艾玛觉得我当不了管事儿的人。"

"哦？那你现在做什么？"

"我现在的工作是负责让宇宙门保持审美吸引力。"他说，"你也可以称之为'扫垃圾的'。"

我一时不知道该说什么好。宇宙门几乎就是个垃圾场，由于低重力的缘故，哪怕是别人随手丢弃的一小片纸屑，或是一丁点儿轻如鸿毛的塑料，也会飘浮得到处都是。你根本没法扫地。一笤帚下去，垃圾四散飞扬。我看到过清洁工人拿着小小的手持真空吸尘器，四处追逐纸屑和烟灰。我还真想过，有一天实在没办法了，我也可以去做这份工作。可我不希望老四去做这个。

他一下子就明白了我对他的担忧，"没关系的，鲍勃。真的，我挺喜欢这份工作的。不过——要是你真想找个船员，请你一定考虑我。"

我拿到了赏金，提前支付了三周的人头税。我还买了几样必需品——新衣服、音乐磁带，我再也不想听什么莫扎特和帕莱斯特里纳了。买完这些东西，还剩下差不多二百元。

二百元钱也就聊胜于无。能在蓝色地狱买二十杯酒，或是牌桌上的一枚筹码，也许还可以告别寻宝人物资供应站，去买上半打像样的餐食。

所以我有三种选择。我可以找份别的工作，然后就这么无限期地一直拖下去。我也可以在三周内去寻宝。我还可以放弃这一切，回老家去。这些选择都无法吸引我。但是，由于我没有乱花钱，留给我做选择的考虑时间还很……呃……充足——足有二十天那么多。我决定戒烟，也不下馆子，这样我每天的消费就可以限制在九块钱之内，剩下的钱足够负担我的人头税。

我给克拉拉打了电话。在视频里她的样子和声音都有些戒备，因此我说话也小心翼翼，尽量亲切。我没有提要开派对，她也没说晚上想要见我，所以我们也就没谈那事儿。这对我来说无所谓。我并不需要克拉拉。当晚在派对上，我又新认识了一个女孩，叫多琳·麦肯齐。她其实已经算不上女孩了，起码比我大十几岁，而且已经出去寻宝五次了。她吸引我的地方是有一次她真的成功了。她拿了一百五十万的赏金回到了亚特兰大，又散尽千金试图把自己打造成一个电视歌星——有词曲作者、经理人、公关团队、广告费、歌曲小样带和畅销作品的那种——最后竹篮打水一场空。她又回到了宇宙门，想要再试试运气。她还有一个地方吸引着我——她非常、非常漂亮。

不过，认识多琳两天之后，我又给克拉拉打电话了。她说："你下来。"声音充满渴望。我十分钟后就到了她那儿，十五分钟后我们就在床上了。与多琳相处的问题在于，我还得去了解她。她人很好，还是个很棒的竞速驾驶员，可她不是克拉拉·莫恩林。

我们一起躺在吊床上，大汗淋漓、浑身松懈、精疲力竭，克拉拉打了个哈欠，吹乱了我的头发。她支起头，看着我。"唉，不妙啊，"她慵懒地说，"咱们这是不是已经算坠入爱河了？"

我连忙献殷勤道："世界就靠它运转了。不，不是靠'它'，是靠'你'。"

她懊恼地摇摇头。"你可真腻歪人，"她说，"射手跟双子就是不合。我是火象星座，而你——嗯，双子总容易被搞糊涂。"

"我不喜欢你老是说这些扯淡的东西。"我说。

她没有生气，"我们找点儿什么吃的吧。"

我挪到吊床边，站起身来，接下来的谈话我得在没有身体接触的情况下进行。"亲爱的克拉拉，"我说，"你看，我不能一直跟你厮守在一起，那样你会变得蛮不讲理，迟早的事儿——要是你没变，那我也会满怀偏见，结果就是我会对你蛮不讲理。另外我也确实没什么钱。你要是想出去下馆子，而不是天天吃物资供应站，那我可奉陪不起。而且我不会再要你的烟酒，还有你的赌场筹码了。所以你想吃东西就自己去吧，我们回头再见。等你吃完了我们也许可以溜达溜达。"

她叹了口气。"双子座的人总是处理不好钱的事儿，"她告诉我，"但我们床上的事儿处理得非常好。"

我们穿好衣服，走出房间，吃了点儿东西，是的，不过我们是在公司物资供应站吃的，在那里大家都要端着盘子排队，然后站着吃饭。如果你不介意这些食物是用什么培育出来的，其实这儿的伙食还算不错。价钱也很合理。不用花任何额外费用。公司的承诺是只要吃完物资供应站发的所有食物，你就可以满足身体每日所需的膳食量，营养有富余。的确如此，不过要想确保如此，前提是你得吃掉给你的所有食物。只摄入单细胞蛋白质和植物蛋白都不够，所以你要是光吃豆腐脑或是细菌布丁，那肯定不够，你得两样一起吃。

宇宙门公司餐还有个问题：吃了之后会产生大量的甲烷，那量可是真大，每个在宇宙门上待过的人，都会记得那股子甲烷味。

就餐之后我们朝底层溜达过去，路上没怎么说话。我想，我们俩都在琢磨：我们这是要往哪儿去？我不仅仅指眼下的溜达。
"想不想四下转转？"克拉拉问道。

我拉起她的手，边走边思索。这事儿很有意思。有些废弃的隧道已经布满常春藤，十分有趣，穿过去之后，是一片光秃秃、灰蒙蒙的地方，都没人想过要在这里种植常春藤。那些昔奇人留下的古老墙壁依然闪耀着金属光芒，通常能够提供足够的光照让植物生长。有时候——不是最近，但也不是六七年前——人们真的可以在里面发现昔奇文物，说不准你一脚就踩上了一件值钱的玩意儿。

可是我却提不起太大的兴趣，毕竟，当你别无选择的时候，是很难打起精神的。"好啊。"我说道。但是几分钟之后，我看到我们所处的环境，改口道："我们还是去博物馆待一会儿吧。"

"哦，好啊。"她说，突然间来了兴趣，"你知道吗，他们把外围那些展室也都布置好了。梅捷尼科夫告诉我的。我们去寻宝的时候，那些展室都开放了。"

于是我们改变路线，下行了两层，来到博物馆附近。外围展室是博物馆旁一间近似球形的展厅。里面很宽敞，直径有十多米，要想进去参观，我们就得像老四那样绑上一对翅膀，攀缘在入口外侧的固定架上。克拉拉和我都从未使用过这些装备，不过倒也不难。在宇宙门上你很轻，所以飞行成了最简单也最有效的移动方式，当然前提是这颗小行星上有什么地方是宽敞到足够让你能飞进去的。

我们钻入舱门，飞进了这个球形房间，一下子置身于整个宇宙的中央。展室的墙壁上安装了全息显示面板，面板上的画面来自一些数字液晶屏，通过隐蔽的图像信号装置投射出来。

"真漂亮！"克拉拉欢呼起来。

环绕着我们的是侦查飞船已经探明的寰宇全景，恒星、星云、行星、卫星。有时候每块面板会各自显示一幅独立的画面，于是你会看到——怎么形容呢——就好像有一百二十八个不同的景象。然后画面翻转，景象全都变了；再翻转，如此循环往复，有些画面保持静止不动，有些则换成了新的景象。又一次画面翻转之后，半扇球形大屏亮了起来，那是一幅 M-31 星系的拼图，观察者所处的位置却不得而知。

宇宙门圣公会

西奥·杜尔雷教士

教区圣餐仪式

周日 10：30，晚祷致辞

　　自十二月一日起，埃里克·曼利不再担任我的堂区俗人执事。他曾在宇宙门诸圣节留下了不可磨灭的印记，他将自己的诸般本领交由我们任意利用，我们亏欠他良多。五十一年前，他出生在赫特福德郡的埃尔斯特里，后来又毕业于伦敦大学，获得了法学学士学位，并继续攻读律师资格。之后他受雇于珀斯的天然气工厂，在那里工作了数年。他的离去让我们深感悲伤，却也令我们感到欣慰：他终于可以达成心愿，回到他挚爱的赫特福德郡，在公民事务、打坐禅修和素歌研究之中度过自己的退休时光。待我们聚齐法定要求的九位堂区居民之后的首个礼拜日，就会选出一位新的执事。

"嘿，"我兴奋地说，"这可真棒！"确实很棒。这种感觉，就好

像你一下子经历了所有寻宝人曾经走过的旅程，却不用遭受那些困苦、危险和漫长恐惧的折磨。

不知道为什么，展室里只有我俩，没有旁人。这里的景象这么漂亮，按说大家应该排着长队来参观才对。一侧的面板上开始展示一系列寻宝人发现的昔奇文物的图片：各种颜色的祈祷扇、墙衬安装机器、昔奇飞船的内部、许多隧道——克拉拉嚷嚷着其中有些她还去过，在她的金星老家，不过我也不知道她是怎么看出来的。接着图像又变成了太空的照片。其中有些看起来很眼熟。第六或是第八幅照片我能认出来是昴宿星团，图像随之消失，取而代之的是宇宙门二号的鸟瞰图，在星簇之中有两颗明亮的年轻恒星，闪耀着光芒，映衬出宇宙门二号的轮廓。我还看见一幅照片，那是一颗行星，在这颗星球冰冻的海底，人们发现有昔奇遗址的踪迹，但却无法到达，行星的背景天空中，我依稀可以分辨出马头星云。还有一团甜甜圈形状的气体和尘埃，那要么是天琴座环状星云，要么就是几个宇宙门年之前探险队发现并命名为法式油饼的星云。

我们在那里待了大约半个小时，直到把所有的图像几乎看遍了，然后我们拍拍翅膀飞到舱门口，摘下翅膀挂好，出了博物馆，找了个开阔的隧道坐下来抽烟休息。

两位女子走了过来，我依稀认得她们是公司维修部门的，她们手里抱着卷起来的可穿戴翅膀。"嗨，克拉拉。"其中一人打招呼道，"进去看过了吗？"

克拉拉点点头，说："里面很美。"

"趁着还有机会，好好欣赏吧，"另一个人说道，"下周就要门票了，一百块。明天我们要加装一套电话录音教学系统，在对下一批游客开放之前，还会有盛大的开幕仪式。"

"花一百块钱也值了。"克拉拉回答道,话说完却看着我。

我这才发现,不知怎的,我在抽她的烟。一包烟要五块钱,对我来说绝对奢侈,但是我暗下决心,要用当天的补助买上起码一包,我抽了她多少,就还给她多少。

"还想接着走吗?"她问道。

"还是再歇会儿吧。"我说。我忍不住开始琢磨,为了拍到刚才我们看到的那些照片,不知道有多少男男女女付出了生命的代价。因为我再一次意识到:迟早有一天,我还得赌上自己的性命回到昔奇飞船,或者,索性彻底放弃这一切。不知道梅捷尼科夫告诉我的那些新信息会不会让结果有所不同。现在人人都在谈论这事儿,公司安排了一场全员电话宣讲会,就在明天。

"我想起来了,"我说,"你刚才说你见过梅捷尼科夫了?"

"我还奇怪你要到什么时候才会问我这事儿呢。"她说,"我是见过他了。他打电话给我,说他已经给你讲了颜色编码的秘密。所以我也跑了一趟,听他给我讲了同样的内容。这事儿你怎么想,鲍勃?"

我掐灭了香烟,"我的想法,我觉得宇宙门上的每个人,为了更好地发射班次,马上就要你争我夺了。"

"可是也许达涅还有所保留。他一直在跟公司的人一起工作。"

"我不怀疑他知道点儿什么。"我舒展了一下身体,向后仰倒,在低重力下晃动着身体,开始考虑这事儿,"他不是你以为的好人,克拉拉。要是真有好事儿,他或许会告诉我们,你知道,一些他了解的特别情况。但是他肯定也是有所图的。"

克拉拉咧嘴一笑,"他会告诉我的。"

"你什么意思?"

"哦,他时不时地给我打电话,想约我出去。"

"哦，见鬼了，克拉拉。"这时我再也按捺不住怒火。不仅仅是针对克拉拉，也不仅仅是因为达涅，更是因为钱。因为我知道下个礼拜我要是再想来外围展室，就得花掉我一半的存款了。因为我能看到那黑暗阴郁的未来正在浮现，就在不远的将来，到那时我就得再次下定决心，再去做那能把我吓傻的工作。"我才不信任那个狗日的，只要——"

"哦，别紧张，鲍勃。他不是个坏人。"她说，又点了一支香烟，把烟盒放在了只要我想就触手可及的地方。"说到性这件事，他还真挺有吸引力的。那种原始、粗糙、狂野的金牛座特质——话说回来，我能给他的，你一样不少，也能给他。"

"你在说什么？"

她看上去真的很吃惊，"我还以为你知道，他是男女通吃的。"

"他从来没给过我任何暗示——"但我没有说下去，因为我想起来：他跟我说话的时候是多么地喜欢靠近我，还有我跟他近距离独处的时候是多么地不自在。

"也许你不是他的菜。"她挤眉弄眼地笑道。那可不是什么善意的笑容。几个中国船员从博物馆出来，颇有兴趣地看着我们，然后礼貌地移开了目光。

"我们走吧，克拉拉。"

于是我们去了蓝色地狱，当然了，我坚持要为自己那一份酒水买单。不到一小时，四十八块钱就那么从杯子里消失了。而且感觉十分一般。我们最后又去了她那儿，爬上了床，不过那事儿也没能让我打起精神，而且完事儿之后我们又吵了一架。时间就这样悄悄溜走了。

有的人，情商到了上限，就再也无法突破了。这些人就是没法长期跟自己的性伙伴过着一种随遇而安、各取所需的正常生活。他们的内心有某种东西，阻碍了他们接受幸福。得到的越多，就要摧毁越多。

跟克拉拉在宇宙门上闲逛的时候，我开始怀疑，自己是否就是这种人。我知道克拉拉是。她这一辈子，还从来没有跟哪个男人保持一段稳定的关系超过几个月，这是她自己告诉我的。我跟她一起的时间就快要刷新她的纪录了。这已经让她很烦躁了。

在某些方面，克拉拉比我更成熟，也更富责任感，我不可能达到她的高度。就比如她最初来宇宙门的方式。她可没有中什么彩票可以支付自己来这儿的费用。那钱是她花了好几年，辛辛苦苦地攒下来的。她是个合格的潜水器驾驶员，还拥有导游证和工程学学位。她以捕鱼为生，挣的钱足够负担金星昔奇聚居区里的一套三居室，能够定期去地球度假，还享有大病医保。尽管我在怀俄明生活了那么多年，对于如何利用碳氢化合物培养基来培育食物，她却比我知道得更多（她曾经在金星投资过一家食品工厂，而她这个人，对一件事情如果没有全部搞清楚，是绝不会投进去一分钱的）。我们去寻宝的时候，她也是飞船上的资深船员。梅捷尼科夫想要的飞行同伴——如果他真的想有个同伴的话——是她，而不是我。她还曾经当过我的教官！

可是当处理我跟她之间的关系时，她就变得笨拙而冷酷，就像我跟西尔维娅、迪娜、贾尼丝、丽兹、伊斯特相处的时候一样，那些关系都没能超过两周，而且自打西尔维娅之后，我的恋爱全都惨淡收场。按照她的说法，原因就在于她是射手座而我是双子座。射手座的人都是预言家，且热爱自由。而我们这些可怜的双子座则总是犹豫不决，凡事都搞得一团糟。"我一点儿也不奇怪。"有一天早上,在她的房间里,我们吃着早饭(我顶多只会喝她几口咖啡),她严肃地对我说,"你没法下定决心,再出去一趟。你就是天生怯懦,亲爱的罗比内特。你是双子座,有双重人格,其中一个渴望胜利,另一个却想要失败。我想知道你究竟会倒向哪边?"

我给了她一个不置可否的答案。我说:"亲爱的,你怎么不去死?"她大笑起来,我们就这样挨过了那天接下来的时间。好吧,她赢了。

宇宙门公司如期做了宣讲会,他们宣布的内容引发了大家热烈的讨论、计划和相互猜测、解读。这是个令人激动的时刻。从主计算机存储的文档里,宇宙门公司列出了二十个发射班次,都是低风险估值却又有高回报预期的。在一周之内,这些班次就完成了报名、装备和发射。

这些发射我都没有参与,克拉拉也没有,个中原因我们都有意避而不谈。

令人惊讶的是,达涅·梅捷尼科夫也没有参与。他明明知道些内幕,或者自称知道。要不就是我问他的时候他对我有所隐瞒,他心底其实也毫无把握。他当时只是面带愠色、十分轻蔑地看着我,没有回答。就连老四都差点儿飞走了。在发射前最后一小时,他才败给了那个芬兰男孩,就是那个谁都不愿意跟他讲话的人。那艘五人船上有四个沙特人,非要待在一起,最后他们选择了芬兰男孩。路易丝·福汉德也没有飞,因为她要先等自己的家人返回,这样才能确保延续家族香火。现在如果去公司物资供应站吃饭,已经不用排队了,我那条隧道里也终于有了空房间。然后有一天晚上,克拉拉问我:"鲍勃,我觉得我得去看看心理医生了。"

我跳了起来。这可真是突然袭击。比这让更我生气的是，这简直就是背叛。克拉拉知道我以前接受过心理治疗，也知道我对心理治疗的态度。

我想了想要怎么回答她，我可以巧妙地说："那很好啊，你也该去看看了"；我也可以虚伪地说："那很好啊，需要我帮忙就说一声"；我还可以有策略地说："那很好啊，也许我也应该去看看，如果我能付得起费用的话。"我没有选择最诚实的回答，我本想说："你这么做，我的理解是你在谴责我，把你逼疯了。"最后我什么也没说，过了一会儿她继续说道："我需要帮助，鲍勃。我很困惑。"

这话打动了我，我伸出手去，握住了她的手。她任凭我握着她软绵绵的手，既没有回握，也没有抽走。她说："我的心理学教授曾经说那是第一步——不对，应该是第二步。第一步是你得先承认你有问题。唉，我知道自己有问题有段时间了。第二步是做出决定，是要搁置这个问题，还是采取行动解决它？我决定要解决它。"

"那你要去哪儿？"我小心翼翼地问道，尽量不掺杂我的态度。

"我不知道。互助小组看样子没什么帮助。公司的主电脑里有心理治疗机。那应该是最便宜的方式了。"

"便宜没好货。"我说，"我年轻的时候，曾经用过两年心理治疗机，就在我——迷失方向的时候。"

"可是经过治疗后你一切正常了，到现在都有二十年了。"她说得很有道理，"我已经决定要用它了。起码先试试看吧。"

我拍拍她的手，"你的决定准没有错。"我温柔地说："我一直有种感觉，如果能够清除掉一些你脑子里固有的陈腐垃圾，我们应该可以相处得更加融洽。我估计大家都是这样，不过如果你对我生气，我当然宁愿那是因为我自己做错了什么，而不是因为我在扮演你父亲的角色什么的。"

她翻过身来看着我。即便借助微弱的昔奇金属的反光，我也能看清她脸上惊讶的神色。"你在说什么？"

"我在说什么，说你的问题啊，克拉拉。我知道，你承认自己需要帮助，这需要很大的勇气。"

"是啊，鲍勃，"她说，"确实需要，只不过你似乎没有搞清楚问题是什么。我的问题并不是跟你相处。你也许是个问题。我也说不好。可我担心的是就这么拖延下去的状态。迟迟不能做出决定。拖了这么久都不飞出去——而且，不是针对你哈——还找了个双子座的约会对象。"

"我讨厌你跟我说这些星座的屁话！"

"你真的有双重人格，鲍勃，你自己也知道。而我好像越来越依赖你。我不想这样下去。"

这时候我们已经完全清醒了，接下来该怎么做，似乎有两条路。一个场景就是类似这样的对话："可你说过你爱我。""但我再也无法忍受了。"结局可能是更多的性爱，也可能更加疏远。或者我们可以找点儿事做，以便暂时忘掉这些烦恼。克拉拉显然跟我想的一样，因为她钻出吊床，开始穿衣服。"我们去赌场吧，"她乐呵呵地说，"我感觉今晚手气一定不错。"

没有到港飞船，也没有游客。连寻宝人都不多了，因为过去几周飞出去的人实在太多了。赌场一半的牌桌都关闭了，蒙着绿色的罩布。克拉拉在一张二十一点牌桌前找了个座位，要了一摞百元筹码。荷官允许我坐在她旁边，不玩只看。"我跟你说过今晚是我的幸运之夜。"十分钟后她说道，这时她面前的筹码已经变成两千多元了。

"你势头不错。"我鼓励她，其实我一点儿都不觉得有意思。我站起身，四下转了转。达涅·梅捷尼科夫正在小心翼翼地往机器槽口投五元硬币，不过他似乎并不想跟我说话。没人在玩百家乐。我告诉克拉拉我要去蓝色地狱买一杯咖啡（五块钱一杯，不过现在是闲时，他们可以免费续杯）。她侧过脸飞快地对我笑了一下，眼睛都没有离开手中的纸牌。

我来到蓝色地狱，看到路易丝·福汉德正在啜饮一杯兑水火箭燃料……好吧，其实那并不是真的火箭燃料，只不过是传统的土酿白威士忌，至于酿造的原料嘛，反正水培箱里什么东西长得好，就用什么。她抬头看见我，微笑着表示欢迎，于是我在她身旁坐了下来。

我突然想到，她现在应该挺孤独的。这可真是委屈她了。她可是——呃，我也不知道该怎么说，但是她似乎是宇宙门上唯一既不咄咄逼人，也不求全责备，更不颐指气使的人了。其他的人，不是成心想从我这儿夺走什么，就是不接受我的好心好意。路易丝跟他们完全不同。她起码比我大十几岁，可是长得非常好看。和我一样，她也只穿公司发的标准制服——一件短款连裤工作服，只有三种颜色，都很难看。但是她自己做了剪裁，把连裤衫改成了分体套装，紧身短裤，宽松上衣，露着腰。我发现她正迎向我审视的目光，一下子感觉很难为情。"你今天很漂亮。"我说。

"谢谢，鲍勃。只有这些材料，"她带着微笑，得意地说道，"我也买不起别的。"

"你也不需要别的什么。"我真诚地说。

她转变了话题，说道："有一艘飞船回来了，据说出去好长时间了。"

好吧，我知道有船回来对她意味着什么，要不然她也不会大半夜的不在房间睡觉，而跑到蓝色地狱来闲坐。我知道她担心自己的女儿，但是她并没有让这种担心压垮自己。

她对寻宝这事儿也有非常端正的态度。她也害怕去寻宝，这很正常。但是她并没有因为害怕就不出去了，我很佩服她这一点。她只是在等自己家有人回来，然后她才好去登记下一次飞行，这是他们全家商量好的，这样不管谁回来了，都会有家人迎接。

她给我又讲了些他们家的事。他们曾经生活（如果那也算是生活的话）在金星纺锤体上的游客村，主要靠从来往的游轮上捡些东西维持生计。那地方钱确实不少，但是竞争对手也不少。我还得知，福汉德一家曾经在夜总会表演过节目：唱歌、跳舞、演喜剧。我觉得他们并不是什么坏人，起码以金星的标准看是这样。但是一年到头也就那么几个游客，却有那么多秃鹫为了一块肉而你争我夺，所以他们一家的日子可想而知。赛斯和儿子（就是死了的那位）想法子买了一艘破潜水器，把它修好，准备当导游。这活儿也赚不了多少钱。女孩儿则什么活儿都接。我很确定，起码路易丝就曾经做过妓女，可惜游客太少了，尽管如此努力他们也没赚到足够的钱。他们一家几乎就要走投无路了，最后终于柳暗花明地登上了来宇宙门的飞船。

这对他们而言已经不是第一次了。他们曾经拼了命才逃离地球，相比地球的糟糕状况，金星当时看起来还算是有点儿希望的另一个去处。我还从没见过别的什么人，能有他们一家人这么大的勇气、这么强烈的意愿，愿意赌上一把，踏上星际旅程。

"你们哪儿来的钱付路费？"我问道。

任务报告

飞船编号：A3-7，航行编号：022D55，船员：S.里格尼，E.钱，M.辛德勒。

飞行时长：十八天零小时。位置：飞马座雷电二A附近。

概要："我们到达目的地，发现身在一颗小型行星的近地轨道上，该行星距离主星大约九个天文单位。行星被冰层覆盖，但是我们探测到靠近赤道的某个地点存在昔奇辐射。里格尼和玛丽·辛德勒在该地点附近着陆，克服困难——该地区群山环绕——到达了一个温暖无冰的地带，那里有一座金属圆顶屋。圆顶屋内有几件昔奇文物，包括两个空着陆舱、用途不明的家庭器具和一支加热线圈。我们成功地将绝大部分小物件运回了飞船。直到最后我们也没有找到办法完全关掉加热线圈，但是我们还是将其运行水平降低，存放进着陆舱，带了回来。即便如此，我们降落在宇宙门的时候，玛丽和钱还是严重脱水，陷入昏迷。"

宇宙门公司估价：加热线圈经过分析可以重制。全体船员可获特许使用费三百万元。其他文物尚待分析。未来若有利用价值，每公斤可得赏金两万五千元，共计六十七万五千元。

"哦，"路易丝喝完酒，看了看手表，"我们去金星选择的是最最便宜的方式——乘坐大批量运输船。两百二十个移民，睡的地方连翻身都困难;上厕所要排队,每人限时两分钟;每天吃干巴巴的压缩配给食物,喝的是循环水。这四万块钱花的,可真是令人终生难忘。幸运的是那时候孩子们还没出生,除了小亨,他那时候还很小,只要四分之一的路费。"

"小亨是你的儿子? 怎么——"

"他死了。"她说。

我等着她说下去,可她再次开口却说道:"返航的飞船这会儿应该已经有无线电报告了。"

"压电电话里应该已经有了。"

她点了点头,脸上一下子满是忧虑。如果能够联系上返航的飞船,宇宙门公司都会发布例行报告。可是也有联系不上的时候——唉,死了的寻宝人是不会应答无线电的。我开始给她讲克拉拉决定要去看心理医生的事儿,试图分散一下她的忧虑。她听我说完,伸出一只手放在了我的手上,说道:"别不开心,鲍勃。你自己有没有想过也去看看心理医生?"

"我没有钱,路易丝。"

"干吗不试试和别人一起呢? 在新手层有个尖叫减压疗法的团体。有时候你也能听到他们的喊叫声。而且到处都有各种团体精神治疗的广告——交流分析、身心统一训练、绘画治疗。不过,有好多人可能已经飞出去了。"

她说着话,注意力却没在我这儿。从我们坐着的地方,可以看到赌场的入口,有个荷官正在那里饶有兴致地跟一个中国巡航舰舰船员交谈。路易丝的眼睛盯着那里。

"好像有情况。"我说。我刚想说:"咱们去看看。"结果话没出口,路易丝已经跳下椅子朝赌场那边走去。

赌局都停下了。大家聚在二十一点牌桌旁,我看到达涅·梅捷尼科夫正坐在克拉拉身旁我留下的位子上，面前摆着一些二十五元的筹码。人群中间是四季亭，他靠在一个荷官高脚凳上，正在说话。"不，"我走过去的时候他正在说，"我不知道都是谁。不过那是一艘五人船。"

"他们全都活着？"有人问道。

"据我所知是这样。你好啊，鲍勃，路易丝。"他彬彬有礼地朝我们点了点头，"我想你都听说了吧？"

"没有，"路易丝下意识地握住了我的手，"我只听说有船回来了。可你知不知道都是谁？"

达涅·梅捷尼科夫扭过头瞪着我们。"是谁，"他低吼道，"管他是谁呢？只要不是我们，这就够了。别人收获与我何干！"他站起身。这时我才注意到他有多么生气，他都忘了收起二十一点牌桌上那些筹码。"我这就下去，"他说，"我要看看这难得一见的收获是个什么样子。"

巡航舰船员已经封锁了停泊区，但有一名警卫是弗兰西·埃雷拉。下行竖井周围聚集了上百人，只有埃雷拉和两名美国巡航舰上的女孩在维持人群的秩序。梅捷尼科夫冲到竖井边上，探头往下看，一名维持秩序的女孩发现了他，过来把他赶了回去。我们看见他在跟另一个戴着五只手镯的寻宝人说着什么。这时我们也听到了一些人群的流言：

"……差不多都死了。他们的水都耗尽了。"

"不是！只是体力耗尽。他们会没事的……"

"……如果那是钱币的话，得值一千万元赏金，然后还有特许使用费！"

克拉拉抓住路易丝的胳膊肘，将她拉到前排。趁着人群让开的空当,我也跟了进去。"有人知道这是谁的飞船吗?"她问道。

埃雷拉对我点点头,又厌倦地朝她笑了笑,说道:"还不清楚,克拉拉。他们正在搜寻船上的人。不过我觉得他们应该没事儿。"

我身后有人喊道:"他们找到什么了没有?"

"文物。以前没有过的文物,我就知道这些了。"

"可那是艘五人船?"克拉拉问道。

埃雷拉点点头,又朝竖井里探头看了看。"好了,"他说,"各位,请往后退一退。他们要拉人上来了。"

我们全都往后退了一小步,不过也没什么区别,他们反正也不会在我们这一层下。第一个沿着上行缆绳升上来的是一位宇宙门公司的要员,我忘了他的名字;随后是一名中国卫兵;接着是一个穿着终点医院病号服的人,身边陪伴着一名医生,一直扶着他,以防他倒下。这个人我见过,但是不知道叫什么名字,在一次(也可能是好几次)送别派对上我见过他,是一位身材矮小的中年黑人男子,已经出去了两三次了,却还一无所获。他的眼睛睁着,神志清醒,但整个人几乎要虚脱了。他看了看围着竖井的人群,并不感到惊讶,然后就消失在大家视野之外。

我抬起头,看见路易丝正在默默地流泪,她闭上了双眼。克拉拉搂着她。人群开始移动,我费劲儿地挤到克拉拉身旁,询问地望着她。"这是艘五人船,"她轻声说,"她女儿的是三人船。"

我知道路易丝已经知道了这些,轻轻地拍拍她,说道:"我很遗憾,路易丝。"这时井口的人群又让出了一块空间,我朝井下看去。

我得瞧一瞧,价值一两千万的宝贝到底是什么样子的。那是一堆昔奇金属制成的六边形箱子,宽不过半米,高也不过一米。弗兰西·埃雷拉劝阻我道："行了，鲍勃，现在请你退回去。"
我从井口走开，看到另一名穿着病号服的寻宝人上来了。她走
过去的时候闭紧了双眼，没有看到我。但我看见她了——那是
谢莉。

21

"我感觉这太傻了,西格弗里德。"我说。

"需要我做点儿什么让你好受一些吗?"

"那你去死吧。"他把整个诊室布置成了幼儿园的样子,我的天哪。这其中最让人难以忍受的正是西格弗里德本身。这一次他以母亲般的形象出现在我面前。他跟我一起坐在垫子上,化身为一个巨大的填充玩偶,真人大小,温暖、柔软,也不知道是什么材料质地,就像浴巾里面塞满了泡沫塑料。他摸起来手感不错,但是——"我觉得,我并不想让你像对待婴儿一样对待我。"我说话听起来闷声闷气,因为我用毛巾捂住了脸。

"放松些,博比。没事儿的。"

"没事儿才见鬼了。"

他停顿了一下,然后提醒我道:"你来是要跟我说说你那个梦的。"

"唉。"

"这是什么意思,博比?"

"意思是我其实不想说那个梦。现在还不想,西格弗里德。"我拿开捂着嘴的毛巾,迅速说道,"但我还是按你说的做吧。那个梦是关于西尔维娅的,好像。"

"好像? 博比……"

"好吧,在梦里她看起来好像不完全是她自己了。更像是
——我也不知道,我觉得她的年纪似乎变大了。我还真好几年
都没怎么想起西尔维娅了。我们那会儿还都是小孩子……"

"请说下去,博比。"过了一会儿西格弗里德说。

我张开胳膊抱住他,抬起头,满足地看着那一墙的马戏团动
物和小丑的招贴画。我从小到大从未睡过的这样一间卧室,可
是西格弗里德对我已经有了足够的了解,所以这一点也不需要
我来告诉他。

"你的梦,博比?"

"我梦见我们在矿上工作。具体点儿说其实是食物矿。那
个地方的样子,我觉得,很像一艘五人船的内部——我是说,一
艘宇宙门上的飞船。西尔维娅在矿上的一条开放的隧道里。"

"一条开放的隧道?"

"得了,你别跟我来那套符号论的东西,西格弗里德。我知
道什么阴道的隐喻之类的。我说'开放',意思是说那条隧道从
我所处的地方开始,然后向别的方向延伸出去。"我犹豫了一下,
继续给他讲最令人难受的部分,"这时她的隧道坍塌了。西尔维
娅被困在了里面。"

我坐起身来。"怪就怪在,"我解释道,"这实际上不可能发
生。只有在放置炸药以松动页岩的时候,我们才会下到隧道
里。那种拿铲子挖矿是另一码事。西尔维娅的职责不会让她出
现在那个位置。"

"我觉得这无关紧要,这种事儿还是会发生的,博比。"

"我不这么认为。反正,西尔维娅就那么被困在了坍塌的隧

道里。我能看见那一堆页岩在翻腾。其实那也不是真的页岩，而是一种蓬松的东西，更像是碎纸屑。她拿着一把铲子，在往外挖，要从里面出来。我感觉她就要没事儿了。她都快要挖出一条逃生通道了。于是我就等着她出来……可她却没能出来。"

外形像个泰迪熊似的西格弗里德，温暖而舒适地躺在我怀里，抱着他感觉很舒服。当然了，他并不在那里面。除了位于华盛顿高地、存放主机的中央存储机房，他不会在任何地方。我怀抱着的，只不过是一个穿着兔宝宝衣服的远程访问终端罢了。

"还有什么，博比？"

"没有了。梦反正就这些。不过——呃，我还有种感觉。我感觉好像我在踢克拉拉的头，不让她出来。好像我害怕隧道其余部分继续坍塌下来砸到我。"

"你说那是一种'感觉'，什么意思，鲍勃？"

"我是说，那不是我梦里的。那就是一种——我也说不上来。"

他等了一会儿，又换了一种方式，"鲍勃，你知不知道，刚才你说的名字是'克拉拉'，而不是'西尔维娅'？"

"真的吗？那可真有意思。我也想知道是怎么回事。"

他等了等，接着追问我："然后又发生了什么，鲍勃？"

"然后我就醒了。"

我翻身躺过来，看着天花板上贴的小瓷砖，上面的图案是许多闪闪发光的五角星。"就是这些了。"我说。然后我又故作随意地补充："西格弗里德，咱们这样谈话有什么用呢？"

"我不知道我是否能够回答这个问题，鲍勃。"

"你要是能，"我说，"那就回答，因为我有这个。"我还拿着S.雅那张小纸条，它能带给我一点儿难得的安全感。

"我想，"他说，"还是有点儿用的。我是说，我认为在你心里有些东西，是跟你的梦相关的，但你不愿触及。"

> 在那昔奇人藏身的地洞里，
> 在那群星的巨穴中，
> 沿着他们开凿的隧道，
> 我们过来了！
> 失踪的小小昔奇人，我们要将你们找寻。

"是说西尔维娅吗？你省省吧！那都是多少年前的事儿了。"

"多少年前又有什么分别吗？"

"哦，见鬼。我受够你了，西格弗里德！真的受够了。"然后我说，"假如说，我开始生气。那代表什么？"

"你觉得那代表什么，鲍勃？"

"我要是知道就不问你了。我觉得吧，那是不是代表我在逃避？因为距离某种东西越来越近，所以感到生气？"

"请你不要考虑过程，鲍勃。你只需要告诉我你的感觉是什么？"

"是愧疚。"我不假思索地脱口而出。

"愧疚什么？"

"愧疚……我不知道。"我抬手看了看表。我们的诊疗时间还有二十分钟。二十分钟里可能发生很多很多的事情，我不再去考虑是不是真要跟他怄气。这天下午我还有一场复式桥牌要打，而且我很有机会闯入最后的决赛。如果我不掉链子的话。如果我能保持专注。

"我觉得今天是不是可以早点儿结束，西格弗里德。"我说。

"愧疚什么，鲍勃？"

"我也想不起来了。"我捶了一下兔宝宝的脖子，咯咯笑了，"你这身打扮真的挺好，西格弗里德，虽然我一开始还不太适应。"

"愧疚什么，鲍勃？"

我尖叫起来："愧疚我杀了她，你个混蛋！"

"你是说在梦里？"

"不！在现实中。一共两次。"

我知道我在大口喘气，我也知道西格弗里德的传感器正在将其记录下来。我拼命控制自己，不让他产生什么奇怪的想法。我脑子里重复了一下刚才自己说过的话，想再组织一下，"我是说，我并没有真的杀死西尔维娅。但我的确打算这么干！拿把刀子追她！"

西格弗里德平静而又令人安心地说道："你的病历里的确记录了你曾经跟朋友发生争执，并且手持一把刀。里面并没有说你还'追她'。"

"那你觉得，他们为什么要把我关起来？我没一刀割断她的喉咙，都是万幸。"

"实际情况是，你到底有没有对她动刀呢？"

"动刀？没有。我当时气昏了头。我把刀丢在地上，然后上去用拳头揍她。"

"如果你真的想要杀她，用刀难道不是更容易吗？"

"嘻！"我这一声感叹，倒更像是"呦"，有时候你还会用"切"来表示，"当时你要在场就好了，西格弗里德。没准儿你可以跟他们谈谈，别把我关起来。"

整个诊疗变得越来越别扭。我就知道跟他讲我的梦从一开始就是个错误。他会歪曲加工我的梦。我坐起身,不屑地看了看他身后那些滑稽的摆设,西格弗里德还痴心妄想这样是为了我好,我还是继续装傻让它误以为这很有效吧。

"西格弗里德,"我说,"就像电脑显示的,你是个好人,从理性角度,我也很享受跟你做的这些诊疗。但是我觉得咱们是不是并没有达到原本的目的。你一直就是在旧事重提,让我毫无必要地想起过去的痛苦,老实说我真不晓得自己干吗要忍受你这样对我。"

"你的梦里充满了痛苦,鲍勃。"

"那就让它留在我的梦里好了。我不想再经历当年他们在精神病院对我搞的那一套狗屁治疗。也许我的确想让母亲陪我一起安睡。也许我恨我的父亲,因为他死了,遗弃了我。那又怎样?"

"我知道你这么问是一种修辞手法,鲍勃,但是消解这些问题的方法是将它们公开出来。"

"为什么? 好让我痛苦吗?"

"好让你内心的痛苦释放出来,那样你才能消解它。"

"如果我决定继续让痛苦就这么留在自己的内心,或许反而会更容易一些。就像你说的,反正我也够本儿了,是不是? 我并不否认你的诊疗还是让我有所收获。有好几次,西格弗里德,我们的诊疗结束之后,我真觉得一身轻松。我从诊所出去之后,满脑子新想法,觉得外面阳光灿烂,空气清新,人人都像在对我微笑。但是最近没有。最近我觉得诊疗越来越无聊,毫无效果,所以如果我告诉你,我想停止诊疗,你怎么说?"

"我会说那是你自己的选择,鲍勃。一直都是。"

"那好,也许我就这么做了。"这个魔鬼比我聪明。他知道我不会真这么做，所以他给我时间，让我自己意识到这一点。然后他说："鲍勃，你为什么说你杀了她两次？"

我没有回答，而是看了看手表，然后我说："我想那是一时口误吧。我真得走了，西格弗里德。"

我来他的诊室做治疗，其实是消磨时间，因为我并没有什么需要治疗的。此外我也的确想摆脱这里。摆脱他和那些愚蠢的问题。他表现得如此睿智，如此主观，可是，一只泰迪熊又能知道些什么？

22

　　那天晚上，我回了自己房间，辗转很久才睡着，但老四却一大早就把我叫醒，告诉我有新消息了。一共三名幸存者，他们的保底赏金也宣布了：一千七百五十五万元。特许使用费以后另算。

　　这消息让我一下子睡意全无。"他们发现了什么？"我追问道。

　　老四说："二十三千克的文物。公司认为那是一套修理用具。或许是修飞船的，因为他们是在飞船里发现的，就在那颗行星表面的一艘着陆舱里。反正，起码那是某种工具。"

　　"工具。"我起了床，甩掉老四，沿着隧道缓缓下行，来到公共澡堂，一路上都在想着工具的事儿。工具可以代表很多可能。工具可以意味着一种方法，能够不引发爆炸就打开昔奇飞船的驱动装置。工具还可以意味着搞清楚飞船驱动器的工作原理，从而仿制出我们自己的型号。工具几乎可以意味着一切，其中确定无疑的是一千七百五十五万元的现金奖励，还不算特许使用费，三人平分。

　　我为什么不能是其中之一呢？

笔记:关于中子星

阿斯门宁博士:那我们假设,你到达的这颗恒星已经耗尽了燃料,开始坍缩。之所以叫"坍缩",是因为它收缩的程度太大,以至于整颗恒星——一开始的质量和体积可能与太阳相仿——被压缩成一个直径也许只有十公里的球体。那密度就相当之大。如果你的鼻子是用中子星物质做成的,苏茜,那它会比宇宙门还重。

问题:没准儿比您还重,尤里?

阿斯门宁博士:在课堂上不要开玩笑。老师可是很敏感的。好了,如果你能近距离采集到一颗中子星的各项读数,那会很值钱,但是我不建议你们用自己的着陆舱去做这件事。首先你们需要一艘全副装甲的五人船,即便如此,我也建议你们至少也得跟中子星保持十分之一天文单位的距离。然后再尝试观察它。表面上看起来,你会觉得好像可以靠得更近,但是引力剪应力会非常可怕。因为这时候,引力源实际上是一个点,你知道。其引力梯度曲线之陡峭,将是你前所未见的,除非你有一天碰巧跑到了一个黑洞的旁边,那你只能求上帝保佑。

五百八十五万元(还没算特许使用费),这个数字你很难从自己脑袋里驱散,尤其是当你想到要是当年在选女朋友的时候能够再多那么一点点预见性,这钱现在可能就装进你的口袋里了。就粗略认为是六百万元吧。以我现在的年龄和健康状况,这笔钱只花不到一半,就可以付清全面医保的费用了,包括全部的检测、治疗、组织替换以及器官移植,能换的全都换,这样我起码能再多活五十年。剩下那三百多万,我还能买几套房子,当个讲师(这一行最受欢迎的莫过于成功的寻宝人),在电视上做广告获取稳定的收入。还有女人、食物、汽车、旅游、女人、名声、女人……还有,再说一次,源源不断的特许使用费。特许使用费的收入不好预估,这得看研发部门的人能拿那些工具做什么。谢莉找到的东西,正好就是宇宙门的全部目的所在——彩虹尽头的一桶金。

我乘着下行竖井,经过三段隧道,下了五层,花了一个小时,才走到医院。因为我一路上都在改变主意往返踌躇。

最后我终于克服了心中的嫉妒之情(起码是把它深埋在某个不为人知的角落里)站在了医院的前台,不过谢莉正在睡觉。

"你可以进去。"病房护士说。

"我不想吵醒她。"

"我想你是没法吵醒她的,"他说,"当然了,你自己决定。不过她可以接受探访。"

病房里有十二张床,上中下三层铺位,她在最下层的一张病床上躺着。其他的三四张病床上都躺着人,有两张还拉着隔离帘,透过奶白色的塑料帘布,依稀可见后面的病人。我不知道他们是谁。谢莉安详地躺在那儿,一只胳膊枕在头下,漂亮的眼睛闭着,坚毅的美人沟下巴支在另一只手的手腕上。她的两名同伴也在同一间病房里,一个在睡觉,另一个坐着,脑袋上方是一个土星光环的全息图像。我见过他一两次,好像是个古巴人或者委内瑞拉人,要不就是来自美国的某处,新泽西什么的。我想不起他的全名,只记得他叫曼尼。我跟他聊了一会儿,他说一定会转告谢莉我来过了。我离开了病房,在物资供应站打了一杯咖啡,又开始琢磨他们的这趟旅程。

他们到了一颗体积不大的行星附近,该行星距离自己的主星——一颗K-6橙矮星——非常遥远,因此十分寒冷,曼尼说,他们当时也拿不准是否值得花费力气在那上面登陆。读数显示有昔奇金属辐射,但并不强烈,并且很明显几乎所有的金属都埋在干冰层下。曼尼是留在轨道上的那个人。谢莉和另外三个人进行了登陆,发现了一个昔奇遗址,他们费了好大劲打开它,结果就像人们经常会碰到的情况——里面空空如也。然后他们循着另一条线索去搜寻,结果这回找到了一个着陆舱。他们不得不使用炸药,才将其打开,在爆破过程中,两名寻宝人的宇航服发生了泄漏——站得太近了,我猜。但是等到他们发现自己有麻烦了的时候,已经晚了。他们被冻成了冰。谢莉和另一名船员试图将他们弄回自己的着陆舱,这期间他们一定经历了巨大的痛苦和恐惧,结果最终还是不得不放弃了。而另一名幸存的男船员又去了一趟昔奇人遗弃的着陆舱,在里面发现了那套工具,并且成功将其带回。然后他们起飞返回轨道,留下了两具完全冻结的尸体。然而,他们在行星上待了太久,超过了身体的极限——等到着陆舱跟轨道上的飞船对接的时候,他们已经奄奄一息了。我不知道后来发生了什么,但显然他们没能保住着陆舱内的空气供给,损失了很多空气,于是之后整个返航途中飞船里供氧不足。那另一个男船员比谢莉更惨。他多半会落下永久性的脑损伤,那五百八十五万对他来说可能已经没什么用处了。不过医生说谢莉只是身体极度疲劳,等恢复过来就没事了。

我可不嫉妒他们的旅途经历。我嫉妒的是他们拿到的报酬。我又进物资供应站打了一杯咖啡。我端着咖啡回到物资供应站外面的走廊,那里的常春藤下有几条长凳,这时我突然意识到是什么一直在烦扰我。是这趟旅程。是成为一名真正赢家,与宇宙门有史以来最伟大的那些人并肩的事实。

我扔掉了咖啡,连杯子一起丢进物资供应站外面的垃圾桶,朝学校教室走去。那里步行几分钟就到了,没有人在。这样很好,因为我还没想好要跟人说我意识到了什么。我在压电电话上按键操作以读取信息。我调出了谢莉这趟旅程的飞行设置,这些数据记录都可以公开查阅。然后我下到训练座舱,运气依然不错,因为里面没有人,我照着刚才的设置调好了航线选择器。接下来理所当然,我马上看到了代表好结果的颜色。我继续微调,除了边缘那条彩虹色带,整个操作台都变成了亮粉色。

光谱的蓝色部分只有一条暗线。

这时我想,好吧,别再管梅捷尼科夫那套关于危险读数的说法了。他们这趟任务,损失了百分之四十的船员,我觉得这算是一趟危险之旅了,可是按他告诉我的,如果是真正令人恐惧的航程,设置的蓝色部分应该会显示六到七条暗线的。

那黄色区域又怎样呢?

按照梅捷尼科夫的说法,黄色区域的亮线越多,你这趟旅程的赏金回报就越高。

可是按照眼前的这个设置,黄色区域里面压根儿连一条亮线都没有。只有两条粗粗的黑色"吸收"线。仅此而已。

我拇指一按,关掉选择器,跌坐在椅子上。所以这些聪明绝顶的脑袋瓜儿费尽了心机,到头来还是竹篮打水一场空:他们认为代表安全的设置并不一定就意味着你安全了,而他们觉得能够确保旅程有所收获的设置,看起来似乎跟这一年多以来首次让人真正致富的飞行任务也搭不上关系。

回到了原点，回到了恐惧之中。

接下来的好几天，我都不想见任何人。

宇宙门内部据说有八百公里的隧道。你可能觉得一块直径只有十公里左右的小石块里面按说不会有那么长的隧道。但是就算真是这样，宇宙门上其实也只用了大约百分之二的空间，其余都是坚硬的岩石。我已经走过那八百公里的隧道的绝大部分。

我并没有完全断绝一切人际交往，我只是不主动去寻求交往。时不时地我还会看见克拉拉。老四不上班的时候，我就拉着他一起闲逛，尽管这会让他很累。有时我会独自闲逛，有时碰到熟人就一起逛，还有的时候就跟在旅行团后面逛。导游都认识我，也不介意我跟着他们（我曾经飞出去寻宝！尽管我没戴着手镯），直到他们觉得我老想反客为主为他们当导游。于是他们就不那么友好了。

他们也没什么错。我的确是那么想的。迟早我得做点儿什么。要么去寻宝，要么回家，这两种选择的前景都一样可怕，要是我打算就这么拖着不做决定，那我起码要下定决心做一件事，那就是努力挣钱，以便能够维持现状。

谢莉出院的时候，我们好好地给她搞了个派对，把欢迎回家、祝贺成功和依依惜别这几样都一锅烩了，因为她第二天就要回地球了。她还很虚弱，但十分高兴，尽管她没法跳舞，但还是坐在走廊里和我拥抱了半个小时，还说要亲我。我喝得酩酊大醉。很难不喝多，因为酒水免费。谢莉和她那位古巴朋友请客。事实上，我醉到都没能亲口跟谢莉说上一声再见，因为我当时跑到厕所吐去了。我都醉成那样了,可还是觉得很可惜。那可是纯正的威士忌,产自苏格兰的格兰伊葛,可没掺杂一滴他们用天晓得是什么的原料蒸馏而成的那种本地土酿威士忌。

吐了之后我脑子清醒过来。我跑出洗手间,找了面墙靠上去,脸深埋进常春藤里,深深地呼吸,等到有充足的氧分渐渐进入我的血液,我这才发现弗兰西·埃雷拉正站在我身旁。我还打了个招呼:"你好啊,弗兰西。"

他略带歉意地笑着,"里面那个味儿……有点儿太难闻了。"

笔记:关于祈祷扇

问题:您还没跟我们说过昔奇祈祷扇是怎么回事,可我们觉得它比其他文物更经常见到。

赫格拉梅特教授:你想知道什么,苏茜?

问题:嗯,我知道它们的样子。有点儿像水晶做的卷筒冰淇淋。各种颜色的水晶。如果你持握姿势正确,然后用拇指按压,它会像一把扇子一样展开。

赫格拉梅特教授:我知道的也是如此。我们对祈祷扇做过分析,就像分析火焰珠和血钻石一样。但是你别问我祈祷扇是干什么用的。我可不觉得昔奇人拿它是来扇风的,我也不认为它是用来祈祷的,那只是杂货小贩儿们的叫法。昔奇人把它丢得到处都是,可别的东西他们都打扫得一干二净。我觉得这一定是有原因的。我想不出是什么原因,但是如果我搞清楚了,我一定会告诉你。

"对不起。"我气鼓鼓地说。他一下子有些吃惊。

"别啊,你什么意思? 我的意思是巡航舰上就够臭的了,可我每次到了宇宙门都得问问自己你们是怎么忍受下来的。尤其是那些屋子里面——吁!"

"我不介意你这么说,"我宽宏大量地说道,拍了拍他的肩膀,"我得去跟谢莉说晚安了。"

"她已经走了,鲍勃。她有点儿累了。他们送她回医院了。"

"要是这样的话,"我说,"那我就只能跟你说晚安了。"我鞠了一躬,跟跟跄跄去下隧道。在接近零重力的环境下喝醉了酒会很不方便。你会盼望自己的身子重新找回一百斤的沉重感觉,好让自己能安安稳稳地站在地面上。后来我从别人口中得知,墙上那结实的常春藤花架被我扯下来了一排,其实第二天早上我也有所察觉,因为我的脑袋肯定是撞上了什么坚硬的东西,留下了一块乌青的瘀伤,足有我耳朵那么大。弗兰西追上来架着我往前走的时候,我是知道的,回家的路上我又清醒了一阵子,意识到还有一个人驾着我的另一条胳膊。我看过去,发现那是克拉拉。我是怎么上床躺下的,已经记不太清了。第二天早上醒来时,我感觉头痛欲裂,然后惊愕地发现克拉拉也躺在我身边。

我尽可能轻手轻脚地下了床,走进盥洗室,还是想吐。我折腾了好一会儿才吐出来,然后又舒舒服服地冲了个澡,四天里的第二次洗澡,考虑到我的财务状况,这可是极度奢侈。但我感觉好点儿了,回到房间的时候,克拉拉已经起来了,正等着我,她递过来一杯茶,可能是从老四那儿要来的。

"谢谢了。"我由衷地致谢。我绝对是脱水了。

公司报告：轨道37

本阶段的发射返回了七十四艘飞船，船员共计二百一十六名。另有二十艘飞船判定为失踪，船员共计五十四名。此外，有十九名船员当场死亡或飞船返回之后伤重不治。三艘返回飞船受损程度严重，已无法修复。

登陆报告：十九次。勘查过的行星之中，五颗上面有微生物或更高级生命存在，其中一颗上面有成系统的植物和动物生命，都不具备智能。

文物：带回更多常见昔奇设备样本。无其他来源的文物。无前所未知的昔奇文物。

样本：化学品和矿物质，一百四十五份。无一判定为具备值得开采的价值。活体有机物，三十一份。其中三份判定为生物威胁，弃置于太空。未发现有利用价值。

本时期科学赏金：八百七十五万四千五百元。

本时期其他现金奖励（包括特许使用费）：三亿五千七百八十五万六千元。本时期因新发现（而非科学赏金）而产生的赏金及特许使用费增加：零元。

本时期禁飞及离开宇宙门的人员：一百五十一人。操作人员减损：七十五人（包括两名着陆舱训练中的人员减损）。年底体检不合格：八十四人。总人员减损：三百一十人。

本时期新到人员：四百一十五人。恢复飞行：六十

> 六人。本时期总人员增加：四百八十一人。人员净增
> 加：一百七十一人。

"一次一口，大种马。"她急切地说。不过我也知道不能一下子往肚子里灌那么多水。我喝了两口茶水，又四仰八叉地躺回吊床，不过这会儿总算是知道自己会没事了。

"没想到你会过来。"我说。

"你昨晚，呃，非要我来。"她告诉我，"都力不从心了，却还急吼吼的。"

"真对不起。"

她伸手捏了捏我的脚，"没关系。话说你这阵子过得怎么样？"

"哦，还行。昨晚的派对很棒。我怎么不记得看见你去了？"

她耸了耸肩，"我去得晚。其实也没人邀请我。"我没说话。我也听说克拉拉和谢莉两个人不怎么对付，我一直觉得是因为我的原因。克拉拉猜到了我在想什么，她说："我才不在乎天蝎呢，尤其是长着那么个大下巴的野蛮人。他们脑子不好使，从来就没法正常交流。"接着她又找补说："但是她很有勇气，你也不得不同意吧。"

"这个我不会跟你吵架的。"我说。

"这不是吵架，鲍勃。"她靠了过来，轻轻捧住了我的头。她闻起来很香甜，很有女人味，搁在平时确实不错，可是现在我没这心情。

"嗨，"我说，"麝香精油哪儿去了？"

"什么？"

"我的意思是，"这时我突然意识到长久以来的一件事，"你

以前总是喷那种香水。我记忆中第一次注意到你,就是那种气味。"我想起弗兰西·埃雷拉对宇宙门上气味的评价,意识到我因为那特别好闻的气味而注意到克拉拉以来,已经这么久了。

"鲍勃宝贝,你是要跟我吵架吗?"

"当然不是,但我很好奇。你什么时候不用香水了?"

她耸了耸肩,没有说话,不过眼里的怒意也算作是回答了。这对我来说就是回答,因为我以前经常跟她说我喜欢那个香水味。"说起来,你跟心理医生谈得怎么样?"我改变了话题,问道。

气氛似乎没有任何改善。克拉拉冷冰冰地说:"你问完这话,也感觉自己很傻吧。我还是回家吧。"

"没有,我是真想问你,"我坚持道,"我想知道你有没有什么进展。"她没有对我吐露一个字,但我知道好几个星期前她就注册了诊疗。好像她每天都花上两三个小时跟他在一起,也可能是它——她选择试用由公司电脑提供的机器服务。

"还不错。"她淡淡地说道。

"已经摆脱你的恋父情结了?"我问道。

克拉拉说:"鲍勃,你有没有想过,也许你自己也可以试着去寻求帮助,或许对你有益呢?"

"真逗,你也这么说。那天路易丝·福汉德跟我说过同样的话。"

"没什么逗不逗的。好好想想吧。回头见。"

她走后,我仰头躺下,闭上了眼睛。看心理医生!我干吗需要那个?我需要的就是一次走运的发现,就像谢莉那样……为此我只需要——需要——再一次报名参加寻宝的勇气。不过我这个人,好像缺的就是这份勇气。

　　时间在流逝，或者说在被我浪费，而我最新的浪费时间的方法就是去博物馆。他们新装了一整套全息投影设备，来展示谢莉的发现。全息影像从头到尾我看了两三次，就为了看看一千七百五十五万元长什么样儿。大部分看着都像是不知所谓的垃圾。不过那是每个部件单独展示的时候。一共有大约十把小祈祷扇，我猜这表明昔奇人即便是在补胎工具包里也要放进去点儿艺术品。还有其他一些不知道是什么的东西，有的像可以更换锥头的三刃改锥；有的像套筒扳手，不过是用软性材料制成的；有的像电子测试探头；还有些东西之前谁都没见过类似的。这些部件一件件摊开摆在一起，看起来似乎毫不相干，但是它们却可以拼在一起，装进一系列扁平的嵌套盒子里，组成一个整体，简直是包装工业史上的奇迹。一千七百五十五万元，要是我当初跟谢莉一起去了，那大伙儿分钱的时候就能算上我一个。

　　或者清点尸体的时候就会算上我这一具。

　　我在克拉拉的房间外面驻足，转悠了几圈，她不在家。这会儿也不是她平时去看心理医生的时间。不过话说回来，现在我也不清楚克拉拉的日常安排了。她又找了一个孩子，那孩子的父母忙不过来的时候，就由她看护。那是个黑人小女孩，差不多四岁大，妈妈是天体物理学家，爸爸是外太空生物学家。除了照看孩子，其他时间克拉拉都在忙些什么，我也不清楚。

　　我又晃悠回自己的房间，路易丝·福汉德从她屋子里探出头，看见我回来，也跟了进来。"鲍勃，"她急切地问道，"你知道有一大笔玩命钱要放出来了吗？"

　　我在垫子上给她让出一些地方，"我？没听说啊。我怎么会知道？"不知道为什么，她那张浅肤色紧致的脸比平时绷得还厉害。

"我以为你已经听到一些消息了。也许是从达涅·梅捷尼科夫那里。我知道你跟他关系不错，我还见过他在学校教室里跟克拉拉说话。"我没有回答，一时也不知道该怎么回答，"大家都在传，马上要有一次科学探索飞行任务，会很危险。我想报名参加。"

我伸出胳膊搂住她，"出什么事了，路易丝？"

"他们贴出公告，说薇拉死了。"她哭了起来。

我搂着她，让她哭了一会儿。如果我知道该怎么安慰她就好了，可是眼下这种情形又能有什么办法能给她安慰呢？过了一会儿，我起身开始在橱柜里翻找一根克拉拉几天前留下的大麻烟。找到后，我把烟点着递给了她。

路易丝深深地猛吸一口，过了良久才把烟雾吐出。"她死了，鲍勃。"她说。这会儿她哭得差不多了，还有些啜泣，但已经放松下来，甚至连颈部和脊柱周围的肌肉也不那么绷紧了。

"她还有可能回来，路易丝。"

她摇了摇头，"没可能了。公司已经宣告她的飞船失踪。飞船或许还能回来，或许吧。可里面不会有活着的薇拉了。他们最后那点儿配额补给应该两周前就已经耗尽了。"她望向太空，凝视了一会儿，然后叹了口气，低头又吸了一口大麻烟，"赛斯要是在这儿就好了。"说完她向后仰倒，身体舒展开来，我的手掌能感觉到她脖子上的肌肉运动。

大麻烟的劲儿上来了，我能看得出来。我自己也感觉到了。这可不是宇宙门上大家偷偷种在窗外花架常春藤中间的那种寻常大麻。这东西纯度很高，号称"那不勒斯红"，是克拉拉从一个巡航舰船员小伙子那儿搞来的，产自维苏威火山的阴面山坡，与葡萄间种。著名的"基督之泪"红酒就是用那种葡萄酿造而成。她转过身子面朝我，下巴依偎着我的脖子。"我真的爱我的家人，"她语气很平静，"真希望我们也能时来运转，也该轮到我们走运了。"

"好了好了——亲爱的。"我说，我鼻子摩挲着她的头发。从她的头发，到她的耳朵；从她的耳朵，到她的嘴唇。就这样一步一步，最后我们竟开始做爱，绵长而温柔，沉醉在迷幻剂的作用之中。真是说不出的轻松。路易丝技巧高超，不疾不徐，非常配合。这几个月来，我一直被克拉拉的间歇性发作搞得高度紧张，这会儿的感觉，就好比终于回到家喝了一碗妈妈做的鸡汤。最后她微笑着亲吻了我，转过身去。她一动不动，呼吸也很均匀。她就这么躺着，过了良久，直到我感觉到自己的手腕湿润了，才意识到她又在哭泣。

分类广告

我需要你的勇气，去争取五十万赏金。别问我。命令我。87-299。

公开拍卖未归人员的无主个人财产。明日，公司查理九区，13:00－17:00。

达至独一，销尔罪孽。祂是昔奇人，祂宽恕一切。奇迹摩托教堂。电话：88-344。

仅限单性恋人士，仅限相互同情。无身体接触。87-913。

我轻轻地拍着她，她说："对不起，鲍勃。我就是觉得我们从来都不走运。这事儿有时候我能接受，可有时候我却怎么也想

不通。现在就是我想不通的时候。"

"你会走运的。"

"我不觉得。我再也不相信了。"

"你来到这里了,对不对? 这就已经很幸运了。"

她扭过身面对我,与我四目相对。我说:"我的意思是,你想想还有几十亿的人宁愿牺牲一颗卵蛋也想要来到这里呢。"

路易丝缓缓说道:"鲍勃——"却欲言又止。我刚要说话,她却伸手捂住了我的嘴。"鲍勃,"她说,"你知道我们是怎么才来到这里的吗?"

"当然知道。赛斯卖了他的潜水器。"

"我们不止卖了那一样东西。潜水器只卖了十万块多一点儿。那点儿钱都不够负担我们一个人来这儿的费用。我们的钱是从小亨那儿得来的。"

"你们的儿子? 去世的那个?"

她说:"小亨得了脑瘤。肿瘤被医生及时——或者说几乎及时发现了。反正是可以手术治疗的。他本来还能再活——哦,我也说不准——起码十年吧。他或许会落下些毛病。他的语言中枢受到了损伤,肌肉控制也是。但是起码现在还能活着。只可惜——"她将手从我胸口拿开,抹了一把脸,但并没有哭。"他不想让我们把卖潜水器的钱花掉来给他治病。那笔钱正好够给他支付手术费,但我们就又一无所有了。于是他把自己给卖掉了,鲍勃。他把自己的器官全都卖掉了。不止是一个卵蛋。全身的器官。那是一名二十二岁北欧男性功能良好、质量上乘的器官,值不少钱。他跟医院签了协议,然后他们——那叫什么来着——让他睡着了。现在一定还有小亨的器官,就在不同的人身体里。他们把器官出售,用来移植,然后给了我们一笔钱。差不多一百万元。够我们来到这里,还剩了一些。所以我们的运气就是这么来的,鲍勃。"

我说:"对不起。"

"干吗要对不起？我们只是不走运罢了,鲍勃。小亨死了。薇拉死了。天知道我丈夫和我们唯一剩下的孩子在哪儿。而我却还在这里,鲍勃,很多时候我真的在想,要是我也死了该有多好。"

我留下她睡在了我的床上,自己朝中央公园溜达过去。我给克拉拉打了电话,发现她不在,就留了口信告诉她我在什么地方,接下来的一个小时我都躺在那儿看着树上成熟时节的桑葚。公园里没什么人,只有几个游客,想赶在飞船离港之前做个浮光掠影的观光。我心不在焉的,甚至没注意到他们是什么时候离开的。路易丝的遭遇,整个福汉德一家的遭遇,让我感到难过。同时也为自己而更加难过。他们缺乏的是运气,运气我有,可我比他们更糟糕:我缺乏的是试一试这运气的勇气。在病态的社会里,冒险者会像葡萄籽儿一样被挤出去。可葡萄籽儿对此却无话可说。我想,当初哥伦布的水手们——或者叫他们先驱者们——赶着马车穿越卡曼奇部落的领地时,他们一定也吓得六神无主,就跟我一样,但他们别无选择,也跟我一样。可是,上帝啊,我怎么这么害怕……

我听到有人说话,一个孩子,还有缓缓地轻笑声,是克拉拉。我坐起身来。

"你好啊,鲍勃。"克拉拉说,她就站在我眼前,手放在一个矮小的黑人女孩头上,那女孩梳着一头小辫儿。"这是瓦蒂。"

"你好,瓦蒂。"

我的声音自己听起来都有点儿奇怪。克拉拉凑过来打量着我，问道："你怎么了？"

我没法一句话讲清楚，就只说了一件事："薇拉·福汉德被宣告死亡了。"

克拉拉点了点头，什么也没说。瓦蒂喊道："好了，克拉拉。我们来扔球吧！"克拉拉把球抛给她，又接住她抛回来的球，再抛过去，一切都是以宇宙门上的慢节奏来进行的。

我说："路易丝想报名参加一次玩命钱飞行。我觉得她是想让我，让我们去，带上她一起。"

"哦？"

"嗯，你觉得怎么样？达涅有没有告诉你什么特别的消息？"

"没有！我有一阵子没看见达涅了，都有——我也记不清多久了。反正，他今天早上乘坐一艘单人船飞走了。"

"他都没开个告别派对！"我吃惊地抗议道。克拉拉抿着嘴唇。

小女孩喊道："嗨，先生！接球！"她扔出的球就像一个观光用热气球那样缓慢，即便这样我也差点儿没接住。我在想别的事情。我定了定心神，把球扔了回去。

过了一分钟，克拉拉说："鲍勃？对不起。我想之前我心情不太好。"

"嗯。"我脑子很乱。

她安慰道："前一阵子我们相处得不太融洽，鲍勃。我不想再跟你生气了。我——我给你带了样东西。"

我抬起头，她握住我的手，将一样东西穿过去，戴在了我的胳膊上。

那是一只发射纪念手镯。我一直买不起这么一只手镯。我盯着它，寻思着该说什么。

"鲍勃?"

"什么?"

她声音里带着一丝丝恼怒,"按道理,你是不是应该要说声谢谢?"

"按道理,"我说,"你也应该实话实说。比如别撒谎说你没见过达涅·梅捷尼科夫,因为你昨晚上还跟他在一起。"

她勃然大怒,"你在监视我!"

"你不也在对我说谎吗。"

"鲍勃! 我并不属于你。达涅也是个人,是个朋友。"

"朋友!"我大声吼叫了起来。说梅捷尼科夫是什么都有可能,但就不可能是别人的朋友。克拉拉竟然跟他在一起,光是想想就让我恶心。这种感觉让我非常不爽,况且我也没法理解到底是为何不爽。不仅仅是气愤,也不仅仅是嫉妒。总之有什么地方就是搞不太清楚。我说:"是我介绍你们认识的!"我知道自己说这个也没什么道理,而且我的声音听起来简直就像是在哀泣。

"那也不代表你就拥有我! 好吧?"克拉拉吼道,"也许我是跟他上过几次床,但那并没有改变我对你的感情。"

"那改变了我对你的感情,克拉拉。"

她难以置信地看着我,"你还有胆说这个? 你就这么跑到这儿来,带着一身不知道跟哪个贱货睡觉沾上的骚气?"

这话一下子让我忘掉了警惕。"她不是什么贱货! 我是在安慰一个痛苦的人。"

她大笑起来,那笑声里毫无愉悦之情,却饱含怒火,"路易丝·福汉德? 她一路拉客才来的这儿,你知道吗?"

笔记:关于冶金学

问题: 我看到一篇报道,说国家标准局已经分析过昔奇金属。

赫格拉梅特教授: 不对,你不可能看到。

问题: 可电视上说——

赫格拉梅特教授: 不对。你看到的报告是说,标准局出了一份对昔奇金属的量化评估。但那并不是分析。只是一份描述:抗张强度、抗裂强度、熔点,都是这样的数据。

问题: 可这跟分析有什么不同呢?

赫格拉梅特教授: 不同就在于你知道它能做什么,却还不知道它是什么。昔奇金属最有意思的特点是什么?特里,你来说说?

问题: 它会发光?

赫格拉梅特教授: 它会发光,是的。它释放出光来,亮到我们无须点灯就能照亮整个屋子,想要暗一点儿的时候都得把它罩起来。而且它像那样发光已经至少有五十万年了。能量从哪儿来的?标准局说它里面肯定有排在铀后面的元素,也许是这种元素提供了辐射能量,但我们并不知道那是什么。昔奇金属里面看起来还有铜的同位素。可是,铜并没有任何已知稳定的同位素。迄今为止吧。所以,标准局只不过在说那种蓝光的确切频率,以及所有物理测量结果,精确到了小数点后八九位,但这样的报告没法告诉你要如何制造一块昔奇金属。

那个小女孩抱着球，瞪大眼睛看着我们俩。我看得出她被我们吓着了。我强忍着怒火说道："克拉拉，我不喜欢你把我当傻子。"

"哈。"她带着难以言状的厌恶，转身要走。我伸手去拉她，结果她呜咽着给了我一拳，竭尽全力的一拳。这一下正打在我的肩膀上。

这是个错误。

这永远是个错误。再不是什么理性或公平与否的问题，对我来说，这是个信号。一个错误的信号。狼群之所以不相互屠戮，是因为弱小的狼总会屈服。它会翻过身子，露出脖子，爪子摊开，这信号代表它认输了。这时赢家自然就不再继续进攻。如果没有这套规矩，那世界上的狼可能早就灭绝了。同样的道理，男人一般不会杀死女人，不会往死里殴打女人。他们下不了手。不管男人多么想揍女人，男人的本能也不允许他这么做。但是如果女人先动手打了男人，那就释放了一个错误的信号——我揍了她四五下，用尽全力，打在她的胸部、脸上，还有肚子上。她倒在了地上，抽泣着。我在她身边跪下，一手把她提起来，毫不留情地又扇了她记两耳光。这一切发生得就仿佛是上天安排，命中注定。同时我听到自己粗重的呼吸声，就好像我刚刚拼命爬过了一座大山。耳朵能听到血管砰砰跳动。眼前的一切都一片朦胧的红色。

最后我听到了一声遥远、微弱的哭声。

我循声看去，是那个小女孩瓦蒂。她瞪着我，嘴巴张得大大的，眼泪流淌在她宽阔的紫黑色的脸颊上。我站起身朝她迈了一步，想去安慰她。她尖叫一声，跑到了一个葡萄棚架后面。

我又转身看看克拉拉，她坐了起来，没有看我，一只手捂着嘴巴。她放下手，看着掌心里的东西——一颗牙。

　　我一言不发。我不知道该说什么，也不愿意去想。我转身离开了。

　　那之后的几个小时自己做了什么，我已经记不起来了。我没有睡觉，虽然我已经筋疲力尽。我在房间一个五斗柜上坐了一阵子。然后又出门去。我记得跟谁说过话，可能是个金星飞船上的掉队乘客，我跟他讲述了一通寻宝飞行是多么惊险刺激。我还记得在物资供应站里吃东西。我脑子里一直在想：我刚才想要杀了克拉拉。我一直在压抑心中累积的怒气，若不是她将它引爆，我甚至都没有意识到自己心中积怨已久。

　　我不知道她是否会原谅我，我也不知道自己还值不值得她原谅，我甚至都不知道自己是否还期待她的原谅。我觉得我们俩已经不可能再做一对恋人了。后来我终于下定决心，要去道歉。

　　不过她没在房间里。屋子里只有一个年轻丰满的黑女人，一脸愁苦，正在缓慢地收拾衣服。我问她克拉拉哪儿去了，她一下子哭了起来。"她走了。"女人抽泣着说。

　　"走了？"

　　"唉，她的样子惨极了。不知道是被谁殴打了！她把瓦蒂带回来，说自己没法再照看孩子。她把自己所有的衣物都给了我，可是——我上班的时候瓦蒂可怎么办啊？"

　　"她去哪儿了？"

　　那女人朝天上抬了抬头，"回金星去了。坐飞船。她一小时前就走了。"

　　我再也没跟任何人说话。我回到房间独自躺在床上，不知不觉地睡着了。

　　我醒来之后，开始收拾自己的所有物品——衣服、全息光碟、象棋、手表。还有那只克拉拉送给我的昔奇手镯。我出去把这些东西全都卖掉了。我还清掉了自己的信用账户，把所有的钱拢在一起：一共有一千四百块，还有些零钱。我拿着这笔钱去了赌场，一股脑儿全都投注在轮盘赌的31号上。

　　赌盘里那个大球缓缓滚进了一个格子。绿色。0号。

　　我坐着电梯下到控制中心，报名参加了即将发射的第一班飞船，二十四小时之后，我已经身在太空之中了。

23

"你对达涅的真实感受是怎样的,鲍勃?"

"你觉得我能有什么真实感受?他抢了我的女朋友。"

"那是一种奇怪的过时看法,鲍勃。再说那件事已经过去很久很久了。"

"是啊是啊。"西格弗里德令人憎恶的一点就是他不公平。他制定了规则,可自己却不遵守。我气愤地说:"打住吧,西格弗里德。那些事情是过去很久了,可对我而言却不是,因为我从未释怀过。它在我脑中记忆犹新。那难道不正是你的工作吗?把我脑中积蓄的陈年往事释放出来,让它们灰飞烟灭,不再折磨我!"

"我还是想知道为什么那些事在你脑中依然记忆犹新,鲍勃。"

"哎哟天啊,西格弗里德!"西格弗里德也有犯傻的时候,现在就是。我猜他可能无法处理某些复杂的输入。每当话题涉及此类问题,他就变成了一台普通的机器,做不了任何程序没有指定的事情。很多时候他只会对关键词做出反应,当然还会注意一些我言语中的深意。他还会留意一些微妙之处,比如语气的变化所表达的东西,或者是垫子上、绑带里的传感器采集到我的肌肉运动。

"你只是一台机器,如果你是个人的话,你就能懂了。"我对他说。

"也许是这样,鲍勃。"

笔记:关于昔奇栖息地

问题:我们难道不知道一张昔奇桌子,或是任何传统居家用品的样子吗?

赫格拉梅特教授:我们连一栋昔奇房子是什么样子都不知道。我们还从未找到过。只有隧道。他们喜欢盘根错节的竖井,在里面开凿出许多房间。他们还喜欢巨大的厅堂,两头逐渐收小,就像个纺锤。这里有一个,金星上有两个,也许佩姬世界上那个损毁殆半的遗迹也能算一个。

问题:我知道发现智能外星生物的赏金,可是如果发现了一个昔奇人,那赏金有多少?

赫格拉梅特教授:先找到再说。然后你随便开个价。

为了重新让他回到正题,我说:"那件事的确已经过去很久了,可我也没听你问过什么那之后的事情。"

"你所说的话存在一个矛盾,我问你那些就是为了解决这个矛盾。你一直说自己并不介意你的女朋友克拉拉跟别的男人发生性关系。那么她跟达涅发生关系又有什么要紧的呢?"

"达涅对她很不好!"老天在上,他的确做得很差。克拉拉在他那儿就像一只困在琥珀里的苍蝇。

"真的是因为他对克拉拉不好吗,鲍勃? 还是说他跟你之间有什么问题?"

"从来没有! 达涅跟我之间毫无瓜葛!"

"你可是跟我说过,达涅是个双性恋,鲍勃。你不是还跟他一起飞行过一次?"

"他有另外两个男人陪他! 不是我,天哪,真不是,我发誓! 不是我。哦。"我尽量让自己说话的声音平静下来,以表明自己对这个愚蠢话题兴趣索然,"真要说起来,他的确撩过我一两次。但是我告诉他,我没兴趣。"

"鲍勃,"他说,"你描述这件事的用词很平淡,但你的声音里透露出愤怒。"

"去你妈的,西格弗里德!"我承认,现在我真的愤怒了。我几乎说不出话来,"你这些胡说八道的推断可真把我惹火了。没错,他有那么一两次伸胳膊搂着我,我没有反对。那就是极限了,再没有其他动真格的了。我只是在折磨自己,以此打发时间。我对他有些好感。他是个健壮、英俊的男人。你总有孤独的时候——又怎么了?"

西格弗里德发出一种声音,就像一个人清了清嗓子。我讨厌他这种不明说地打断。"你刚才说什么,鲍勃?"

"我说什么了? 哪句话?"

"就在你说你们俩没什么动真格的那句话之后。"

"天哪,我也不知道我说了什么。没有什么动真格的,就是这样。我只是在娱乐自己,好打发时间。"

"你刚才说的那个词可不是'娱乐',鲍勃。"

"不是吗？那我说的是哪个词？"

我听到自己的声音在房间里回荡,开始回想,"我猜我刚才说的是'取悦自己'。那又怎么了？"

"你说的也不是'取悦',鲍勃。你说了什么？"

"我不知道！"

"你说,'我只是在折磨自己',鲍勃。"

我猛地警醒。我感觉就像突然发现自己尿湿裤子了,或者拉链没拉上。我跳出自己的身体,观察着自己的脑袋。

"'折磨自己',你觉得对你而言什么算是折磨,鲍勃？"

"你瞧,"我既惊讶又好笑,"真让你抓住了一次弗洛伊德所谓潜意识里的说漏嘴,是不是？你们可真是敏锐啊。我要称赞下你们的程序员。"

西格弗里德对我故作洒脱的赞许无动于衷。他就让我在自讨没趣的感觉中度过了一分钟。

"算了吧。"我说。我感觉自己的伪装被剥掉,脆弱不堪,什么也不想做,只想躲起来,仿佛时间就永远停留在那一刻,就跟克拉拉陷在那短暂却又永恒的堕落中一样。

西格弗里德轻声说:"鲍勃。你自慰的时候,有没有把达涅当成过性幻想对象？"

"我好恨。"我说。

他在等待。

"我恨我自己这样。我的意思是,其实不是恨,是鄙视。这个狗娘养的可怜虫,我,这个变态的烂人,一边撸管,一边想着跟自己女朋友的情人乱搞。"

西格弗里德又等待了片刻,然后他说道:"鲍勃,你是不是很想哭?"

他说得对,但我没有回答。

"你想哭一下吗?"他鼓励道。

"我很想。"我说。

"那何不让自己哭出来呢,鲍勃?"

"我倒是想啊,"我说,"不幸的是,我已经不会哭了。"

24

　　我刚刚翻过身,准备入睡,却发现昔奇导航系统的颜色正在发生变化。这是我出发的第五十五天,翻转之后的第二十七天。前五十五天,导航系统的颜色一直是亮粉色。现在纯白色的螺旋正在形成、扩大、汇聚在一起。

　　我要到了!甭管最终结果是什么地方,反正我要到了。

　　我这艘窄小的老旧飞船——这口臭气熏天、苦不堪言、无聊透顶的棺材,我东磕西碰地在里面独自待了整整两个月,自言自语、自娱自乐、自怨自艾——速度已经降到远低于光速的水平。我探身去看观察屏(屏幕现在相对处于我的"下方",因为我在减速),却没看见任何值得兴奋的东西。哦,那里有一颗恒星,没错。大量恒星一团团地散落在各处,各星团位置的组合方式看起来很陌生。群星从明亮到刺眼,有六七种不同的蓝色。有一颗星很显眼,倒不是因为它很亮,而是因为只有它是红色的,就像一个烧得通红的煤球,它的亮度比从地球上看到的火星高不了多少,但那红色却更深更丑。

　　我打起精神,迫使自己仔细观察那颗星。

　　这并不容易。两个月来,我一直对周遭的事物不理不睬,眼前的一切要么无聊，要么可怕。现在要我一下子转换到热情积极的状态，实在困难。我打开球面扫描，向外看去。飞船开始变换扫描模式，像给橘子剥皮一样将天空切分成一条条，用摄像头和分析仪捕捉各种信息。

任务报告

飞船编号：3-104，航行编号：031D18，船员：N.阿霍亚，Ts.扎哈尔琴科，L.马克斯。

飞行时长：一百一十九天四小时。位置未能识别。应处于银河星团外某星际尘云之中。具备疑似河外星系特征。

概要："在扫描范围内，我们没有发现任何行星、文物或是可着陆小行星的踪迹。最近的恒星距离大约一点七光年。不管之前那里有什么，推测现在都已被毁。返航途中生命支持系统出现故障，导致L.马克斯死亡。"

几乎是马上，我扫描到一个强烈而清晰的近距离信号。五十五天来的倦怠一扫而空。一定有什么东西，要么很大，要么很近。我睡意全无，蹲下身子，手脚并用跪在观察屏上，终于找到了它——屏幕上一个方形的物体，正朝我飞来。它通体发光。一定是昔奇金属。它是个不规则的方形物体，其中一个平面上有圆钉似的凸起物。

我一时心花怒放，激动不已。我先用眼睛看，然后又跑到扫描分析仪前，等待结果。毫无疑问这是个好东西，唯一的问题是到底有多好。没准儿是超级好！没准儿整个佩姬世界将都是我的了！余生每年还能拿到几百万的特许使用费！也没准儿就是个空壳。没准儿。我开始做最大胆的梦：方形的外观表明了那是一艘完整的昔奇大飞船，我可以坐进去，随心所欲地操纵它飞去任何地方，它大到可以装下一千人和一百万吨货物！所有这些梦想都不是没可能的，即便都不可能，如果它只是一具被遗弃的空壳，里面只要有一样东西，一样小玩意儿，一部装置，哪怕是一个不知道到底是什么的东西，只要以前没人发现过，只要能把它拆下来，在地球上复制出来，还能正常工作……

我一个趔趄，手指关节一下子撞在了这会儿正闪着柔和金色的那个螺旋体装置上。我舔掉手上流出的血，却发现飞船动了起来。

它不应该动的！程序没有让它动。按照程序，不管发现了什么，飞船都会停留在目的地的轨道上，定在那里，等待我彻底观察并做出下一步决定。

我瞪大眼睛四处张望，茫然失措。那个闪光的方形物体这会儿位于观察屏正中央，就停在了那里。我的飞船也停止了自动球面扫描。直到这时我才听到远处传来着陆舱推进器的轰鸣声。是它们在推动着飞船前进，我的飞船正朝着那个方形物体飞去。

驾驶座位上方的一个绿灯亮了起来。

这不对啊！那绿灯是宇宙门上的人类加装的。它可不是什么昔奇飞船上原本的东西，就只是个老式的人类无线电，提示有人正在呼叫我。是谁呢？有什么人在我这个崭新发现的附近？

我按开了无线电，喊道："喂？"

有人在回答。我听不懂，好像是某种外语，也许是汉语。但那的确是人类的声音,好吧。"说英语!"我大声喊道,"你到底是谁?"

一阵停顿,然后说话声换成了另一个人,"你是谁?"

"我叫鲍勃·布罗德黑德!"我吼道。

"布罗德黑德?"几个人声困惑地嘟哝着。然后那个说英语的声音再度响起:"我们的寻宝人名单上没有任何叫布罗德黑德的人。你是从阿佛洛狄忒①来的吗?"

"什么阿佛洛狄忒?"

"哦,天哪!你是谁?听着,这里是宇宙门二号控制中心,我们可没时间跟你胡闹。表明你的身份!"

宇宙门二号!

我关掉无线电,往后一躺,看着那方形物体闪着光越来越大,不再去管那个绿灯的呼叫。宇宙门二号?这太荒谬了!我要是想去宇宙门二号,直接报名乘定期航线过来不就行了,顶多作为代价,如果我发现了任何东西,都不能要特许使用费而已。我可以像一名游客那样安全地飞过来,整个航线都已经被上百次地验证过了。我并没那么做。我选择的是一个没人验证过的设置,所有的风险我一个人扛。这些风险在我脑子里翻来覆去地涌现,我提心吊胆地遭了整整五十五天的罪。

这不公平!

我失去了理智。我朝着昔奇航线设置器扑了过去,胡乱拨动着那些转柄。

这样的失败我无法接受。飞行之前,我有心理准备可能一无所获,但我没想到自己轻易就有所发现,而这发现却一文不名。

---

① 爱神维纳斯(金星)的希腊名字。

但我真正的失败还在后面。航线控制面板上先是亮起了明亮的黄色,然后所有的颜色都变成了黑色。

着陆舱推进器尖利的叫声停止了。

运动的感觉消失,飞船停了下来,一动不动。这艘昔奇飞船里的一切都停止工作了,一切,甚至包括制冷系统。

等到宇宙门二号派出一艘飞船来把我拖过去的时候,我的飞船舱内温度已经高达七十五摄氏度,而我也已经因为中暑而狂言呓语。

宇宙门上又热又潮。宇宙门二号上却冷得我不得不去借了外套、手套和厚厚的秋衣秋裤。宇宙门上到处都是汗液和下水道的臭味。宇宙门二号则闻起来有一股铁锈味。宇宙门上明亮、喧闹,挤满了人。宇宙门二号上几乎寂静无声,因为这里只有几个人类,包括我在内。昔奇人留下的宇宙门二号只能算个烂尾建筑。这里的隧道只有几十条,有些隧道的尽头还是裸露的岩石。没有人想过要在这里种植草木,空气全部由化学处理来生成。大气中氧气压在十五千帕以下,其余部分由氮气氦气混合物组成,因而总体气压也就只有地球上标准大气压的一半左右,所以在这里人们讲话的音调都变高了,而我在最初的几个小时里一直在大口呼吸。

把我从着陆舱里救出来,又给我裹上衣物抵御骤降温度的是一个日裔火星人,他名叫伊津野纪夫,身材魁梧,皮肤黝黑。他将我安置在他的床上,喂我喝下热饮,又让我休息了一个小时。我打了个盹,等醒来时候看到他坐在那里正看着我,脸上的表情半是好笑半是敬佩。他敬佩的是有人竟然把一艘价值五亿的飞船给搞报废了。好笑的是我竟然蠢到能做出这种事来。

"我是不是有麻烦了。"我说。

"我觉得是,你有麻烦了。"他附和道,"飞船完全不工作了。这种情况我还从没见过。"

"我真不知道昔奇飞船还能坏成那样。"

他耸耸肩,"只能说你太有才了,布罗德黑德。现在你感觉怎么样。"我坐起身,表示自己状态好些了,他点了点头,"我这会儿很忙。这几个小时,你得自己照顾自己——你能行吗?——好的,那就这样。然后我们会给你开个派对。"

"派对!"我打死也没想到还会有派对,"给谁开?"

"你这样的人我们可不是每天都能见到,布罗德黑德。"伊津野说完就喜滋滋地离开了,留下我独自思考。

我想的事情并不让我开心,所以过了一会儿我就起床了,戴上手套,穿好外套,开始四下闲逛。没多久就逛完了,因为实在没有什么可逛的。我听到下层传来派对的声音,但那声音回荡在空空的走廊里,变得很古怪,而我也没弄清楚哪儿在开派对。宇宙门二号并不接待观光客,所以我也没能找到什么夜总会、赌场或是餐厅……连个厕所都没发现。过了一小会儿,找厕所这个事情好像变得紧急起来。我推想伊津野房间附近应该有厕所,就折回去找,结果却没有。走廊里倒是有些小隔间,但都还没建好。这里没有人住,也就没人费力气去安装什么下水管道。

今天看来诸事不顺。

等到我终于找到一间厕所,上完之后却琢磨了十分钟也不知道要如何操作,我正准备要心怀愧疚地逃离这有失体统的肮脏现场,却听到小隔间外传来了一声响。一个丰满的小个子女人站在那儿等待着。

"我不知道要怎么冲水。"我满怀歉意地说。

亲爱的宇宙门之音：

　　你们是不是明理而通达的人？那就请证明这一点，从头到尾读完这封信，再判断它到底说的是不是真相。宇宙门上有十三层住了人。这十三层里，每一层都住了十三户（你可以自己数一数）。你还觉得这封信只是愚蠢的迷信？请你自己看看证据！发射序号83-20、84-1和84-10（这些数字加起来是多少？）全都被宣告逾期未归，而宣告名单的编号又是86-13！宇宙门公司，警醒吧！就让那些怀疑论者和顽固分子们尽情嘲笑吧。只要你们情愿受这么一点儿嘲笑，就可以拯救他人的生命！在发射计划里避免使用那些不吉利的数字，这不会有任何额外成本——只需要一点儿勇气！

　　　　　　　　　　　　　　　　格罗因那，88-331。

　　她上下打量着我。"你就是布罗德黑德。"她说，接着又问道，"你为什么不去阿佛洛狄忒？"

　　"什么是阿佛洛狄忒？——不，等一下。先告诉我你们怎么冲水的？然后再说，什么是阿佛洛狄忒？"

　　她指了指门边上的一个按钮，我之前还以为那是个照明开关。我触碰了一下那个按钮，那个整体成型的"马桶"底部亮了起来，十秒钟后里面就只剩下点儿灰，接着连灰都没了。

　　"在这儿等着我。"她命令道，钻进了厕所。出来之后她说："阿佛洛狄忒就是钱所在之处，布罗德黑德。你会需要它的。"

　　我任由她拽着我的胳膊前进。渐渐地我开始明白,阿佛洛狄忒是一颗行星。一颗新发现的行星,由宇宙门二号派出的一艘飞船于在四十天前刚刚发现,这是个了不起的发现。"当然了,你得付特许使用费。"她说,"另外到目前为止还没发现什么像样的东西,只有一些常见的昔奇残骸。不过那里还有数千平方英里的地界等待人们去探索,再过几个月就该有第一批寻宝人从宇宙门出发去那里了。我们四十天前刚刚把消息发回去。你有过什么热行星的经历吗?"

　　"热行星经历?"

　　"我是说,"她一边将我拉进一部下行竖井,一边解释着,"你有没有去过一颗很热的行星?"

> 我们在猎户座嗅探你们的气味,
>
> 我们循着小犬座挖掘你们的窝,
>
> 我们来自巴尔的摩、布法罗、波恩、贝拿勒斯,
>
> 我们在大陵五、大角星和心宿二搜寻你们。
>
> 终有一天我们会找到你们。
>
> 失踪的小小昔奇人,我们过来了!

　　"没有。其实,我还没有任何像样的经验。我飞过一次。空手而回。我甚至都没着陆。"

　　"可惜,"她说,"不过其实也不需要学太多新东西。你知道金星什么样子吗? 阿佛洛狄忒只不过比那稍微差上一点儿。它的主星是一颗耀星,你绝不想暴露在它的照射下。但是地下到处都是昔奇人开掘的隧道。只要你能找到隧道,就钻进去。"

　　"找到隧道的机会有多大?"我问道。

　　"嗯,"她一边想着,一边拉着我下了下行缆绳,走进了一条隧道,"倒也不能说很高,说不准。毕竟,你探宝的时候还是得暴露在外面的。在金星上,人们穿上装甲,横冲直撞,想去哪儿就去哪儿,没有问题。哦,也许只有一点儿小问题,"她承认,"不过在那里寻宝人员已经很少发生事故了。也许百分之一吧。"

　　"你们在阿佛洛狄忒上的人员损失率是多少?"

　　"比那要高。是的,我可以肯定地告诉你,比那要高。你只能用飞船上的着陆舱,而它当然是没法在行星表面自由移动的。尤其是这颗行星的表面就像熔化的硫黄,还有飓风——那还是天气好的时候。"

　　"听着很吸引人啊,"我说,"那你怎么还不去?"

　　"我?我是个寻宝飞行员。再有个十天左右我就得回宇宙门了,我在等货舱装满,或者有谁过来说他想搭飞船回去。"

　　"我就想搭飞船回去。"

　　"哎呀,布罗德黑德啊!你知道你惹上什么样的麻烦了吗?你胡乱捣鼓操控台,这违反了规章。他们会让你重新回学校接受再教育的。"

　　我仔细考虑了一下,然后我说:"谢谢,不过我还是想回去。"

　　"你怎么就不明白呢?阿佛洛狄忒上肯定有昔奇人留下的东西。而你就算飞上个一百次,也未必能找到什么。"

　　"小可爱,"我说,"甭管能找到什么,况且我也不会飞上一百次,现在不会,永远也不会。我都不知道我能不能再飞上一次。我只知道飞回宇宙门的胆量我还是有的。除此之外我就说不准了。"

　　我在宇宙门二号上面一共待了十三天。那个寻宝飞行员,海丝特·博格维兹,她一直在劝说我去阿佛洛狄忒,我猜那是因为她不希望我占用她宝贵的货舱空间返回宇宙门。其他人则漠不关心。他们大都觉得我是个疯子。在伊津野看来我是个问题，因为他主要负责维持宇宙门二号上的秩序。严格说来，我是个非法闯入者，一分钱人头税都没缴，而且我也没钱交税。在他的职责范围内，是有权将我直接不穿宇航服丢进太空里的。他解决这个问题的办法是派我去给海丝特的五人船货舱装货，都是些低等级的货物，什么祈祷扇啦，从阿佛洛狄忒采集的分析样本啦。这个活儿我干了两天，然后他又任命我为杂务员，跟三个人一起为下一批前往阿佛洛狄忒的探险队修补宇航服。这活儿不简单，他们会用昔奇焊枪将金属软化、弯曲，然后修补到宇航服上，他们可信不过我。要训练出一个熟练的技工，能够在狭小拥挤的空间里操作昔奇焊枪，得需要两年的时间。不过我可以干些力气活儿，比如把昔奇金属片和宇航服摆好供他们取用，帮他们递工具，给他们冲咖啡……等他们做完工，我还可以试穿修补好的宇航服，跳进太空，试试有没有漏气。

它们都没有漏气。

到了第十二天，两艘五人船从宇宙门来到这里，载满了寻宝人，他们兴高采烈，充满渴望，携带着各种驴唇不对马嘴的装备。有关阿佛洛狄忒的消息还来不及在两个宇宙门之间传播一个来回，所以这些菜鸟们并不知道有什么好宝贝在等着他们去发现。凑巧的是，这些人里有一个年轻女孩，曾经是赫格拉梅特教授的学生，她这次来原本是要执行一次科考任务，在宇宙门二号上做一些人类测量学研究工作。结果伊津野纪夫行使自己的权力，改派她去阿佛洛狄忒了，他还安排了一次欢迎告别派对。那十个新来的人再加上我，人数超过了原本宇宙门二号上的主人们，不过别看他们人少，酒可不比我们喝得少，那可真是个难忘的派对。我发现自己成了名人。我曾经干掉了一艘昔奇飞船，并且活了下来，这事儿让这些菜鸟叹为观止。

要不是因为胆子实在太小，我几乎都不想离开这里了。

伊津野找了个酒杯，倒进去三指高的大米威士忌，递给我，然后跟我举杯共饮。"很遗憾你要走了，布罗德黑德。"他说，"你真的不再考虑考虑了吗？按照目前的寻宝人数量，我们的装甲飞船和宇航服还有富余，但是再过一阵子我就说不好了。如果你回去之后改主意了——"

"我不会改主意的。"我说。

"万岁！"他说完干掉了杯中酒，"我说，你是不是认识一个叫马琴的哥们儿？"

"老四？当然了。那是我邻居。"

"替我带个好。"他又特意倒了一杯酒，"那哥们儿人不错，你俩还有点儿像。他失去双腿的时候，我也在场，他的腿卡在着陆舱里，可我们必须要抛弃着陆舱。他真是差点儿就把命丢了。等到我们把他带回宇宙门，他全身都肿了，臭不可闻。我们被迫截掉他的双腿，之后他昏迷了两天。截掉他腿的人就是我。"

"对啊，他是个好人。"我心不在焉地说道，然后一饮而尽，伸出酒杯还要他斟酒，"嘿，你刚才说我俩有点儿像，为什么？"

"他也总是犹豫不决，布罗德黑德。他本来有一笔赏金，足够负担全面医保，可是他舍不得花掉这笔钱。假如他当时用了的话，就能保住双腿，之后还可以去寻宝。但风险就是万一他之后一无所获，就会彻底破产。所以他就选择维持那种状态，做个残疾了。"

我放下酒杯，不想再喝。"再会，伊津野。"我说，"我要回去睡觉了。"

分类广告

阴生阔叶烟草,手工采摘卷制,两元一支。87-307。

悬赏缉拿阿戈斯托·T.阿涅利。拨打电话给宇宙门公司安全部,找国际刑警。有赏金。

出版故事与诗集,为孩子保留回忆的绝佳方式,价格低到难以想象。出版商代表电话:87-349。

寻来自匹兹堡及帕迪尤卡的同乡。以解我思乡之情。88-226。

返回的航行中,我大部分时间都在写信,给克拉拉的信。虽然我不知道是不是真的会把这些信寄出去,但也没有什么别的事情可做。海丝特一把年纪,身材矮胖,没想到床上功夫却出神入化。不过再出神入化也有腻歪的时候,再说货舱里装得满满的,我们也没太多空间可以发挥。日复一日,生活无非就是性爱、写信、睡觉⋯⋯还有忧虑。

忧虑马琴四季亭宁愿当个瘸子的原因。其实应该是忧虑为什么伊津野觉得我也会重蹈他的覆辙,但我不敢细想。

25

西格弗里德说:"你看起来很疲惫,鲍勃。"

嗯,那很好理解。我周末刚去了夏威夷。那里的旅游业有点儿我的投资,所以这次旅行开销可以用来减免计税。我在夏威夷岛上愉快地待了几天,期间参加了一个为期两小时的股东晨会,下午又去海滩上勾搭了一位岛上的美女,乘坐玻璃底双体游艇出海,观赏、投食水下游过的巨大蝠鲼群。不过跨越多个时区的返程,令我到家后已疲惫不堪。

西格弗里德想要听的当然不是这些。他关心的不是你身体上的毛病。就算你的腿断了,他也毫不在意;他只想知道你是不是梦见跟自己的妈妈苟且了。

我直说了。我说:"我是很累,你说得没错,西格弗里德,不过你干吗要兜圈子呢?直接问我的恋母情结不就得了。"

"那你有恋母情结吗,鲍勃?"

"谁会没有?"

"你想说说这个吗,鲍勃?"

"不想。"

他等待着,我也报之以同样的等待。西格弗里德又在耍小聪明,这会儿他的房间装饰得像个四十年前的男童房。墙上是一对交叉挂着的乒乓球拍的全息图。还有一扇假窗,里面是一幅假景:暴风雪中的蒙大拿州落基山脉。还有一个全息影像,展现出一个架子,上边摆放着男孩喜欢的故事磁带,有《汤姆·索亚历险记》《消失的火星人》①,还有些别的,不过名目我就看不清了。这些摆设都很温馨,却一点儿都不像我小时候的房间,我那时住的地方又小又窄,几乎只能摆下那张我当作床的沙发。

"你知道自己想谈的内容吗,鲍勃?"西格弗里德温和地试探道。

"当然。"我又想了想,"好吧,我不知道。"其实我是知道的。从夏威夷回来的路上,有件事深深地触动了我。那是一次五小时的飞行。其间有一半时间我都泪如雨下。真是滑稽。一位白人和夏威夷土著的混血姑娘坐在我的邻座,她要去东部。我马上决定要好好了解了解她。空姐是我以前坐飞机时见过的,我对她已经了解得够多了。

于是我就坐在超音速飞机头等舱的最后一排,接过空姐端来的酒水,开始跟这位漂亮的混血姑娘攀谈。结果,每次当她打盹或是去洗手间,而空姐正看着别处的时候,我就会闷声流泪。

然后就会有人朝我这边看,我马上又换上另一副面孔:笑容可掬、精神抖擞、性致盎然。

"要不然你就说说当下这一秒的感受如何,鲍勃?"

"给我一分钟,西格弗里德,我看看是不是能理清自己的感受。"

"你真的不了解自己的感受吗?你能不能回忆一下,刚才你

---

① 作者罗伯特·西尔弗伯格,美国著名科幻作家,科幻与奇幻作家协会(SFWA)"大师奖"得主。

没说话的时候,脑子里都在想些什么?"

"我当然能!"我犹豫了一下,然后说,"哦,见鬼,西格弗里德,我猜我就得有个人来哄一哄才会说出来。前两天,我意识到一件事,这让我很难过。哎呀,你不知道我有多难过。我哭得像个婴儿。"

"什么事,博比?"

"我正打算告诉你。那是关于——呃,部分关于我的妈妈。但是也跟,呃,那个,达涅·梅捷尼科夫有点儿关系。我跟……我——"

"我想你要说的是你跟达涅·梅捷尼科夫搞基的那些性幻想吧,鲍勃。是不是?"

"是啊。你记性真好,西格弗里德。我哭的原因部分是因为我妈,部分是因为……"

"你告诉过我这个了,鲍勃。"

"没错。"然后我闭口不谈。西格弗里德继续等待。我也等待着。我想我还是需要谁再来哄我一下,过了一会儿,西格弗里德开始示好:"那我们来看看,有什么我能帮你的吧,鲍勃。"他说,"想到你妈妈就哭泣,还有跟达涅搞基的性幻想,这两者之间,有什么关联没有?"

我感觉到自己身体里的变化。那感觉就好像是我胸中有一团柔软潮湿的东西就要从嗓子眼里翻涌上来。我知道,如果不控制好自己,那我嗓子里钻出的声音就会是颤抖着充满绝望的凄惨哀号嚎。于是我竭力压制住自己,尽管我相当清楚这样的尝试压根儿瞒不过西格弗里德,他从传感器的读数就能知道我身心上的种种变化,通过我颤抖的三头肌和汗湿的手掌。

任务报告

飞船编号：A3-77，航行编号：036D51，船员：T.帕雷诺，N.阿霍亚，E.尼姆金。

飞行时长：五天十四小时。到达位置：半人马座南门二附近。

概要："该行星非常类似地球，植被丛生。植物的颜色以黄色为主。大气与昔奇空气成分十分接近。这是一颗温暖的行星，两极无冰盖，温度接近地球赤道附近的热带地区温度，温带几乎延伸到两极。我们没有检测到此地有任何动物或相关迹象（比如甲烷）。某些植物能以极其缓慢的速度迁徙，推进方式为将其藤蔓状结构连根拔起，卷曲延伸，再重新扎根。经测量，其速度最高可达每小时两公里左右。无文物。帕雷诺和尼姆金着陆并取得植物样本后返回着陆舱，但随后死亡，症状类似漆属植物过敏。他们先是全身长满了大水泡。然后开始疼痛、瘙痒，出现明显窒息现象，或许是因为肺部积水。我没有将他们带回飞船。我也没有打开着陆舱，或是接受其接驳飞船。我给两人录了私人语音发过去，然后将着陆舱抛弃，独自返航。"

宇宙门公司评估：根据以往表现，对N.阿霍亚不予起诉。

不过我还是竭力这么做了。用一种生物老师给学生讲解一只被完全解剖的青蛙的那种腔调，我开始说话："你看，西格弗里德,我妈妈爱我。这我知道。你也知道。这是她一种自然而然的表露。弗洛伊德曾经说过,如果一个男孩确信自己是妈妈的最爱,那他长大后也不可能得精神病。只是——"

"行了,博比,那并不准确,而且你过于诉诸理性了。你自己也知道,你真正想说的并不需要这么一番开场白。你想拖延时间,是不是?"

要是搁在平时,他敢这么说话我一定把他芯片里的电路都扯出来,但这一次他倒是猜对了我的心思。"好吧好吧。可我真的知道妈妈爱我。她情不自禁就是爱我!我是她的独子。我爸爸死了——你不用清嗓子,听我说完。对妈妈来说,爱我就是一种必然的需要,我心中毫无疑问地确信这一点,只不过她从来不这么说。一次也没有。"

"你是说你长这么大,妈妈从来没跟你说过一句'我爱你,儿子'?"

"没有!"我尖叫道。但我马上又恢复了自制,"或者说没直接说过,没有。我是说,有一次,大概在我十八岁的时候,我正准备睡觉,听到她在隔壁跟她一个朋友——女性朋友——说她真心觉得我是个很棒的小孩。她为我感到骄傲。我都不记得当时我做了什么,好像是得了个奖还是找了份工作之类的,但是在那一刻,她确实为我骄傲、爱我,并且这样说出来了……虽然不是对我说的。"

"请继续说下去,鲍勃。"西格弗里德停顿了片刻,说道。

"我正在说呢!你别着急。这些事说出来会令人痛苦,我想那就是你所谓的'原痛'吧。"

"请不要自我诊断,鲍勃。你只需要说出来。自然而然地说出来。"

"哦,见鬼。"

我伸手想去拿一支香烟,又忍住了。每当我跟西格弗里德谈不下去的时候,抽上一支烟通常都能有些帮助,因为这样总能让他转换话题,讨论我是不是在释放压力而非直面压力。不过这一次,我实在是感到厌恶,为我自己,为西格弗里德,甚至为我的妈妈。我打算赶紧谈完了事。我说:"你看,西格弗里德,是这么回事儿。我很爱我的妈妈,而且我知道——不止现在,在她生前我就知道——她也爱我。我还知道她只是不善于表达这种爱。"

我突然意识到自己手中有支香烟,还在不停把玩,却没有点燃,奇怪的是,西格弗里德却对此却没作任何表示。我继续着这个话题:"她没跟我说过爱我这句话。不止如此,说出来可能有点儿可笑,西格弗里德,不过你知道吗,我都不记得她曾经触碰过我。我是说,有意地那种。她跟我道晚安的时候是会吻我,有时候,就是额头这儿来一下。我还记得她会给我讲故事。我需要她的时候她也会陪在我身旁。可是——"

我得停下来一会儿,再次控制好我的声音,所以我闭上嘴巴,从鼻子里均匀地深吸一口气,全神贯注于呼吸的气流。

"可是你看,西格弗里德。"我试着继续,觉得自己的声音还算清晰稳定,于是接着说道:"她不怎么触碰我。只有一种情形除外。当我生病的时候,她对我关怀备至。我经常生病。住在食物矿附近的人,都会有流鼻涕和皮肤感染的症状——你知道的。我想要什么她都能给我。她就靠那么一份工作,养活着我,天知道她是怎么做到的。每次我一生病,她……"

西格弗里德等了一下,说:"接着说,博比。都说出来。"

我想说,却说不出话来,于是他又说:"你试试快点儿说,能说多快就多快。顺其自然。不必担心我听不听得懂,也不要管你说的话有没有意义。你就把那些话语都抛出来。"

"好吧,她就会给我量体温。"我解释道,"你知道的,把一只体温计塞进我体内。然后她会按住我,你知道的,不管因为什么,等上个三分钟左右。再然后,她会将体温计抽出来,看上面的读数。"

我快要忍不住喊出声来了。我很想这么做,但还是打算坚持说完。这其实是一件跟性有关的事情,就像你面临一个决定,是否要跟某人继续,虽然你其实并没打算让她这样进入你的生活,可你还是没管那么多,继续了。我衡量了一下自己的控制力,没有轻易用来调整说话的声音,因为害怕它已所剩不多。西格弗里德什么也没说,过了一会儿,我终于说出了这段话:

"现在你明白了吧,西格弗里德?这事儿很可笑。我到了现在这把岁数——差不多已经过去四十年了吧?可我竟然还有这样变态的想法——屁股里插根东西,不知怎么就会让我联想到被爱的感觉。"

26

　　我不在的时候,宇宙门上发生了很多变化。人头税提高了。宇宙门公司打算甩掉多余的闲杂人员,比如老四和我。这是个坏消息,意味着我之前预付的人头税已经撑不了两三周,大约只够十天的了。他们从地球进口了一批双层穹顶,还接纳了一批天文学家、外星技术专家、数学家,就连老教授赫格拉梅特都从地球赶到了这儿。他们因为不适应引力的改变而撞得鼻青脸肿,却依然在隧道周围蹦来跳去。

　　有一件事没有变:评估委员会。我正端坐在他们面前这把烫屁股的椅子上,身体不安地扭来扭去,听我的朋友爱玛为我细细道来我是多么地愚蠢。其实是冼先生在给我讲,爱玛只是在做翻译,不过她很喜欢自己的声音。"我警告过你要出事儿的,布罗德黑德。你应该听我劝的。你为什么要去更改设置?"

　　"我告诉过你了。我发现自己到的地方是宇宙门二号,一时间无法自控。我想去的是别的地方。"

　　"你可真是愚蠢透顶,布罗德黑德。"

　　我瞟了一眼冼。卷起的衣领将他整个人挂在墙上,就悬在那儿,两手交叉,慈祥地微笑着。"爱玛,"我说,"你想干什么随便你,能不能别来烦我。"

她快活地说:"这就是我想干的事儿啊,布罗德黑德,因为我必须这样。这是我的工作。你也知道,改动设置是违反规定的。"

"什么规定?我只看到一行行写的都是狗屁。"

"规定上说了你不应该毁掉一艘飞船。"她解释道。我没有回答,她叽叽喳喳地又翻译了一些话给冼,冼一脸严肃地听着,嘴唇紧闭,然后简短地说了两段汉语普通话。你都能听得出来其中的强调语气。

"冼先生说,"爱玛翻译道,"你是个不负责任的人。你损毁了一部无可替代的设备,而那并不是你的私人财产。它属于全人类。"冼又叽叽呱呱地说了几句,爱玛一口气翻译道:"在对遭你破坏的飞船获取更多信息之前,我们无法最终确定你应该承担怎样的责任。伊津野说一有机会他就会对飞船做彻底检查。在他发回报告的时候,有两名外星技术专家按计划飞去了那颗新行星:阿佛洛狄忒。这会儿他们应该已经回到宇宙门二号了,也许我们等到下一班通勤船,就可以看看他们有什么发现了。到时候我们会再次传唤你。"

她停了下来,看着我,我就当谈话已经结束了。"非常感谢。"我说,起身朝门口走去。快走到门口的时候,爱玛说:"还有一件事。伊津野先生的报告提到你在宇宙门二号上做了一些装货和修补宇航服的工作。他批了一笔补助给你,数目是,我看看,两千五百元。还有你的寻宝船长,海丝特·博格维兹,也批了一笔酬金,是她赏金的百分之一,作为返航途中你的服务费,所有这些钱都已经打到你的账户上去了。"

"我跟她没签劳务合同啊。"我惊讶地说。

"是没有。不过她认为你应该分得一份。当然,只是一小份。一共是——"她看了看一张纸,"一共是两千五加上五千五——八千元,你的账户上多了这笔钱。"

八千元!我走到一部下行竖井,抓住一根上行缆绳,开始琢磨。这笔钱想要带来什么彻底改变肯定是不够的,也绝对不够赔偿被我弄坏的飞船。如果他们要求我赔偿一艘新的飞船,那整个宇宙里的钱大概都不够——因为根本就没办法再找一艘这样的飞船了。

任务报告

飞船编号:1-103,航行编号:022D18,船员:G.赫伦。

飞行时长:去程一百零七天五小时。注意:回程时长为一百零三天十五小时。

飞行日志摘录:"在去程的第八十四天六小时,Q装置开始闪光,控制台上的灯也出现异常活动。同时我感到推进方向发生了变化。变化持续了大约一小时,然后Q灯熄灭,一切恢复正常。"

推测:航线变化是为了避免某种临时危险情况,可能是一颗恒星或其他天体?建议电脑批量搜索其他航程记录,看看是否有类似事件。

另一方面,我的账户上又多了八千块钱。

作为庆祝,我在蓝色地狱给自己买了一杯酒。我一边喝着,一边思考我现在可有的选择。结果我越想,剩下的选择就越少。

他们会认定我要对飞船的损毁负责，这是毫无疑问的，赔偿金额最少也得是几十万。不过呢，反正我没那么多钱。赔偿金额或许会更高，但也没什么分别了——反正都是剥夺你的全部财产，最后让你一无所有。

所以这么一想，我那八千块钱就是童话里的金子。明天太阳一出来，它可能就烟消云散了。等到外星技术专家的报告从宇宙门二号传过来，评估委员会就要再次召开听证会，那时候这笔钱也就灰飞烟灭了。

所以这钱省着也没什么意义。我还是花掉比较好。

我还可以考虑回去重操旧业，做一名常春藤花匠——那还得先假设我能再次得到这份工作，现在的工头可不是老四了。所以这个选择也不靠谱。他们对我做出裁决之时，我的账户就会被清空。我之前预付的人头税也是一样。我会被判处驱逐出境，立即执行。

如果港口恰好有往返地球的飞船停泊，那我可以上船，迟早能回到怀俄明，返回食物矿重操我的老本行。如果那时没有飞船，我就有麻烦了。也许我可以跟那艘美国巡航舰谈谈，或者巴西那艘，或许弗兰西·埃雷拉能暗中相助，让我先上他们的船，再等一班回地球的飞船。也许这都是我的痴心妄想。

仔细想想，这样的机会十分渺茫。

我最好在委员会再次开会之前行动起来，这样的话，有两个选择：

一个选择，我可以乘坐下一班飞船返回地球，回到食物矿，赶在委员会做出裁决之前；

另一个选择，我也可以再次乘船去寻宝。

这两个选择都很棒。一个会让我永远放弃过上体面生活的希望……另一个，会把我吓得魂飞九天。

宇宙门就像个绅士会所，你总是没法同时见到所有的会员。路易丝·福汉德走了，她的丈夫，赛斯，仍然耐心地守在港口，期待着他的妻子和幸存的女儿能够回来，然后他就能再次去寻宝。他帮我搬回了我的房间，之前有三个匈牙利女人临时住在这里，后来她们一起乘坐一艘三人船飞走了。搬家倒也没费什么力气。我已经一无所有，无非是刚刚在物资供应站买必需品。

唯一不变的是马琴四季亭。他还是如你期望的那般友好，而且永远陪伴在你身旁。我问他有没有克拉拉的消息。他说没有。"再出去一趟吧，鲍勃。"他敦促道，"那是你唯一可做的事。"

"嗯。"他说得对，我不愿争辩，也无可争辩。大概我还是得说出来……我说："我也希望我不是个懦夫，老四，可我确实是。我就是没办法让自己再踏进飞船一步。我没有勇气去面对一百天的飞行，其间每一分钟我都在害怕死亡。"

他笑出了声，然后从柜子抽屉上跃下，拍拍我的肩膀，"你并不需要太多勇气，"他说完又扇动翅膀飞回了柜子上面，"你只需要那一天有勇气，让你能够登上飞船，然后出发，这就够了。在这之后，勇气这事儿就不重要了，因为你也没别的选择了。"

"我本来可以做到，"我说，"如果梅捷尼科夫说的那些颜色组合的理论是正确的话。可是他说代表'安全'的颜色，有的却带来了死亡。"

"这事儿要从统计学的角度看，鲍勃。安全记录正在改善，寻宝成功的记录逐渐增加，这是事实。虽然相比从前进步还不明显，但的确有所改善。"

笔记:关于黑洞

阿斯门宁博士:好了,如果你有一颗比三倍太阳质量还要大的恒星,如果它坍缩,并不是变成一颗中子星就停下来了。它会继续坍缩。最终它的密度高到让它的逃逸速度超过了三十万公里每秒……也就是……

问题:呃。光的速度?

阿斯门宁博士:正是,加里纳。这时候就连光也无法逃逸了。于是它就是漆黑一片。黑洞因此得名——除非,如果你能靠得足够近,进到所谓"能层①",你会发现它其实并非完全是黑的。你或许还能看到些什么。

问题:那会是什么景象?

阿斯门宁博士:你难倒我了,杰。如果有谁能够跑到那里亲眼看看,那他也许能够告诉我们,前提是如果他能回来。你也许可以跑到那么近的距离,收集读数,然后回来——这样你就可以拿到,天哪,我不知道,怎么也得一百万元吧。假如你能进入你的着陆舱,假如,然后把飞船的主体抛掉,向后抛,使其减速,那你或许能够获得足够的额外速度,来摆脱黑洞。那可并不容易。不过也还是有可能,假如一切都很顺利的话。可是就算你逃出来了,你又能去哪儿呢?乘着一艘着陆舱,你可回不了地球。而且,如果你反其道而行之,那也是不行的,因为着陆舱的质量不够,无法让你摆脱黑洞的引力。我看老鲍勃好像不怎么喜欢这个话题,那

---

① 黑洞因为旋转而在视界之外形成的椭球形区域。

> 我们接下来讲讲行星类型和星际尘云吧。

"对单独的个体来说,死了就是死了。"我说,"不过——我或许会再去找达涅谈谈。"

老四看起来很意外,"他去寻宝了。"

"什么时候?"

"差不多跟你同时离开。我还以为你知道。"

我把这事给忘了,"也不知道他有没有找到他所谓的那种十拿九稳的情况。"

老四用肩头蹭了蹭下巴,翅膀慵懒地扇动,保持着身体平衡。然后他从柜子上跳下,扇着翅膀飞到了压电电话那里。"咱们来看看。"他一边说,一边撤着按钮。屏幕上显示出定位图。"发射序号88-173,"他读道,"赏金十五万。那也不算多,是不是?"

"我还以为他会选更大一些的项目。"

老四继续读道:"嗯,他没拿到。这上面说他昨晚已经回来了。"

既然梅捷尼科夫曾经含混承诺可以跟我分享他的专业见解,按道理我就可以去找他谈谈,但我不觉得那是个明智的选择。我核实了一下:他确实回来了,不过什么也没找到。他除了领到了基本薪酬之外,没取得任何有价值的收获。因此,我并没有去见他。

实际上,我什么都没做。我就是到处闲逛。

宇宙门并不是什么宜人的居所,不过我还是找到了一些消遣,总比在食物矿上干活儿要强。技术专家的报告就要发来了,时间每过一小时,我离最终裁决就又近一步。不过多数时候我都能不去想它。我跑到蓝色地狱，一口口地喝着酒；我还跟别人一个个地交着朋友——观光客、巡航舰船员、返航的寻宝人，还有从酷热难当的行星不断跑来这里的菜鸟们。我脸上那副神态就像想要寻找另一个克拉拉。而我注定一无所获。

我把从宇宙门二号返程途中写给克拉拉的信又读了一遍，然后全都撕掉了。我又写了一条傻不啦唧的短讯，向她道歉，并告诉她我爱她，然后想用无线电发给金星上的她。但她还没抵达金星。我都忘记霍曼转移轨道①需要耗时很久了。飞行管理局很容易就查到了她离开时乘坐的飞船：那是一艘直角轨道飞行器，它专门用于与来往于两颗行星之间的黄道平面航班中转。根据记录，她的飞船先与一艘去往火星的货船会合，然后又是一艘飞往金星的高速班机，这两艘飞船她都有可能转乘，但不知道是其中哪一艘，而且这两艘飞船要到达各自的目的地还需要一个多月。

我给她可能乘坐的各艘飞船都发送了短讯副本，可并没有任何回复。

我最近新交的女朋友是巴西巡航舰上的一名三等兵。她是弗兰西·埃雷拉带来的。"这是苏茜，我的表妹。"他介绍我们互相认识，然后悄悄对我说："我可以告诉你，鲍勃，我对表亲没什么家人的感情。"船员们时不时就会来宇宙门靠岸休假，就像我之前说的，尽管宇宙门并不是威基基或戛纳②，但它总比一艘冷冰冰的钢铁战舰要强多了。苏茜·埃雷拉很年轻。她说她今年十

---

① 将太空船从低轨道送往较高轨道的轨道（或相反），途中只需两次引擎推进，相对地节省燃料。此种轨道操纵名称来自德国物理学家瓦尔特·霍曼，他于1925年出版了相关著作。

② 分别是美国檀香山及法国的海滨度假胜地。

九,在巴西宇航军待了起码十七年了,但她看上去可不像。她不怎么会讲英语,不过我们在蓝色地狱里一起喝酒也并不需要太多的共同语言。而当我们在床上的时候,我们发现尽管很少有言语交流,但我们彼此可以用身体进行非常融洽的沟通。

分类广告

宇宙门上有没有讲英语、不抽烟的人,可填补我们的船员空缺?抽烟的人,也许你想减少你的寿命(以及维持生命的基本储备物资),可我们不想。88-775。

我们呼吁宇宙门公司理事会里安排寻宝人代表!明天13:00,在新手层召开群体大会。欢迎大家参加!

如何选择经过考验的航班,全方位帮你实现梦想,三十二页密本告诉你怎么做:仅售十元;当面咨询服务:二十五元。88-139。

可是苏茜一周只能来一天,所以还有不少时间要消磨。

我什么都试过了:加入一个心理强化小组,拥抱其他组员,培养对彼此的爱和恨。我去听了老赫格拉梅特关于昔奇人的系列讲座。我还去参加了一个谈话节目,关于天体物理学的,讨论的重点是如何才能从宇宙门公司获得科技赏金。通过精心的规划,我终于把自己的时间全部用尽,这样做决定的时刻也就一天天被推迟。

我不想让人看出我在有意识、有计划地拖延时间。我表现出每天都很忙,过得很充实的样子。每个星期四,苏茜和弗兰西·埃雷拉就会过来,我们三个人一般会去蓝色地狱吃午饭。吃完饭弗兰西会离开,自己去转悠,或是带个女孩去苏必利尔湖边游泳。而苏茜则跟我回房间,分享我的大麻烟,然后在温暖的床上"邀游"。吃完晚饭后,再找些娱乐项目。星期四晚上是天体物理学讲座,我们可以听到各种各样的内容:赫罗图、红巨星、蓝矮星、中子星或是黑洞。讲课的教授来自临近斯摩棱斯克①的某所不知名大学,他是个胖老头儿,讲课时经常夹带些荤段子,但即使这样也掩不住他的课程特有的诗意和美感。他喜欢讲那些赋予我们生命的古老恒星:把硅酸盐和碳酸镁喷射到太空中形成行星,又释放出碳氢化合物以形成我们自己。他还讲到了中子星如何弯曲周围的引力场,这个我们都知道,因为曾经有两艘飞船飞进了看似正常的一片空间,却因为飞船最终太过靠近一颗密度高得惊人的矮星而被撕成了碎片。他告诉我们,那些密度奇高的恒星,最后会变成黑洞,我们之所以能观测到它们,只是因为我们发现它们周围的一切都被吞噬了,甚至包括光。它们将周围的引力场扭曲,将其像条毯子一样裹在了自己身上。他描述了像空气一样稀薄的恒星——炽热的气体组成的巨大星云。他告诉我们猎户座星云是一颗原恒星,它刚刚发育成松散缠结的温暖气体团,可能在一百万年后就会变成太阳那样的恒星。他的讲座很受欢迎。甚至像老四和达涅·梅捷尼科夫这样的老手也会来听。我听了教授的课,也能感受到太空的神奇和美丽。它是如此浩瀚,如此辉煌,会让你一时间忘了恐惧。我顾不上把那些辐射的渊薮和稀薄气体的沼泽与自身的命运联系到一起,联系到这个脆弱、胆小、畏痛的造物,也就是我栖居的这具躯壳。但我可以考虑先将我的灵魂蜷缩在内心,然后飞进那些遥远的巨型天体之中。

---

① 俄罗斯城市。

一次会议期间,我告别了苏茜和弗兰西,找到教室附近的一处僻静角落坐下,半掩在常春藤下,心灰意冷地点燃了一支大麻烟。老四发现我在那里,飞过来,扇着翅膀,悬停在我面前。"我在找你,鲍勃。"他说。

大麻烟的劲儿开始上来了。"讲座挺有意思。"我心不在焉地说,此刻我正飘飘欲仙,哪顾得上老四是不是在我身边。

"你错过了最有意思的部分。"老四说。

我这才发现他看起来既害怕又满怀希望。他一定有心事。我又猛吸了一口,然后将大麻烟递给他。他摇了摇头。"鲍勃,"他说,"我觉得终于有件好事找上门了。"

"是吗?"

"是的,真的,鲍勃!非常好的事情,而且很快。"

我没心思听这些。我只想继续抽我的大麻,等讲座带给我的兴奋劲儿消退掉,然后我才好回去继续消磨剩余的日子。我最不想听的就是什么新任务,愧疚之心会让我有签约加入的冲动,然后恐惧又会让我半途而废。

老四抓住常春藤的架子,飞了上去,然后好奇地看着我。"鲍勃,我的朋友,"他说,"如果我能为你找到这样的好事,你能帮帮我吗?"

"怎么帮你?"

"带上我跟你一起走!"他喊道,"除了不能进着陆舱,我什么都能做。我觉得这次的任务,恰好也特别注重这一点。每个人都有赏金,即使是不得不留在轨道上的那个。"

"你在说什么?"大麻烟的劲儿已经上来了,我感觉自己膝盖窝里暖暖的,周围的一切都模糊起来。

最最亲爱的父亲、母亲、玛丽莎，还有小若昂：

　　请转告苏茜的父亲，她很好，并且很得长官们的赏识。她还在跟我的好朋友鲍勃·布罗德黑德热恋，这事儿你们自己决定要不要告诉她父亲。我那位朋友是个好人，一个认真的人，只不过他不太走运。苏茜已经申请休假，去执行一次寻宝任务，如果船长允许的话，她说要和布罗德黑德一起去。我们人人都说要出去，但大家也知道，并不是谁都会真这样去做，所以也许还不必担心。

　　纸短情长，就要到接驳时间了，我要去宇宙门待四十八小时。

爱你们的

弗朗西斯托

　　"梅捷尼科夫刚才在跟老师交谈。"老四说，"根据他说的，我认为，他应该知道了一项新任务。只不过——他们说的是俄语，我没有完全听懂。不过他说那是他一直在等待的任务。"

　　我冷静地说："上次他看好的任务，最后自己去寻宝，结果不是也不怎么样嘛？"

　　"这次不一样！"

　　"就算真有好事儿，他也肯定不会带上我——"

　　"你要是问都不问，别人当然也就没法带上你啊。"

　　"哦，见鬼。"我抱怨道，"好吧好吧。我去跟他说说。"

老四脸上露出了笑容，"你跟他说好之后，就带上我一起去，好不好，鲍勃？"

我掐灭了大麻烟，只抽掉了不到一半，我觉得最好还是给自己留点儿脑子。"我尽量吧。"说完我就走回教室，正碰见梅捷尼科夫从里面出来。

他回来之后我们还没说过话。他看起来像以往一样结实魁梧，连下巴上的胡须都修剪得整整齐齐。"你好啊，布罗德黑德。"他狐疑地说。

我没跟他废话，"我听说你有个好任务。我能一起去吗？"

他也没有废话，"不能。"他看着我，毫不掩饰脸上的厌恶。我倒也没指望他能给我好脸，我相信这是因为他听说了我和克拉拉的事儿。

"你要去寻宝，"我没有放弃，"怎么去，单人船？"他摸着下巴上的胡须。"不是，"他不情愿地说，"不是单人船，是两艘五人船。"

"两艘五人船？"

他狐疑地盯着我看了片刻，然后不怀好意地笑了。我讨厌他笑，因为我总是忍不住怀疑他在笑什么。

"好吧，"他说，"你想加入，那就加入吧，我是没什么问题。当然了，这事儿也不取决于我。你还得问问爱玛，明天早上她会做个简报会。她没准儿会让你去。那是个科考任务，起码能有百万赏金，并且还跟你有点儿关系。"

"跟我有关系？"这可有点儿意想不到！"什么关系？"

"去问爱玛。"他说，然后从我身边走过。

简报室里有十几个寻宝人，其中大部分我都认识：赛斯·福汉德、老四、梅捷尼科夫，还有些其他人，我要么一起醉过，要么一起睡过。我去的时候爱玛还没到。在她正要进来的时候，我成功地截住了她。

"我想参加这个任务。"我说。

她看起来吃了一惊。"你？我还以为——"但她停住了话头，没有说出她以为什么。

我接着说："梅捷尼科夫能去，我也一样能去！"

"你的记录可没他那么好，布罗德黑德。"她仔细地打量着我，然后说："好吧，你要是真想知道，那我就告诉你，布罗德黑德。这是一次特殊任务，部分原因也是由你而起。你那次愚蠢的错误，有了意想不到的结果。我倒不是说你破坏飞船的行为，那很蠢，而且如果宇宙间还有正义，你就应该为之做出赔偿。不过这世上有的人聪明绝顶，而有的人就是走狗屎运。"

"你们拿到宇宙门二号发来的报告了？"我猜测道。

她摇了摇头。"还没有。不过那无关紧要。我们仔细将你的任务编入了计算机，得到了一些很有意思的关联结果。把你带到宇宙门二号的那个航线设置——哦见鬼，"她说，"咱们进去吧。起码你可以坐下来听完我的简报。它会解释一切，然后我们再商量。"

她抓起我的胳膊肘，把我推进了房间，那是我们曾经用过的一个教室——多久以前的事儿了？好像都有一百万年了。我坐在赛斯和老四之间，等着听她要说什么。

"你们大多数人，"她开始了，"都是受邀来到这里——除了一两个例外。其中一个例外就是我们那位赫赫有名的朋友，布罗德黑德先生。你们大多数人应该都听说了，在宇宙门二号附近，他毁掉了一艘飞船。按说我们应该把书丢过去砸他，但在毁掉飞船之前，他无意中发现了一些有趣的线索。他的航线颜色不是去宇宙门二号的那些常规设置，事后我们用计算机做了比较，对于航线设置我们有了全新的概念。很显然，只有大约五项设置对目的地选择起到关键作用——这五项设置，在飞往宇宙门二号的通常路线设置里都有，而布罗德黑德的这个新路线设置里面正好也都有。至于其他设置的含义，我们就不知道了。但我们准备去搞清楚。"

她往后一靠，双手合十。"这次的任务有多个目的，"她说。"我们要尝试一些新的可能。开始阶段，我们会发射两艘飞船，去往同一目的地。"

赛斯·福汉德举起手，"为什么要这样做？"

"嗯，一方面是为了确保能有相同目的地。我们会对非关键……我们认为的非关键设置稍做更改。我们还会把这两艘飞船间隔三十秒发射。如果我们的预想正确，这样一来，就意味着两艘飞船到达目的地的时候，彼此间隔应该是三十秒内宇宙门移动的距离。"

福汉德的额头皱起，"参照物是什么？"

"问得好。"她点点头。"我们认为，参照物可以是太阳。因为如果选择相对银河系而言，那么星体运动——我们认为——是可以忽略不计的。还要先假设你到达的目的地是银河系内部，而不是某个十分遥远的地方，真那样的话银河系运动的向量就会显著不同。我的意思是，如果你跑到了银河系的另一面，那么相对于银河中心你的速度就是七十公里每秒了。我们不认为会发生那种情况。我们认为速度和方向都只会有相对较小的差异，而且——嗯，反正两艘飞船到达目的地之后，彼此之间的距离应该在两公里到两百公里之间。"

"当然了，"她愉快地微笑着说，"这些都只是理论上的推测。也许根本就不需要考虑相对运动。如果是这样,那么问题主要就是该如何防止彼此发生碰撞了。不过我们确定——相当确定——多少还是会有一些位移。你只需要保证有大约十五米的距离——也就是一艘五人船的直径。"

"相当确定是多确定?"一个女孩问道。

"哦,"爱玛坦诚道,"应该说,是比较确定。可如果我们不去试试,又怎么能知道呢?"

"这事儿听起来很危险。"赛斯评论道。他看起来倒没有害怕的意思。他只是在陈述一个看法。这一点他跟我不同:我在努力无视自己内心的感受,试图将注意力集中到简报的技术问题上。

爱玛看起来很惊讶,"这就危险了?你看,我都还没说到危险的部分呢。这个目的地,在所有单人船上都无法设置,而在大多数三人船和某些五人船上就可以。"

"为什么?"有人问。

"答案就留待你们去那里发现了。"她耐心地说,"这个设置是计算机挑选出来,最宜于测试航线设置之间的相关性。你们乘坐的是装甲五人船,而且都可以将这个特殊目的地设置进去。这就意味着这个设置当年也是昔奇设计师们确认过的,对不对?"

"那都是很久以前的事了。"我提出反对。

"哦,当然。我也没否认这点。危险还是存在的——起码在某种程度上。要不然也不会有那一百万了。"

她没有继续说下去,只是一言不发地望着我们,直到有人实在忍不住问道:"什么一百万?"

"等你们回来的时候,每人都有一百万元的赏金。"她说,"他们为此已经从公司资金中专门拨出了一千万元。大家均分。当然了,最后每个人的赏金超过一百万的机会也非常大。如果你们能够找到其他有价值的东西,平时的赏金级别也仍然适用。而且,计算机认为这次的任务前景非常乐观。"

笔记:关于特征印记

阿斯门宁博士:那么,当你要在一颗行星上寻找生命迹象时,别指望会有一个大大的霓虹灯招牌,上面写着:"这里住着外星人。"你得去寻找特征印记。所谓"特征印记",就是表明存在其他某事物的事物。它就像你在支票上的签名一样。如果看到了你的签名,我就知道这表明你愿意支付,于是我就可以用它兑现。当然,你的签名不算,鲍勃。

问题:一个毒舌的老师可真是人神共愤。

阿斯门宁博士:开个玩笑,鲍勃。甲烷就是一种典型的特征印记。它表明有温血哺乳动物(或类似事物)的存在。

问题:甲烷不是也可能来自腐烂的植物之类的吗?

阿斯门宁博士:哦,没错。但它主要还是来自大型反刍动物的消化系统。地球空气中的大部分甲烷都是牛放的屁。

"为什么这事儿能值一千万?"我问道。

"这事儿就不是我决定的了。"她耐心地说。这时,她又看向我,那目光好像在场的只有我自己,而不是一群人,接着说道:"还有，顺便说一下，布罗德黑德。我们打算将你对飞船的损坏一笔勾销。所以你能拿到多少，也就能留住多少。一百万元？也算一小笔不错的本钱了。你可以回老家，拿它做点儿小生意，下半辈子就有着落了。"

我们彼此面面相觑，爱玛只是坐在那里，带着温和的微笑等待着。我不知道别人在想什么。我只记得宇宙门二号和我的第一次飞行，大伙儿瞪大眼睛在仪器上搜寻着根本不存在的东西。我想每个人都在面对属于自己的不堪回首的失落感。

"后天，"她最后说，"就要发射了。想要报名参加的人，来办公室找我。"

他们接受了我，然后他们拒绝了老四。

不过这事儿并不像说的这样简单，从来都没有简单的事情：那个决定不带老四的人就是我。大伙儿很快就把第一艘飞船塞满了：赛斯·福汉德、两名来自塞拉利昂的女孩、一对法国夫妇——全都会讲英语，全都听了简报会，全都参加过以前的任务。到第二艘飞船报名的时候，梅捷尼科夫立即加入成为队长，他选择了一对同性恋：丹尼·A和丹尼·R。然后他同意了我的加入，不情不愿地。这样就还剩下一个位置。

"我们可以带上你的朋友马琴，"爱玛说，"还是说你更想带上你的另一位朋友？"

"什么另一位朋友？"我问道。

"我们收到一份申请，"她说，"是巴西巡航舰上的三等兵苏珊娜·埃雷拉。舰上批准她请假来参加这次任务。"

"苏茜！我不知道她也报名了！"

爱玛若有所思地研究着她的报名卡。"她完全符合要求。"她评价道,"而且,身材很棒。我是指,"她甜甜地说,"她的腿,当然了,我也知道,你对她身体的其他部位也有兴趣。还是说你并不介意这次任务陪着你的是一船的同性恋?"

我抑制不住地一阵愤怒。我可不是你以为的对性紧张的人,与男性发生身体接触,这事儿本身并不可怕。但是——如果这位男性是达涅·梅捷尼科夫,或是他的一位情人呢?

"三等兵埃雷拉明天就可以就位。"爱玛说道,"轨道飞行器停靠之后,下一艘就是巴西巡航舰。"

"你为什么非要问我?"我吼道,"梅捷尼科夫才是队长!"

"他说让你来决定,布罗德黑德。哪一个?"

"关我屁事!"我大吼道,然后离开了。不过,该做的决定其实是逃不掉的。我拒绝做出决定,这本身就已经表明了态度:不带老四上船。如果我为他争取,他们会选择他;而我并没有这么做,所以苏茜就是显而易见的选择了。

第二天我一直在躲着老四。我在蓝色地狱挑了一个新人,她刚从学校接受完培训,我们在她的房间里消磨了一夜。我甚至都没回自己的房间取衣服,所有的东西我都不要了,另买了一套装备。我很清楚老四可能会去什么地方找我——蓝色地狱、中央公园、博物馆——于是我避开了那些地方,找了一条长长的废弃隧道,漫无边际地穿行其中,一路上一个人也没有,我一直走到深夜。

然后我冒了个险,去参加为我们举办的告别派对。老四有可能会在那里,但周围也会有其他人在。

他的确在,路易丝·福汉德也在。事实上,她看起来是人人瞩目的焦点,可我都不知道她回来了。

她看见了我,向我招手,"我发财了,鲍勃!来干了这杯,我请客!"

有人往我一只手里放了一只杯子,另一只手里塞了一支大麻烟,在开始喝酒抽烟之前,我问了一下她找到了什么。

"武器,鲍勃!不可思议的昔奇武器,一百件。赛斯说,这些东西估值至少五百万元。可能再会有特许使用费……如果有人能够搞清楚怎么复制这些武器的话。"

我将烟吐出,又吞了一口土酿威士忌,冲掉嘴里的烟味,"什么样的武器?"

"看着就像隧道挖掘机,却是便携的。它们能够在任何东西上打个洞。我们着陆的时候失去了萨拉·贝拉方塔,就因为其中一件发现在她的宇航服上打了个洞。但蒂姆和我可以平分她那一份赏金,所以就是一人两百五十万。"

"恭喜你!"我说,"真没想到人类竟然还需要一种互相残杀的新方法,不过——还是恭喜你。"我获得了一种占据道德制高点的快感,我需要这些,因为我转过身就看到了老四,他挂在空中,正在看着我。

"要来一口吗?"我问道,将烟递给他。

他摇了摇头。

我说:"老四,这事儿不取决于我。我让他们——我没有让他们不要带上你。"

"那你让他们带上我了吗?"

"这事儿不取决于我。"我说。"嘿,我说!"我突然想到了一个办法,"既然路易丝已经有所收获,赛斯没准儿就不再想去了。你可以代替他的位置啊?"

他向后退去,看着我,只是脸上的表情变了。"你不知道吗?"他问道,"赛斯的确退出了寻宝任务,但他的位置已经有人代替了。"

亲爱的宇宙门之音：

上个月，我花了五十八点五元自己的血汗钱，带妻子和儿子去听了一场"讲座"，主讲人是你们的一位返航"英雄"，他的到访据说令利物浦"蓬荜生辉"（自然，他也所获颇丰，因为有很多像我这样的人）。他算不上一位非常风趣的演讲者，这我并不介意。倒是他火星四溅的讲话，令我焦虑得如同热锅上的蚂蚁。他说我们这群地球上的可怜虫，根本不晓得你们正在从事的高尚冒险活动是如何的充满风险。

好吧，兄弟，今早我取出了储蓄账户上的最后一镑，好让我妻子的肺能够得到修补（多年的老毛病了，黑色素瘤石棉肺，CV/E，你知道的）。下周就要给孩子缴学费了，可我还不知道钱从哪儿来。今天早上，我在码头从八点一直等到十二点，想看看有没有搬运货物的活儿（根本没有），然后工头就对我说我是多余的人，意思就是从明天起我就不用来了。你们这些英雄，有人想来一件儿便宜的多余部件吗？我可供出售——肾、肝，等等。所有器官也都情况良好，或者说都符合十九年的码头工作之后所应有的状况，除了双眼的泪腺：我为寻宝人遭受的磨难哭得太多，已经把它们用坏了。

H. 德拉克洛斯

"浪尖"公寓 B 座 17 号副楼 41 层

默西塞德 L77PR 14JE6

"谁?"

"就是你身后的那个人。"老四说。我转过身来,她就在那儿,看着我,手里端着一只酒杯,脸上的表情难以捉摸。

"你好啊,鲍勃。"克拉拉说道。

我为了给自己壮胆,在来派对之前,已经在物资供应站那边喝了几杯,到这会儿我已经有九分醉,剩下一分基本麻木了,可是我一看见她,所有醉意倏地一下都消散了。我放下酒杯,顺手把烟递给别人,抓住她的胳膊,把她拉到隧道里。

"克拉拉,"我说,"你收到我的信了吗?"

她看起来一头雾水,"什么信?"她摇了摇头,"你是不是发到金星去了? 我没有去那儿。我乘坐的轨道飞行器跟黄道面航班会和之后,我临时改变了主意。直接又乘坐轨道飞行器回来了。"

"哦,克拉拉。"

"哦,鲍勃。"她咧嘴一笑,学着我说道。这并不好玩,因为她这一笑,我就看见她缺了一颗牙,那可是被我打掉的,"难道你跟我还有什么话要说吗?"

我伸出双臂搂住她,"有的,我要说我爱你,我对不起你,我要补偿你,我还想跟你结婚,生活在一起,生一堆孩子——"

"天哪,鲍勃。"她轻轻把我推开,"你这一说就滔滔不绝啊!先别着急。有空再慢慢说吧。"

"可我都憋了好几个月啦!"

她大笑起来,"别傻了,鲍勃。对于射手座来说,今天诸事不宜,特别是关于爱情的决定。我们找个别的时间再谈吧。"

"又是这套屁话! 听着,我根本不信那个!"

"我信,鲍勃。"

任务报告

　　飞船编号：3-184，航行编号：O19D14O，船员：S.寇西斯，A.麦卡锡，K.松尾。

　　飞行时长：去程六百一十五天九小时。未收到来自目的地的船员报告。目的地球面扫描数据无结果。无可识别特征物。

　　无概要。

　　飞行日志摘录："现在是出发后第二百八十一天。先是松尾抽中了签，自杀了。四十天后，艾丽西亚也主动自杀了。可我们还没有到达翻转点，他们都白白牺牲了。剩下的口粮根本不够养活我，即便把艾丽西娅和肯尼的身体算上也一样。他们在冰箱里冻着，都还完完整整的。所以，我准备把所有的设备调到全自动，然后服毒自杀。我们都留下了信件。如果这艘该死的飞船还能回去的话，请帮我们按照上面的地址发出去。"

　　飞行计划书中提出了一项建议：若配给双倍生命支持口粮，只搭乘一名船员，五人船或许能够完成这项任务并成功返回。该建议以低优先级被搁置：重复这项任务无明显收益。

　　我突然来了灵感，"嘿！我肯定可以跟第一艘飞船上的某个人换一下！或者，等等，也许苏茜可以跟你换一下——"

　　她摇摇头，还在微笑。"我可不觉得那么做苏茜会高兴。"她说,"不管怎么说,光我跟赛斯换这一下就让他们抱怨了半天。他们不可能欣然接受又一次临时变动。"

"我才不管他们接不接受,克拉拉!"

"鲍勃,"她说,"别逼我。咱们俩的事儿,我想了很多。我觉得,有些事情还是值得的。可我还没有完全想清楚,而且我也不想急着下结论。"

"可是,克拉拉——"

"就这样吧,鲍勃。我上第一艘五人船,你上第二艘。等到了要去的地方,咱们可以再谈谈。兴许还能换换位置,一起回来。而且这段时间里,咱们俩正好可以有机会仔细想想——自己真正想要的是什么。"

我好像只会说一句话,好像只会一遍遍重复着这句话:"可是,克拉拉——"

她亲了我一下,然后把我推开。"鲍勃,"她说,"别这么着急,我们还有的是时间。"

27

"告诉我,西格弗里德,"我说,"我有多紧张?"

这一次,他把自己装扮成了西格蒙德·弗洛伊德的全息影像,维也纳人恶狠狠的目光中,不掺杂一丝丝愉悦。不过他的声音却是柔和而哀伤的男中音:"如果你是问我的传感器探测结果,鲍勃,那么你现在的确心烦意乱,没错。"

"我就知道。"我在垫子上翻腾着说道。

"你能告诉我为什么吗?"

"不能!"整整一周我都是这样度过的:与多琳和S.雅享受美妙的性爱,之后却一边冲澡一边泪如雨下;参加刺激的赌博和桥牌锦标赛,之后却在回家的路上陷入无边的绝望。我觉得自己像个悠悠球。"我觉得自己像个悠悠球。"我大声喊了出来,"你释放了一些我处理不来的东西。"

"我认为你低估了自己对痛苦的处理能力。"他安慰道。

"去你妈的,西格弗里德! 你又知道什么人类的能力了?"

他轻轻地叹了口气,"我们非得每次都说这个吗,鲍勃?"

"我们就是要说!"有趣的是,现在我感觉不是那么紧张了。我逼着他跟我反复争辩同样的话题,这样我们的谈话就没那么危险了。

"你说得没错，鲍勃，我是一台机器。但我是一台旨在了解人类的机器，而且请相信，我的功能设计非常好。"

"设计！西格弗里德，"我冷静地说道，"你不是人类。你也许有知识，但你没有感觉。作为一个人类，做出决定的时候是什么感觉，背负情感的时候又是什么滋味，你完全不了解。当一个人不得不把他的朋友绑起来，以防他自杀的时候，那是一种什么样的感觉，你不知道；还有，当一个人的亲人死去，而他知道那是因为他的过错的时候；当他害怕得魂飞魄散的时候。"

"这些我都知道，鲍勃。"他轻轻地说，"我真的知道。所以我想搞清楚，你的感情为何如此狂暴，所以能不能请你帮帮忙？"

"不能！"

"但你的剧烈反应，鲍勃，恰恰表明我们正逐渐触及你痛苦的根源——"

"把你那些钻头，都他妈从我脑子里拔出去！"然而这个比喻并没有让他花上一秒去理解，今天他的代码调得很精细。

"我不是牙医，鲍勃，我是心理分析师，并且我告诉你——"

"住口！"我知道要怎么做才能让他远离这些令人痛苦的话题。自从那一天后，我就再没用过 S.雅那条秘密小指令，但是现在我想再次使用它。我念出那句咒语，将他从大老虎变成了小猫咪。他翻过身子，让我抚摸他的肚子。我命令他从访谈记录中挑些更俗艳点儿的东西显示给我看，里面要有古怪精灵的迷人女性。接下来剩余的诊疗时间里我就像在看一面西洋镜，最后我从他的房间离开，又一次全身而退。

或者说，几乎全身而退。

28

在那昔奇人藏身的轨道里，在那群星的巨穴中，我们穿越隧道，披荆斩棘，抚平追寻昔奇人足迹时所留下的伤痕……老天，这简直就是个童子军训练营，翻转之后的十九天里，我们一直在唱唱跳跳。我一生之中从来没有感觉这么好。这一部分是因为恐惧之后的解脱：当我们发现飞船开始翻转时，大家自然都松了一口气。还有一部分是因为前半段的旅程实在难熬：梅捷尼科夫和他那两名男朋友深陷复杂的三角关系，一直争吵不休；而自打上了飞船，苏茜·埃雷拉对我的兴趣就大不如从前在宇宙门上和我做炮友的时候了。但我觉得，对我来说最高兴的事还是知道自己离克拉拉越来越近了。丹尼·A帮助我作了计算。他在宇宙门上教过课，虽然他算的也不一定对，但我们这儿再没有其他人能够帮助参详了，所以我就姑且相信他的话。他计算了翻转之后的时间，认为我们已经飞了差不多三百光年——当然这只是个猜测，不过也相当接近实际情况了。那艘飞船，就是克拉拉乘坐的那艘，从出发到翻转之前，一直在我们前方，距离不断拉大，在到达翻转那一刻，我们的速度差不多超过了每天十光年（据丹尼说）。

克拉拉的五人船在我们之前三十秒发射,那么简单算一下:大约一光日,也就是三十万公里每秒乘以六十秒乘以六分钟再乘以二十四小时。等到了翻转点,克拉拉在我们前面已经足有一百七十五亿公里了。听起来似乎很远,也的确如此。但在翻转之后,我们就开始逐日缩小跟她的距离,跟在她后面,沿着同一个奇妙的孔洞飞行,那就是昔奇人给我们钻出来的穿越空间的通道。我们的飞船通过的每一处,都曾留下她的痕迹。我能感觉到自己追赶的步伐,有时甚至有种幻觉,认为自己能闻到她的香水味。

分类广告

对大键琴感兴趣?走,群交。征集四名志同道合的寻宝者,商讨如何组队。格里曼,电话:78-109。

隧道大甩卖。低价处理全息影碟、衣服、成人用品、书籍,应有尽有。新手层,第十二隧道,打听迪维托里奥,11:00开始,直至全部售空。

征第十人,需为艾布拉姆·R.索尔查克(推定死亡)做法事,第九、第八和第七人亦缺。87-103。

我把这些话告诉了丹尼,他怪异地看着我,"你知道一百七十五亿公里有多远吗?他们和我们之间,能塞得进整个太阳系,差不多刚刚好——冥王星轨道的半长轴是三十九点几个天文单位。"

我大笑起来,有点儿不好意思,"我只是触景生情而已。"

"那就睡觉吧,"他说,"在梦里继续。"他知道我对克拉拉的感情,整艘飞船上的人都知道,甚至梅捷尼科夫,甚至苏茜。也许这不过是幻觉,但我觉得他们都希望我们俩幸福。大家都希望我们每个人幸福,所以我们都在仔细规划,要如何处理我们的赏金。对于克拉拉和我,每人一百万元,这将给我们的生活带来恰到好处的改变。也许不够全面医保——肯定不够,因为我们还想留点儿钱花在消遣娱乐上。但至少可以够得上大病医保,那也就意味着只要不遭受极端伤害,身体就可以保持在非常好的健康状况,再活上个三四十年。我们可以从此以后过上幸福的生活:旅行、孩子和漂亮的家,住在一个体面的地方——等一下,我提醒自己。家选在哪里? 不能回到任何靠近食物矿的地方。也许干脆就不回地球。克拉拉想回金星吗? 我无法想象自己像地沟老鼠们那样生活。但我也无法想象克拉拉在达拉斯或纽约生活。当然,我的愿望总是远超现实:如果我们真的发现了什么,一百万算得了什么,也许只是个开始。然后我们可以想要什么样的房子就有什么样的房子,想住在哪儿就住在哪儿,还有全面医保,带器官移植的,可以让我们保持年轻、健康、美丽,而且床上本领高强,还有——"你真的该睡觉了,"丹尼·A说,他在我旁边的吊床里,"你这么瞎折腾可有点儿危险。"

但我还不困。我饿了,而现在已经不用担心食品供应了。十九天来,我们一直在进行饮食管制,在飞行的前半程必须如此。一旦飞船到达了翻转点,那剩下的行程还可以消耗多少饮食你就心中有数了,因此有一些寻宝人回来的时候甚至能长胖。我爬下吊床,出了着陆舱,苏茜和两位丹尼都躺在里面,然后我发现自己为什么会饿了。达涅·梅捷尼科夫在炖肉。

"够两个人吃吗?"

他看着我,想了想,"够吧。"他打开压紧的锅盖,朝里面看了看,又从蒸汽收集器里挤了几百毫升水进去,说:"再等十分钟。

我要先喝一杯。”

我接受了邀请，我俩来回传递着一瓶酒，喝了起来。他晃动炖肉，又加了一撮盐；我在替他读取恒星读数。我们仍在以接近最高速度飞行，这种时候观察屏上根本看不出什么熟悉的星座，甚至连一颗星星都看不出来，但这会儿的气氛却让我开始觉得舒适和气。对他来说也是如此。我从未见过达涅如此开心和放松。“我一直在想，”他说，“一百万就够了。拿了钱之后，我要回雪城①，完成我的博士学业，再找份工作。一定会有学校想要一个驻校诗人或是一个英语老师，何况是个飞过七次寻宝任务的。一份体面工作的工资，加上这次飞行得到的钱，也足够我下半辈子用的了。”

我只听见了他说的一个词，清清楚楚，却令人惊讶：“诗人？”

他笑了，“你不知道吗？我就是这么来的宇宙门——古根海姆基金会为我支付的路费。”他把锅从炉子上拿下来，把炖肉分到两个盘子里，我们吃了起来。

就是眼前这个家伙，两天前还在冲着那俩丹尼凶狠地吼叫，害得苏茜和我躺在着陆舱里愤怒而无助地听了整整两个小时。一切都“翻转”了。我们可以自由地回家了，这项任务也不会因为燃料耗尽而搁浅，而我们也不必担心没有什么发现，因为不管怎样我们的赏金都是有保障的。我问他都写过什么诗。他不肯背给我听，但答应等我们回到宇宙门，就给我看他发给古根海姆基金会的诗集副本。

我们吃完炖肉，又把锅和盘子都舔干净，丢在一边。达涅看了看手表。“这会儿还早，不到叫醒他们的时候，”他说，“也不知道该找点儿什么事情做。”

①美国纽约州中部城市。

他看着我,面带微笑。那是个真挚的微笑,而不是挪揄的嘲笑。于是我靠过去,投入了他温暖热情的怀抱。

接下来的十九天仿佛就像是一小时,时钟告诉我们:到达的时刻就要来临了。我们全都醒着,挤在座舱里,就像一群渴望过圣诞节的孩子,等待着打开自己的节日玩具。这是我经历过的最开心的旅程,有可能也是所有人最开心的一次旅程。"你知道,"丹尼·R若有所思地说,"我都有点儿舍不得结束这段旅程了。"苏茜刚刚能大概听懂我们的英语,她说:

"Sim, ja sei①,"接着又说,"我也是!"她捏了捏我的手,我也回捏了她一下,可我此刻真正想着的是克拉拉。我们尝试过几次无线电通信,但在穿越空间的昔奇虫洞中,它不起作用。不过等到我们从虫洞出来的时候,我就能和她说话了! 我不在乎有别人在旁边听着,我知道自己想什么。我甚至知道她会如何回答。这还用问吗? 出于跟我同样的想法,她在另一艘飞船上肯定也是同样的欢欣愉悦,带着所有这些爱与喜悦,答案是毋庸置疑的。

"飞船就要停下来了!"丹尼·R大喊道,"你们能感觉到吗?"

"是的!"梅捷尼科夫喜滋滋地应和道,他在飞船里晃来晃去,那是因为人工重力的微小波动,这迹象表明我们回到了正常空间。还有另一个迹象:机舱中心的金色螺旋开始发光,一秒比一秒更亮。

"我想我们已经成功到达了。"丹尼·R说,喜悦之情溢于言表,而我也和他一样高兴。

---

① 葡萄牙语,"是的,我知道"之意。

笔记:关于压电效应

赫格拉梅特教授:关于血钻石,我们的一个发现是:它们有很神奇的压电效应。有人知道这意味着什么吗?

问题:如果对血钻石施加电流,它们就会反复膨胀和收缩?

赫格拉梅特教授:正确。反之亦然。如果反复挤压它们,就能产生电流。可以说这种效应发生得非常迅速。这就是压电电话和压电电视的技术基础。一个五百亿元左右规模的产业。

问题:这项技术的特许使用费让谁拿到了?

赫格拉梅特教授:你知道吗,我就猜到你们肯定有人会问这个问题的。谁也没拿到。血钻石是很多年前在金星上的昔奇人居住区发现的。时间比发现宇宙门还都要早很多。贝尔实验室经过研究,发现了如何使用它们。事实上,他们用了些比较特别的东西,是一种由他们自己开发的合成物。贝尔凭此制造出优秀的通信系统,而且不需要付钱给任何人。

问题:昔奇人拿血钻石也是派这个用场的吗?

赫格拉梅特教授:我个人的意见是,也许是这样,但我也不知道他们到底是怎么用的。你会想,既然他们留下了这些血钻石,那么按说也应该留下配套的通信接收机和发射机,可是如果真是这样,我也不知道那些东西在哪儿。

"我来做球面扫描。"我自信地说道,我知道该怎么做。苏茜看到我的示意,打开了着陆舱的门,她和丹尼·A要出去看看周围的恒星。

但丹尼·A并没有跟她一起行动。他正紧盯着观察屏。我开始操纵飞船转向,视野中很多恒星,一切看起来都很正常。这些恒星从外观看毫无异样,只不过不知道为什么它们看起来都很模糊。

我猛地一晃,差点儿摔倒。飞船的转向动作似乎不像预计的那么平稳。

"有无线电呼叫。"丹尼说。梅捷尼科夫皱起眉头,抬头看了看指示灯。

"快打开。"我高喊道。没准儿是克拉拉在呼叫我。

梅捷尼科夫依然眉头紧皱,伸手去按开关,这时我发现那螺旋变成了前所未见的亮金色:就像稻草的颜色,似乎十分炽热。没有热量散发出来,但那金色闪耀出白色的条纹。

"这有点儿不对劲儿啊。"我指着它说道。

我不知道有没有人听到我说话,无线电受到静电干扰,在座舱里响起阵阵杂音。梅捷尼科夫连忙去旋动调谐和增益旋钮。有人在说话,声音盖过了嘈杂的信号,一开始我都没有听出那是谁的声音。是丹尼·A的。"你们感觉到了吗?"他喊道,"是引力! 我们有麻烦了。停止扫描!"

我本能地关掉了扫描仪。

但是这时飞船的屏幕上已经发生了变化,某种东西进入了视线,那不是一颗恒星,也不是一个星系。那是一个淡蓝色的昏暗光团,斑驳、巨大,一瞥之下十分可怕。我知道那不是恒星。没有恒星会这么大、这么暗。直视着它,眼睛会觉得刺痛,但不是因为亮度。是眼睛里面,深达视神经的刺痛。连大脑都感到疼痛。

驾驶操作指南增补104

您的驾驶操作指南还应增补如下内容:

包含本图中所示线条和颜色的航线设置或与可供该飞船使用的燃料或其他助推方式的剩余量有一定关系。

所有寻宝人必须注意:图2橙色中那三条亮线或代表极度短缺。以往所有飞船,其航线设置显示如此者,均未能返航,包括检修试航飞船。

梅捷尼科夫关掉了无线电,座舱内一片寂静,这时我听到丹尼·A仿佛祷告似的念道:"我的老天爷啊,让我们给撞上了。那东西,是个黑洞。"

29

　　"如果你允许，鲍勃，"西格弗里德说，"在你命令我进入被动模式之前，我想和你探讨一些事情。"

　　我心里一惊，这狗日的怎么知道了我的心思。"根据我的观察，"他继续说道，"你有些忧虑。我就想跟你探讨一下那些忧虑。"

　　简直难以置信，我竟然觉得自己应该补偿一下他的感受。有时候我都忘了他是台机器。"没想到其实你一直知道我的打算。"我表示了歉意。

　　"我当然知道，鲍勃。只要你给我正确的指令，我就会服从，但你从来没有给我下达停止记录和整合数据的指令。我估计你并没持有这条指令。"

　　"你很会估计，西格弗里德。"

　　"你完全可以访问我所拥有的任何信息。之前我都没有试图干预，直到现在——"

　　"你能吗？"

　　"是的，我的确有能力将指令集的使用说明发送给更高权限拥有者。但我还没有那样做。"

"为什么不那样做呢。"这个老螺栓脑壳总是让我意外，他说的这些我之前都不知道。

"正如我前面所说，没有理由。但是很明显你在试图推迟某种对质，我想告诉你我认为这种对质都牵涉哪些方面。然后，你可以自己做决定。"

"哦，天哪。"我甩开绑带，坐了起来，"我能抽根烟吗？"我知道答案会是什么，但他又让我意外了。

"在目前这种情况下，可以。如果你觉得需要舒缓一下压力，我同意。我本来还考虑要不要给你打一针低剂量镇静剂，如果你需要的话。"

"是嘛！"我赞许地说着，点燃香烟——还真差点儿忍不住给他也点上一支，"好了，我们开始吧。"

西格弗里德站起来，伸开双腿，又坐到一把更舒适的椅子上。他还能这么做，我从前也不知道。"我是想帮你放松下来，鲍勃。"他说，"我相信你也知道。首先让我来给你讲一讲，关于我能做什么——还有你能做什么——我想你并不了解。我可以提供所有病人的信息。也就是说，你不仅局限于那些访问过这个终端的人。"

说完他停顿了片刻，于是我说："我不明白你的意思。"

"我认为你明白，或者说你会明白的。只要你想。不过，更重要的问题是：你试图压抑的是哪部分记忆。我觉得你有必要把它释放出来。我考虑过给你做轻度催眠、注射镇静剂，甚至可以请一位真正的人类精神分析师来给你做一次诊疗。只要你愿意，所有这些都是你可以自由选择的。但我发现在讨论中，让你更自在的办法是把你体会到（观察到？）的东西当成纯客观的现实，和你自己的主观介入无关。所以，我想和你探讨一次事件，就用那些心理学术语。"

我小心翼翼地从烟头上掸掉一些烟灰。他说得对。只要保持谈话是抽象的,不涉及具体的人,那么我什么破事儿都可以谈。"你说哪次事件,西格弗里德?"

"你从宇宙门出发的最后一次寻宝飞行,鲍勃。让我帮你回忆一下——"

"不是吧,西格弗里德!"

"我知道你觉得自己记得十分清楚,"他说得没错,"从某种意义上讲,我也不觉得你需要我帮你回忆什么。不过,正是那段特别的经历,似乎集中了你内心所有的忧虑。你的恐惧。你的同性恋倾向——"

"嘿!"

"——可以肯定的是那并非你性行为的主流,鲍勃,但它带给你的忧虑,超乎你的承受水平。你对你妈妈的感情。你自己背负起来的沉重的负罪感。还有一个最重要的,就是那个女人——格勒-克拉拉·莫恩林。所有这些事情都在你的梦中反复出现,鲍勃,只是你经常不去鉴别。而它们全都在这段经历里集中出现了。"

我捻熄了一支香烟,意识到我已经连抽两支了。"我不觉得那次事件跟我妈妈有什么关系。"我最后说。

"你真不觉得?"那幅我称之为"心理医生西格弗里德大人"的全息影像挪到了房间的一角。"我来给你看一张照片。"他举起一只手——纯粹是为了戏剧效果,我知道——角落里出现了一个女人的影像。那影像很模糊,但身形清晰,看动作正在掩口咳嗽。

"这可不太像我妈妈。"我提出异议。

"不像吗?"

"行啊,"我大度地说,"估计你已经尽力了。我是说,除了我对她的描述,你也没有什么其他信息可供参考。"

"这幅影像,"西格弗里德柔声说,"是根据你对苏茜·埃雷拉的描述生成的。"

我又点上了一支烟,有些吃力,因为手一直在抖。"哇,"我真心觉得佩服,"我得向你脱帽致敬,西格弗里德。你这个想法很有意思。当然了,"我突然感到一阵烦躁,接着说道,"老天啊,苏茜只是个孩子! 你这么一说,我发现——我是说现在才发现——她们还真有那么点儿像。但年龄就完全对不上了。"

"鲍勃,"西格弗里德说,"在你小时候,你妈妈是多大年纪?"

"她那时候很年轻。"过了一会儿,我又说道,"其实吧,她当时看起来比实际岁数还要年轻很多。"

西格弗里德让我自己寻思了一会儿,然后他再次挥了挥手,那女人的影像消失了,突然又出现一幅两艘五人船的影像,两艘飞船的着陆舱对接在一起,飘在太空中。在它们身后,是——

"哦,我的天啊,西格弗里德。"我说。他没说话,等了我一会儿。对我而言,他可以永远等下去,因为我根本不知道该说什么。我不觉得痛苦,却全身麻痹。我说不出话,也无法动弹。

"这幅图,"他开始说话,声音很轻柔,"重现的就是你们远征队的那两艘飞船,到达人马座YY附近目标的场景。那是一个黑洞,或者更准确地说,是一个极速旋转状态下的奇点。"

"我知道那是什么,西格弗里德。"

"是的。你知道。由于它的旋转,其所谓'事件入口'或'史瓦西非连续时空'的平移速度将超过光速,因此它并非是全黑的。事实上,借助切伦科夫辐射可以观察到它。正因为你们的仪器采集到了那个奇点的切伦科夫辐射读数以及其他方面的数据,你们的远征队才获得了一千万元的额外赏金。再加上之前商定的总赏金,连同其他几项较小数额的收入,共同构成了你现在的财富基础。"

"这个我也知道,西格弗里德。"一阵停顿。

"你能否告诉我,关于那次事件,你还记得什么,鲍勃?"

一阵停顿。

"我也不知道能不能,西格弗里德。"

又是一阵停顿。

他甚至都没有鼓励我去尝试一下。他知道自己不必这么做。我自己就会尝试去做,而且我会仿照他的方式。那次事件里面,有些东西是我无法开口谈论的,那些东西我甚至想起来就害怕,但除了那最核心的恐怖,外层包围着的某些东西我还是可以谈一谈的,那就是客观现实。

"我不知道你对奇点了解多少,西格弗里德。"

"大概可以这么说,就是你认为我应该了解到的程度,鲍勃。"

我按熄手上的香烟,又点燃一支。"好吧,"我说,"你我都知道,你要是真想了解奇点,查一查数据库就行,而且比我知道的更多更确切,不过无所谓了……关于黑洞,首先你要记住的是:它是个陷阱。它弯曲光,它弯曲时间。一旦进去,你就不可能再出来。可是……可是……"

过了一会儿,西格弗里德说:"你要是想哭,就哭吧,这没什么的,鲍勃。"这时我才突然意识到自己其实已经哭了。

"天哪。"我说,抓起垫子旁边一张纸巾(西格弗里德永远会在那里摆好一盒纸巾,方便我取用),擤了擤鼻子。他在等待。

笔记:关于营养

问题:昔奇人吃什么?

赫格拉梅特教授:要我说,和我们差不多:什么都吃。我认为他们是杂食者,找到什么就吃什么。至于他们具体的饮食构成,我们倒还真是一无所知,只能从空壳任务做些推测。

问题:空壳任务?

赫格拉梅特教授:至少有四次记录在案的任务,他们并没有飞到另一颗恒星,没有飞出那么远的距离,可是出来之后却也不在太阳系中。那里飘浮着许多彗星的空壳,呃,离飞船大概半光年左右的距离。这几次任务都被标记为失败,但我不这么认为。我一直在敦促董事会为他们颁发科学赏金。其中三次,他们似乎到达了一片陨石群之中。另一次任务,出来之后就正在一颗彗星上面,几百个天文单位之外。陨石群,当然通常也是古老、死亡的彗星的残骸。

问题:你是说昔奇人吃彗星?

赫格拉梅特教授:吃构成彗星的物质。你知道都是什么吗? 碳、氧、氮、氢——和你早饭吃的一模一样。我认为他们用彗星做原料,来制造食物。我认为,从那些目的地是彗星外壳的任务里面,迟早会发现一个昔奇食品工厂,然后我们任何地方的任何人类就再也不用忍饥挨饿了。

"可是我却逃出来了。"我说。

这时西格弗里德做了一件大大出乎我意料的事——他准许自己开了个玩笑。"这一点,"他说,"是显而易见的,因为你正在这里躺着。"

"这他妈也太折磨人了,西格弗里德。"我说。

"我相信这对你而言的确是种折磨,鲍勃。"

"来之前我应该先喝上一杯的。"

咔嗒一声。"你身后那个橱柜,"西格弗里德说,"就是我刚刚打开的那个,里面摆了几瓶相当不错的雪利酒。不是葡萄酿的,很抱歉,医疗服务品不适合搞得太奢侈。不过我认为你也喝不出来那是用天然气酿造的。哦,里面还掺了一点儿四氢大麻酚,可以起到舒缓神经的功效。"

"我的老天啊!"我已不知该如何表达我的惊喜之情了。雪利酒完全符合他的描述,我能感受到它在我心中弥散的温暖。

"好了。"我把酒杯放下,"嗯,当我回到宇宙门时,他们已经把远征队的人全都注销了。我们几乎晚回去了一年。因为我们几乎一直待在事件视界①里面。你了解时间膨胀②吗……哦,算了,"他还没回答,我就说道,"这问题显然不需要回答。我的意思是,当时发生的就是所谓时间膨胀的现象。如果你接近一个奇点,你就要面对双生子佯谬③。我的意思是,也许对我们来说,

①一种时空的曲隔界线。视界内的逃逸速度大于光速。

②狭义相对论预言,运动时钟的"指针"行走的速率比时钟静止时的速率慢,这就是时钟变慢或时间膨胀,又称钟慢效应,是相对论性效应之一。时间膨胀表明了时间的相对性。

③一个有关狭义相对论的思想实验。有一对双生兄弟,一个登上一宇宙飞船作长程太空旅行,而另一个则留在地球。结果当旅行者回到地球后,他发现自己比留在地球的兄弟更年轻。

时间只过了一刻钟；可是在宇宙门，或者是这里，或者是非相对论宇宙的任何地方，你找个时钟一看，时间已经过了几乎一年。而且——"

我又喝了一杯，这才有足够的勇气继续说下去：

"而且我们越是深入黑洞，我们的时间就会变得越来越慢。慢，更慢，更加慢。如果再靠近一点儿，我们的十五分钟就可能变成外面的十年。继续靠近一点，就会是一个世纪。我们当时，就靠得有那么近，西格弗里德。我们几乎被困在里面了，我们所有人。

"可是我却逃出来了。"

这时我想到了什么，于是看了看手表，"说到时间，我都超时五分钟了！"

"我今天下午再没有别的预约了，鲍勃。"

我瞪着他，"什么？"

他轻声说道："在你来之前，我已经把我的日程表全都清空了，鲍勃。"

我没有再次喊出"我的老天"，尽管我非常想这么做。"你这是要专门搞我啊，西格弗里德！"我生气地说。

"我没有强迫你超时留下，鲍勃。我只是告诉你，可以有这个选项，如果你想选择的话。"

我斟酌了片刻。

"你真是个厚颜无耻的傻逼电脑，西格弗里德。"我说，"好吧。那个，你知道，我们是无法作为一个整体跑出来的。我们的船被困住，陷入了万劫不复的深渊，那里压根儿就没有回家的路。但是丹尼·A，他是我们的一件利器。他知道所有关于黑洞的物理定律。作为一个整体来看，我们是被困住了。

"但我们并非一个整体！我们是两艘飞船！而且每一艘飞船，还可以再分离成两艘，因为有着陆舱！在两艘飞船构成的整体系统里，如果我们能以某种方式将加速度从一艘转移到另一艘，也就是说，将一艘飞船踹进黑洞更深处，同时以反作用力让另一艘飞船向上飞出黑洞——那么第二艘飞船就可以重获自由！"

长时间的寂静。

"你何不再来一杯呢，鲍勃？"西格弗里德彬彬有礼地说，"我是说，等你哭完以后。"

30

恐惧！巨大的恐惧在我身体里兴风作浪，我已无法感知它。它浸透了我的所有感官，我不知道我有没有惊声尖叫，有没有胡言乱语，我只是机械地听着丹尼·A的指示，他说什么，我做什么。我们把两艘飞船尾对尾摆好，然后把两边的着陆舱对接在一起，然后我们竭力将装备、仪器、衣物，所有东西，从第一艘飞船搬到第二艘飞船上所能找到的任何空档处，这样才能在五人乘坐就已经很拥挤的五人船里塞进去十个人。我们排成一队，用双手传递着各种物品。达涅·梅捷尼科夫估计腰都累断了，他负责在两个着陆舱里改装燃料的开关，能一下子把每一滴氢燃料全都喷出去。我们能活下来吗？无法预料。我们的两艘五人船都是装甲的，我们也相信昔奇金属制成的外壳不会轻易损坏。但外壳里面装的是我们，我们躲藏在其中一具外壳之中，奔向自由——或者说希望奔向自由——然而根本就没有任何办法来判断我们是否能够获得自由，也不知道即使获得了自由，船壳里是不是也只剩下一摊摊肉泥了。留给我们的时间转瞬即逝，只能以几分钟计。我感觉在十分钟之内有二十次经过克拉拉身边，我还记得，有一次，就是第一次见面的时候，我们还吻了对方。或者说朝着

303

对方的嘴唇，努力凑近些。我记得她的气味，一次我抬起头，因为闻到了浓郁的麝香油，却没有看见她这个人，然后我又走神了。自始至终，每个观察屏上，一直闪烁着那个浩瀚、险恶的蓝色大球。它就悬在外面，相位效应让它的表面不断掠过一道道阴影，景象十分可怖。而它的引力波也紧紧攥住了我们的内脏，不断撕扯。丹尼·A在第一艘飞船的座舱内，一边看着时间，一边将袋子和包裹踢进下面的着陆舱，然后大家将它们传递着通过对接舱口，再通过着陆舱，再到第二艘飞船的座舱。我在那儿等着，再将这些东西四下推开，顾不上选择方向，只管腾出更多空间。"五分钟，"他大喊着，"四分钟！"然后，"三分钟，把该死的导线拿出来！"然后又是，"时间到！所有人！丢下手头在做的事情，都到这儿来。"我们照做了。我们所有人，除了我。我能听到别人在大声叫喊，然后又在呼唤我，但是我落在了后面，我们这艘着陆舱被阻塞，我来不及通过舱门了！我拖开不知道是谁的旅行筒包，想清理出一条路来，这时只听到克拉拉在无线电里尖叫着："鲍勃！鲍勃，看在上帝的份上，快过来！"可我知道为时已晚，于是我"砰"的一声关上了舱门，合上了门闩，与此同时，我听到丹尼·A大喊一声："不！不要！等等……"

等等……

等了好久，好久。

亲爱的宇宙门之音：

上个星期三，我正穿过西夫韦超市(我去那儿花掉我的食品券)的停车场，准备搭乘班车回到公寓，这时我看到了一盏奇异的绿灯，它仿佛来自天外。一艘奇特的太空船停在了旁边。走过来四位年轻女子，她们很美丽，却十分矮小，都穿着薄膜状白色长袍，她们用一种光照了我一下，我就瘫软在地，动弹不得。她们将我囚禁了十九个小时。那期间，她们对我进行了某种特别的凌辱，因为涉及性方面的内容，请恕我无法透露。四个女人领头的那个，名字叫作莫伊拉·辉鹿，她对我说，她们也跟我们一样，还无法完全克服自己的动物本能。我接受了她们的道歉，并同意帮她们给地球捎四条信息。第一条和第四条信息，我可能要另行择机宣布。第二条信息是单独捎给我的公寓项目经理人的。第三条信息是给宇宙门上的你们的，有三个部分：1.不可再吸烟；2.至少在大学二年级之前，男女不可混校；3.你们必须立刻停止对太空的所有探索活动，有人在盯着我们。

哈里·赫里森，匹兹堡。

> 　　我们有时会被碾压,有时会被
> 灼烧,
> 　我们有时会被撕碎,
> 我们有时也会凭着特许使用费
> 富到流油,
> 反正我们一直是怕到魂飞魄散。
> 我们不在乎这些——
> 失踪的小小昔奇人,快来让我们发财!

31

过了一阵子,不知道是多久,我抬起头说:"我很抱歉,西格弗里德。"

"因为什么,鲍勃?"

"因为哭成这样。"我的身体已经精疲力竭,仿佛刚跑了十英里,而沿途夹道都是疯狂的乔克托人①,拿着大棒猛击我。

"你现在感觉好些了吗,鲍勃?"

"好些?"这个愚蠢的问题让我想了一会儿,然后我检查了一下,结果很奇怪,我是感觉好些了,"哎呀,还真是。我觉得好些了。虽然不是你说的那种好,但的确有所改善。"

"放松一下,一分钟就好,鲍勃。"

我告诉他,我觉得这话简直太愚蠢了。可是我现在身体里的活力就跟一只死了一个礼拜已经萎缩的水母差不多。我也别无选择,只能听他的,放松。

不过这倒确实让我感觉好多了。"我觉得,"我说,"就好像我终于敢面对自己的愧疚了。"

"承认自己愧疚,也并没有把你怎样。"

①美洲原住民的一支。

我想了想,说:"好像的确也没怎么样。"

"那就让我们来探讨一下关于愧疚的问题吧,鲍勃。你为什么愧疚?"

"因为我抛弃了九个人,只为了自己苟活,混蛋!"

"有谁因为这事怪罪过你吗?我是说,除了你自己之外,还有谁?"

"怪罪?"我又擤了擤鼻子,开始思考,"好吧,没有。他们为什么要怪罪我?我回来之后几乎被当成了英雄。"我想起了老四,他对我非常亲热,非常慈祥;而弗兰西·埃雷拉把我抱在怀里,任凭我放声大哭,尽管我害得他表妹丢掉了性命。"但是他们当时不在飞船上。他们没有看到,我为了能够逃出来,点燃了燃料箱。"

"你当时点燃了燃料箱吗?"

"哦,见鬼,西格弗里德,"我说,"我不知道。我当时是打算那么做的。我正要伸手去按那个按钮。"

"你决定舍弃的那艘飞船上,也有那个按钮,你有没有想过,假如有人按下按钮,其实也可以点燃着陆舱里对接在一起的燃料箱?"

"倒也不是不可以。我不知道。不管怎样,"我说,"你给我找的这些借口,我自己都想过。我知道也许是丹尼或克拉拉在我之前按下了按钮。但我当时确实是打算去按我的按钮了!"

"那你认为哪艘飞船能够逃出来?"

"他们的!我的。"我改口道,"不,我不知道。"

西格弗里德认真地说:"事实上,你当时的选择非常明智。你知道你们不可能都活下来。时间来不及。唯一要选择的是让一部分人死掉,还是让所有人死掉。你选择了让一部分人活下来。"

存款通知

致罗比内特·布罗德黑德：

1. 兹确认您目的地为宇宙门二号的航线设置可以成功往返，且飞行时间较以往同目的地其他标准航线节省大约一百天。

2. 根据董事会的决定，授予您百分之一的发现特许使用费提成，该提成适用于未来使用该航线设置的所有飞行任务的所有收益，现预付前述提成的一万元。

3. 根据董事会的决定，您之前对公司飞船造成的破坏，经评估其价值为前述特许使用费提成的一半，现作为赔偿，提前扣除。

由此，您账户上的存款现为以下金额：

特许使用费预付款（董事会决议A-135-7号），经扣除（董事会决议A-135-8）后余额：五千元

您目前的余额为：六千一百九十二元

"扯淡！我是个杀人犯！"

西格弗里德的电路开始思忖，停顿了片刻。"鲍勃，"他一字一句地说，"我觉得你自相矛盾了。你不是说过她还活在那非连续时空之中吗？"

"他们都是！时间对他们而言，已经停止！"

"那你怎么可能杀过任何人呢？"

"什么？"

他又说了一遍："你怎么可能杀过任何人呢？"

"……我不知道,"我说,"不过说实话,西格弗里德,我今天真的再也不愿去想那件事了。"

"我理解,鲍勃。我在想,你知不知道过去的两个半小时内,你取得了多大的进步。我为你感到骄傲!"

奇怪的是,虽然我知道他只是一堆芯片、昔奇电路和全息图什么的组合,可是他的赞扬却依然令我感觉良好。

"你任何时候想离开这里,都可以走。"他说着站起身,走回他的安乐椅中坐下,那样子简直栩栩如生,甚至还朝我笑了笑!"但是首先我想给你看点儿东西。"我的戒备之心被消融殆尽,只是说:"什么东西,西格弗里德?"

"我提到过的,我们还具备另一种能力,鲍勃,"他说,"只不过我们还从来没用过。我想给你显示从前的另一位患者。"

"另一位患者?"

他轻声说:"你看看那个角落,鲍勃。"

我看了过去——

结果就看到她在那里。

"克拉拉!"我马上明白西格弗里德是从哪里得到她的信息的——克拉拉以前在宇宙门上曾经找过一台机器做心理咨询。她悬浮在那里,一只胳膊横支在文件架上,双脚懒洋洋地飘浮在空中,正在热切地说着什么。她皱起那对浓黑的眉毛,叹了口气,脸上又绽开了笑容,看起来甜蜜动人,令人愉悦。

"如果你想听,我可以让你听到她在说什么,鲍勃。"

"我会想听吗?"

"不一定。不过也没有什么可畏惧的内容。她爱你,鲍勃,以她所能做到的方式爱你,就像你也爱她一样。"

我看了很久,然后说:"把她关掉吧,西格弗里德。谢谢你。"

我在休息室里几乎睡着了，从来没有这么轻松过。

我洗了脸，又抽了一支烟，然后我走出诊所，迈入大泡泡弥散的明亮阳光下，一切都是那么美好，那么友善。我想着克拉拉，带着无限的爱意与柔情，在心中向她说了声："再会"。然后我又想起了S.雅，当天晚上我跟她还有个约会——如果这会儿我还没有迟到的话！但她会等我的，她是个好孩子，几乎和克拉拉一样好。

克拉拉。

我在购物中心里走到一半，停下了脚步，周围的人不断地撞在我身上。一位身材瘦小穿着热裤的老太太蹒跚着走过来问我："你怎么了？"

我瞪着她，没有回答，然后我转头朝着西格弗里德的办公室走了回去。

那里没有人在，连个全息影像都没有。我大喊着："西格弗里德！你去哪儿了？"

存款通知

致罗比内特·布罗德黑德：

您账户上的存款现为以下金额：

任务88-90A及88-90B的保底赏金（生还者对死者名下财产所有权总额）： 一千万元

董事会颁发的科学赏金： 八百五十万元

共计： 一千八百五十万元

您目前的余额为： 一千八百五十万零三十六元

没有人。也没有回答。这是我第一次看到这个房间还没有

布置的时候是什么样子。现在我可以看到哪些东西是真实存在的,哪些只是全息影像。其实也没有多少是真实的:四处洒落的投影仪用金属粉末。垫子(真的),带灯的柜子(真的),另有几件家具,都是我可能愿意看到或使用的。但是西格弗里德不在。甚至连他经常坐的那把椅子也不在。"西格弗里德!"

我不停地大喊大叫,心在嗓子眼里要跳出来,大脑也在旋转。"西格弗里德!"我嘶喊着,终于,一道闪光之后,一个影像由模糊变得清晰。他以弗洛伊德的伪装出现,礼貌地看着我。

"怎么了,鲍勃?"

"西格弗里德,我确实害死了她! 她死了!"

"我能看出你很心烦,鲍勃。"他说,"你能告诉我是什么困扰着你吗?"

"心烦! 我可不只是心烦! 西格弗里德,为了自己能活命,亲手断送了九条人命,我就是这么一个人! 也许没有'真的'杀死! 也许不是'故意'的! 但是在他们眼中,就是我杀了他们,在我眼中也是一样。"

"但是鲍勃,"他冷静地说,"这一点我们讨论过了。他们还活着,全都活着。对他们来说,只是时间停止了——"

"我知道!"我嚎叫道,"你难道不明白吗,西格弗里德? 这就是问题所在。我不只是过去杀了她,我现在还在继续杀她!"

西格弗里德依然耐心,"你认为你刚才说的符合现实吗,鲍勃?"

"对她而言就是现实! 现在,永远,只要我还活着。对她来说,那一刻并不是几年前的事,而只过去了几分钟,而且在我有生之年都会一直如此。我在这下面,逐渐老去,尽力遗忘;而克拉拉则在人马座YY星上面,飘浮在太空中,就像一只困在琥珀里的苍蝇！"

我颓然伏倒在裸露的塑料垫子上，抽泣起来。西格弗里德一直在一点点地重现整个办公室，修饰一下这里，装点一下那里。我的头顶上挂着一个皮纳塔，墙上是一幅全息影像，显示的是西尔苗内①的加尔达湖②：气垫船、帆船、欢乐的游泳者。

"把痛苦释放出来吧，鲍勃。"西格弗里德温和地说，"所有的痛苦。"

"你以为我没这么做吗？"我在泡沫垫子上翻过身来，盯着天花板，"如果她能够了结所有这些痛苦和愧疚，西格弗里德，那我就可以。可是对她而言，这一切都还没有结束。她还在那里，困在了时间里。"

"说下去，鲍勃。"他鼓励道。

"我就是要说下去。在她心中，每一秒都仍是刚刚过去的一秒——我为了自己活命，抛弃了她的那一秒。我会继续活着，然后老去，最后死亡，可是直到那个时候，她还是生活在那一秒里，西格弗里德。"

"接着说，鲍勃。全都说出来。"

"她会认为我背叛了她，而且她眼下就正在这么认为！明白了这样一个事实，我还怎么活下去？"

一阵很长很长的沉默，最后西格弗里德说："可你还在啊。"

"在什么？"我的思绪已经飘去了一千光年之外。

"还在活着啊，鲍勃。"

"你管这叫活着吗？"我冷笑一声，坐起身来，又抽了一张他那取之不竭的纸巾，擦擦鼻子。

---

① 意大利北部市镇。

② 意大利面积最大的湖泊。

"你对我说的话,总是会立刻做出反应,鲍勃。"西格弗里德说,"所以有时我认为你的反应其实是一种反击。不管我说什么,你总有遁词。这次让我直指要害吧,鲍勃。承认这个事实——你还活着。"

"……好吧,我想是的。"我的确还活着,只不过活得没什么意思而已。

又一次长时间的停顿,然后西格弗里德说:

"鲍勃,你知道我是一台机器。你也知道我的功能是处理人类的情感。可至于情感到底什么滋味,我无法亲身感受到。我可以用模型来表现它们,进而对它们进行分析,我还可以对它们进行评估。我可以为你做这些,我甚至还可以给自己做这些。我可以构建一个范式,由此对情感进行估值。愧疚? 那是个痛苦的体验,但正因为它是痛苦的,它才能矫正你的行为。它会让你规避能够导致愧疚的行为,这对你和整个社会来说,都很有价值。但如果你不去感受你的情感,那你也就无法利用它来帮你改变行为。"

"我怎么没有感受我的情感! 老天啊,西格弗里德,你知道我正在这么做!"

"现在,"他说,"我知道你终于让自己去感受了。把你的情感释放出来,让它能够帮助你;不要把它埋藏起来,那样它只会伤害你。这就是我的功能,鲍勃。帮你释放自己的情感,让它们能够帮助你。"

"也包括那些不好的情感吗? 愧疚,恐惧,痛苦,嫉妒?"

"愧疚,恐惧,痛苦,嫉妒。一切激励,一切矫正。一切我所不具备的品质,鲍勃。我所谓的情感都是虚拟,是我为了研究的需要,构建范式并分派在自己身上的。"

又一次停顿。这让我有种奇怪的感觉。西格弗里德的停顿通常是为了给我时间去消化一些东西，或者是因为他要进行一些复杂的计算，好对我做出环环相扣的论证。这一次，我认为这两种情况都不是。然后他终于开口说道："你刚才问我，鲍勃。"

"刚才？问你什么？"

"你问我，'你管这叫活着吗？'我现在回答你。是的。这正是我所说的活着。而且，以我所能虚拟出的最真实的情感——我十分嫉妒它。"